나하사

Nahasa

3

이현 판타지 장편소설

FANTASYSTORY & ADVENTURE

dream
books
드림북스

나하사 3 마족, 인간

초판 1쇄 인쇄 / 2011년 6월 9일
초판 1쇄 발행 / 2011년 6월 20일

지은이 / 이현

발행인 / 오영배
편집장 / 허경란
편집 / 신동철, 문보람, 오미정, 윤상현
본문 디자인 / 신경선
펴낸 곳 / (주)삼양출판사 · 드림북스

주소 / 서울특별시 강북구 송천동 322-10호
대표 전화 / 02-980-2112 팩스 / 02-983-0660
편집부 전화 / 02-980-2116 팩스 / 02-983-8201
블로그 / blog.naver.com/dreambookss

등록번호 / 제9-00046호
등록일자 / 1999년 3월 11일

ⓒ 이현, 2011

값 8,000원

ISBN 978-89-542-4404-6 (04810) / 978-89-542-4401-5 (세트)

* 지은이와 협의하에 인지는 생략합니다.
* 잘못된 책은 구입한 곳에서 바꾸어 드립니다.

이현 판타지 장편소설
FANTASYSTORY & ADVENTURE
Nahasa
나하사
3
마족, 인간
dream books
드림북스

나하사
Nahasa

목차

제1장

틸라 영지

주요봉인소에 마왕의 봉인이 있을 확률이 높다는 것을 드래곤 덕분에 확신한 나하사는 계획대로 소냐르 서쪽 주요봉인소로 향했다. 자잘한 봉인들도 그냥 지나치지 못하고 보이는 족족 해제했기 때문에, 보름 동안 서른 개가 넘는 봉인소가 깨어졌다. 대부분 키메라나 마물이 나왔고, 던전 같은 숨겨진 공간이 열리기도 했다. 다행히 저주는 없었다.

"나하야, 하늘 좀 봐라 개굴."

흔들거리는 말 위에서 곧 도착할 조금 큰 영지를 생각하는데, 구르가 쾌활하게 말을 건넸다.

"진짜 아름답다 개굴!"

누가 아름다움을 아는 고위마족 아니랄까 봐, 구르는 시시때때로 우리대륙의 가을을 찬양해서 나하사의 사색을 방해하곤 했다.

"나하야!"

"그래, 그래."

구르가 나하사에게 반응을 요구했다. 나하사는 하늘을 올려다보았다.

선선한 바람이 불어오고, 길 양옆으론 주홍으로 물든 나무들이 지나갔다. 구름 한 점 없는 푸른 하늘에는 새 한 마리가 호선을 그리며 날아가고 있다.

인간의 세계에서 무슨 일이 일어나든 언제나 변함이 없는 자연의 아름다움은 소년의 꽉 찬 머릿속에 조금의 해방감을 주었다. 그러나 소년은 곧 고개를 내렸다. 지금 향하는 곳은 신분 확인도 하지 않고 경비도 없던 지금까지의 조그만 마을들과는 다르다. 틸레이 어쩌고 남작이 통치하고 있는 영지이다. 원대륙의 문물과 사상이 들어온 이후 도시 개념이 생겨나 영지를 대체하는 추세라, 나하사는 이제껏 한 번도 영지에 들어선 적이 없었다.

"오늘은 좀 좋은 곳에서 잘 수 있겠군요."

"새로운 옷과 두건을 사야겠다."

기분이 좋아 보이는 네라와 진도 나하사의 머리를 복잡하게 하는 원인 중 하나였다. 아직까진 저 녀석들의 수배지가 없지만 언제 갑자기 수배지가 튀어나올지 모르기 때문이다.

"마을 들어가면 너네 염색해야겠다."

그러자 진과 네라의 표정이 싹 굳었다.

"이봐, 염색하라는군."

"왜 이러십니까? 진 님을 말하는 겁니다."

"분홍색은 한물갔다. 빵꾸와 세트로 개구리색으로 하는 게 좋겠군."

"진 님, 이미지 체인지 어떻습니까? 무슨 색이든 잘 어울릴 겁니다. 핑크 어떻습니까?"

분명 너네라고 했는데 못 들은 척, 서로에게 책임을 전가하는 둘을 보니 이보다 더 잘 어울리는 커플이 없을 것 같았다. 그런 의미에서 바퀴벌레색으로 염색해 줄까, 심각하게 고민하는 나하사에게 구르가 풀쩍 뛰어왔다.

"나하는 안 해도 되나 개굴?"

"글쎄……."

사실은 수배지에 '머리색은 변할 가능성 농후'라는 말이 첨부되어 있어서 염색은 딱히 소용이 없었다.

그들이 대화하는 사이 서서히 영지의 성벽이 보이기 시작했다. 푸른 색 깃발이 높게 걸려 있었고, 가벼운 갑옷을 입은 병사들이 창을 들고 서 있었다. 수십 명의 사람이 줄을 서서 신분증을 확인받는 모습이 보였다.

"우선 네라, 너한테 환각마법을 걸어 둘게."

"계속 환각마법 걸면 안 됩니까? 꼭 염색해야 합니까?"

"삭발하고 싶으면 그러든지."

나하사는 성벽 앞의 마구간에 말을 반납한 후, 네라에게 갈색 머리로 보이는 환각마법을 걸어 주었다. 분홍색 갈래머리의 수배지가 붙여져 있을 때를 대비한 것이었다.

나하사는 조금 긴장하며 줄을 섰다.

"아, 피터. 어디 갔다 오나?"

"소가죽 좀 팔고 왔습니다. 오늘도 수고하시네요."

"잘 들어가라. 오, 데이빗! 이번에도 풍작이라며?"

"예! 이곳은 정말 축복받은 땅이라니까요!"

영지민으로 보이는 사람들이 병사들과 친근하게 인사하며 지나갔다.

"이곳이 그리 살기 좋소?"

"그렇습니다. 못 들었습니까? 6년이나 소냐르 제일 풍작 영지로 뽑혔다고요."

나하사 바로 앞에서 등에 주렁주렁 짐을 지고 서 있던 중년 사내는 그 자리에서 임시 신분증을 발급받았다. 병사는 틸라 영지의 문양이 세심하게 조각된 나무패에 숫자 14를 적어 주었다.

"정식 주민등록은 관청에서 하시고, 신분증이랑 이 나무패 가지고 다시 오세요."

"설마 오늘만 벌써 열넷이 주민등록을 한 거요?"

"하하하, 보통 하루에 사오십 정도가 새로 등록하곤 합니다!"

병사가 자랑스럽다는 듯이 말했다. 사내는 이곳에서라면 입에 풀칠하고 살 수 있겠군, 하며 밝은 얼굴로 영지 내로 들어갔다. 병사들도 분명 후회하지 않을 거라고 웃으며 말했다. 먹을 것이 부족하지 않은 지역 특유의 훈훈한 분위기가 느껴졌다.

이윽고 나하사 일행의 차례가 왔다.

"여행객입니까, 입주하러 온 겁니까?"

병사는 나하사가 아니라 진에게 물었다. 진은 답했다.

"반반무마니."

"예?"

"아, 저기, 여행객이에요."

나하사가 하하 웃으며 얼른 끼어들었다. 갑자기 '둘 다'라는 뜻의 고대어를 말한다고 해도 저들이 알아들을 리가 없지 않은가.

"그래? 우리 영지는 여행지로도 손색이 없지! 자, 신분증 주고. 그 토끼는 애완동물?"

"네…… 그런데 저희가 저번 마을에서 소매치기를 당했는데, 신분증도 같이 잃어버려서요."

"그래? 곤란하겠구나. 이 길을 쭉 따라 들어가면 광장에 관청이 있으니 돈을 빌릴 수 있을 거다."

생각보다 까다롭게 신분 확인을 하지는 않았다.

"데려다 줄까?"

"아뇨, 괜찮아요."

"여행자 등록도 꼭 해라. 대일 영지로 가려면 어차피 필요할 테니."

대일 영지는 주요봉인소가 있는 곳이라 많은 여행객이 이곳을 경유한 다음에 향하는 목적지였다. 나하사는 친절한 병사들이 마음에 들어서 오랜만에 활짝 웃었다.

"네, 감사합니다."

"그래, 재미있는 여행해라. 잘들 가슈."

병사 또한 활짝 웃으며 검은 머리 소년과 갈색 머리 소녀, 두 건 쓴 키 큰 사내를 보았다. 영지가 발전해 갈수록 여행객이 늘어나고 있었다. 주요봉인소가 두 곳이나 있는 산맥 서쪽보다는 못하지만, 그래도 동쪽에서는 가장 사람이 많고 풍요로운 영지인 이곳을 그는 자랑스러워했다.

"아, 잠깐만."

그는 속으로 이곳의 영주님을 찬양하며, 낯선 여행객에게 친절한 충고를 하고자 그들을 불러 세웠다.

"로브는 벗는 게 좋을 거다."

"네?"

"이곳은 마법사에 대한 인식이 좋지 않거든."

일반적으로 로브는 마법사의 상징이나 마찬가지이기 때문에 친절하게 그들에게 알려 준 것이다. 소년은 화들짝 놀라더니 충고 감사합니다, 하고는 떠났다. 병사는 흐뭇하게 그들의 뒷모습을 보았다. 후후, 좋은 첫인상을 주었겠지?

"여기 불편하네. 로브도 못 입고……. 얼른 떠나야겠다."

그러나 병사의 바람과는 달리, 소년의 영지에 대한 인상은 충고를 듣기 전보다 오히려 더 안 좋아졌다.

영지 내는 무척 활발했다. 해마다 하는 추수감사절 축제에 대비해 사람들이 바삐 움직이고 있었다. 다들 얼굴에 웃음이 끊이지 않는 걸 보니 풍년이 든 모양이다. 나하사도 먹을거리가 부

족하지 않은 사람들의 만족스러운 웃음이 전염되어 싱글벙글할
뻔했다.

"저기…… 마법사……."

"……로브……."

사람들이 힐끔거리며 수군대지만 않았다면.

"구르 좀 데리고 있어."

나하사가 토끼로 보이는 구르를 네라에게 떠맡겼다. 그리고는
그 자리에서 로브를 벗었다. 무시하고 갈까 했지만, 어차피 관
청에서 지적할 것 같았기 때문이다.

보세요, 마법사 아닙니다. 됐어요? 하는 시선으로 지나가는
사람들을 쳐다보자 그들은 조금 움찔하면서도 안도하는 얼굴로
가던 길을 갔다.

"칙칙한 로브를 벗으니 그나마 조금 낫군요. 앞으로도 이렇게
다니지 그럽니까? 어차피 호박에 줄 긋기지만."

"……."

나하사는 환각마법을 걸어 놓은 네라의 갈색 머리를 지그시
보았다.

"너 염색해야겠다."

"싫습니다."

"……."

나하사가 물끄러미 쳐다보자 네라가 급하게 말했다.

"계속 마법을 걸어 두면 되지 않습니까?"

"구르한테도 걸어야 하는데…… 종일 마법을 두 개 쓰고 있으면 힘들어."

"그래도 염색은 안 됩니다!"

"무슨 색이 좋아?"

"……."

이럴 때 보면 이 소년이 인간이 아니라는 진의 말에 수긍하게 된다.

나하사는 네라에게서 구르를 다시 빼앗아 품에 안고 바로 보이는 옷집으로 들어갔다. 바다의 섬처럼 패션 스트리트가 펼쳐진 곳이 아니라면 보통은 옷집이 잡화점 구실도 했다.

"오, 두건도 있군."

무심히 있던 진이 냉큼 따라 들어왔다. 진은 드래곤의 방문 이후, 취미라고는 두건 수집밖에 없는 무료한 마족이 되어 버렸다. 갈수록 쓰잘데기가 없어지고 있었다.

"어서 오세요!"

상점 주인이 반갑게 인사했다.

"두건은 어디 있지?"

나하사가 뭐라 말하기도 전에 진이 두건 타령을 했다. 나하사는 우선 진의 소원을 들어주기로 하고 마음껏 두건을 고를 수 있게 해 주었다. 상점 주인이 진 옆에 붙어 따라다니는 동안, 나하사는 마법 염색약을 발견했다.

"네라, 안 들어와?"

빼꼼 문밖으로 얼굴을 내밀며 물었다. 네라는 울 것 같은 얼굴로 들어왔다.

"무슨 색 할래? 갈색 어때?"

"……너무 평범합니다."

"야, 평범하지 않으면 염색하는 의미가 없잖아."

"그래도……."

네라가 답지 않게 너무 의기소침하자 나하사는 들고 있던 염색약을 내려놓았다. 하긴 여자한테 머리카락은 꽤나 중요한 의미가 있다고 들었다. 해제범 수배지에 도배될 분홍색만 아니라면 예쁜 색을 해도 상관없을 것이다. 사람들은 머리색만 달라져도 금방 몰라보니까.

"골라 봐. 마음에 드는 걸로 해."

나하사는 두건을 고르고 있는 흑발 미남을 슬쩍 보고는 염색약을 골라 들었다.

"은색 어때? 진이랑 있으면 어울릴 거야."

"싫습니다!"

나름 배려하는 마음에서 골랐는데 네라가 폭발적인 반응을 했다.

"은색은 싫습니다! 절대 싫습니다!"

"……헉!"

"은색만은 안 됩니다! 차라리, 차라리 쥐며느리색을 하겠습니다!"

"아, 알았어. 진정해."

나하사가 놀라며 네라를 진정시켰다. 네라는 파랗게 질린 얼굴로 나하사의 반응을 살폈다. 이 정도 발악했으니 더 이상 염색하라고 안 하겠지?

그런데 저 소년은 신중히 고민하더니 염색약 중 하나를 가리키며 친절하게 말했다.

"그럼 쥐며느리색으로 할래? 여기 하나 있다."

"……."

이 아이, 인간 아니다에 한 표 추가요.

결국 네라는 염색을 하지 않았다. 다행히 진과 네라의 얼굴이 수배지에 올라 있지 않다는 것을 확인해서 환각마법도 풀었다.

대체 왜 수배지가 안 나도는 것일까? 혹시 니스너 실 누소즈와 래이 줄이 얼굴을 기억하지 못한 걸까?

어쨌든 나하사에겐 다행이었다.

관청은 광장을 지나 영주의 저택 가까이에 있었다. 사실 표지판에는 저택이라고 쓰여 있었지만, 겉모양은 그냥 성(城)이었다.

광장에서는 갈색 밀짚모자를 쓴 음유시인이 앉아서 악기 연주를 하고 있었다. 그 주변으로는 아이들이 까르르 웃으며 뛰어놀았고, 어른들은 선선한 가을 날씨를 만끽하며 산책을 즐기고 있었다. 평화로운 모습이었다. 나하사는 저도 모르게 빙긋 웃으며 와자지껄 놀고 있는 아이들을 보았다.

"거기 서라, 해제범!"

"꺄아! 살려 주세요!"

"나 적발의 무속검사 손에 죽는 것을 영광으로 생각해라! 음하하핫."

"꺄아아! 개구리 죽네!"

……

"나하야, 쟤네 뭐하는 거냐 개굴?"

구르가 토끼 흉내를 내야 하는 것도 잊고 물었다. 멍해진 나하사는 답도 해 주지 않았다.

아이들은 영웅 놀이를 하고 있었다. 머리에 붉은 보자기를 쓰고 허리에 손을 얹고 웃고 있는 저 아이가 니스너 실 누소즈 역할일 것이다. 눈썹이 짙고 코가 잘생긴, 또래 아이 중에서 가장 키가 큰 아이였다. 반면 해제범 역을 맡은 꼬마는 가장 조그맣고…… 꽤나 예쁘장한 아이였다. 왠지 마음에 안 들었다.

"우어어 끄어어어어!"

말의 탈을 쓴 아이가 바닥에 널브러져 이상한 울음소리를 내고 있었는데, 아마도 사막섬에서 보았던 키메라 마족을 흉내 내는 것 같았다.

"가만두지 않겠다, 적발의 무속검사! 개굴개굴!"

그리고 해제범 꼬마 옆에 녹색 옷을 입은 아이가 주저앉아 개구리 흉내를 내고 있었다.

두꺼비 탈을 쓰고.

"풋."

"푸하하하하!"

참아야 한다는 건 알았지만 나하사도 풋 웃어 버렸고, 네라는 여기가 안방인 것마냥 배를 잡고 웃었다. 구르가 발끈하며 무슨 말을 하려고 하자 나하사는 재빨리 토끼의 입을 막았다.

"에잇, 인간아! 어서 가서 저자를 해치워라! 에잇, 개굴개굴!"

그러나 구르 역을 맡은 아이가 해제범 아이의 엉덩이를 손으로 찰싹찰싹 치며 혼내기 시작하자 나하사는 더 이상 웃을 수가 없었다.

……나 구르의 노예 역이었던 거야?

"아니! 설마 해제범, 너는 저 잔악한 개구리 마족에게 협박당하고 있었던 건가!"

"흑, 적발의 무속검사님! 제발 절 구해 주세요!"

"내게 와라! 마족을 없애겠다!"

니스너 역의 아이는 장난감 칼로 구르 역의 아이를 쿡 찔렀다.

"꾸에에엑! 적발의 무속검사만은 건드리면 안 되는 거였는데에에에에에!"

구르 역의 아이는 '니스너 실 누소즈 완전 짱'이라는 유언과 함께 죽어 갔다.

아이들의 열연에 주변의 어른들이 웃으며 손뼉을 쳤다. 다만 나하사 일행은 짜게 식어 그늘이 졌다.

"왜 내가 구르의 노예인 거지."

"나는 왜 나오지도 않는 건가."

"저도 마찬가지입니다."

구르도 작게 중얼거렸다. 내가 두꺼비라니!

각자에게 상처만을 남긴 아이들의 영웅 놀이를 뒤로하고 그들은 관청으로 향했다. 들어오기 전에 보았던 영주민 등록을 한다던 사내가 관청 직원과 대화를 나누고 있었고, 소파에는 검은 정장을 입은 호리호리한 체구의 노인이 앉아 차를 마시고 있었다.

"어서 오세요. 무엇을 도와 드릴까요?"

짧은 단발의 관청 직원이 생글생글 웃으며 나하사 일행을 맞이했다. 물론 진을 보며 한 소리였으나 세상 물정 모르는 그를 대신해 나하사가 답했다.

"저희가 신분증을 잃어버려서 여행자 등록을 하려고요."

나하사는 예전에 한 번, 여행자 등록을 한 적이 있었다. 이름과 나이, 성별과 국적만 쓰면 신분증이 나오는 아주 간편한 절차였다.

"예, 세 분 모두요?"

"네."

"여기 기입해 주시고, 잠시만 기다리세요."

나하사는 네라에게 종이를 주고 진의 것은 자신이 썼다. 국적은 이바노브 아시오. 나하사도 이바노브 아시오로 기입했다. 네라는 신중하게 쓰다가 나하사에게 물었다.

"제가 몇 살로 보입니까?"

"너? 열다섯······?"

네라는 '나이: 열여덟'이라고 뻔뻔하게 썼다. 어차피 확인할 방법도 없고 해서 나하사는 가만 놔두었다.

"여행객이십니까?"

관청 직원을 기다리는데 회색 수염을 기른 노인이 존대로 말을 걸어 나하사는 깜짝 놀랐다.

"넷, 네!"

"참 좋은 곳이지 않습니까?"

"네, 다들 즐거워 보이고 좋네요······."

노인은 부드럽게 미소 짓고는 다시 찻잔을 들었다. 요즘 들어 차 중독 증세도 보이는 진의 눈이 번뜩였다. 불길함을 느낀 나하사가 재빨리 진에게 말을 걸었다.

"아까 사 온 두건 좀 써 봐. 그, 마지막에 산 거 있잖아."

그러자 진의 눈이 방금 전보다 더욱 번뜩였다. 그는 번개 같은 속도로 짐 속에서 두건을 꺼내 익숙하게 바꿔 썼다. 다행히 고개를 숙이고 바꿔 써서 아무도 그의 휘황찬란한 외모를 보지 못했다.

"어떤가?"

무지개색 두건 쓰고 그런 의기양양한 눈빛 보내지 말아 줄래?

"참 잘 어울린다, 멋있어."

"훗."

마족과 인간의 심미안 사이에는 넘을 수 없는 차원의 벽이 존재하는 모양이다.

"오래 기다리셨습니다. 이제 여기에 이름 쓰시면 등록 끝입니다."

관청 직원이 내미는 얇은 나무 판때기에 서명을 하고 이제 끝났나 싶어서 직원을 보았다. 그녀는 나하사가 기입한 등록서를 보며 희한한 것을 본 듯한 표정을 짓고 있었다.

"실례지만……."

"네?"

"글씨긴 하죠, 이거……?"

"……."

희대의 악필 나하사는 노인의 옆에 앉아 펜을 잡고 종이 위에 천천히 또박또박 눌러 썼다. 구르는 오랫동안 말을 참고 있어 답답해하고 진은 노인의 차를 탐내고, 네라는 관청에 들어오는 사람한테 '저, 열여덟 살입니다' 하며 묻지도 않았는데 먼저 말하고 있었다. 어서 이곳을 떠나야 한다는 생각에 마음이 급해 글씨가 자꾸 엉망이 되었다.

"크, 큰일 났어요!"

그때, 열린 관청 문을 통해 다급하게 뛰어 들어온 사람들이 있었다.

"피터 씨? 알렌 씨까지, 무슨 일이시죠?"

"지금 그렇게 여유 부릴 때가 아니에요, 밭에…… 하인스 집사님도 계셨군요!"

사람들은 관청 직원에게 말을 걸다가 나하사 옆에 앉은 노인을 보고 후다닥 달려왔다. 노인은 살포시 눈썹을 찌푸리며 근엄하게 말했다.

"대체 무슨 일이오. 이곳에는 손님도 계시오."

"지금 그게 중요한 게 아니에요!"

"존스의 밭에서 그게 또 발견됐어요!"

그러자 노인의 안색이 변했다.

"그것이라니, 설마……?"

"붉은 게 피 같기는 한데 진짜인지 어떤지 몰라서 이칼리노 신전의 신관님을 불러 놨어요."

"어서 와 보세요!"

노인이 벌떡 일어나 달려갔다. 새로 입주하는 사람을 봐주고 있던 관청 직원도 잠시만 기다리라고 하고는 헐레벌떡 달려 나갔다.

하나 남은 직원은 차마 나가지는 못하고 서성거리며 안절부절 못했다.

"대체 무슨 일이오? 시체라도 발견된 거요?"

입주하려고 했던 사내가 불안해하며 물었다. 직원은 그건 아니라며 고개를 저었다.

"그러면 왜 저리 난리들이오?"

"그게, 마법진이거든요."

직원이 초조하게 하는 말에 나하사가 고개를 들었다. 마법진?

"아니, 무슨 마법진이기에 저러는 것이오? 설마……."

"……."

사내가 얼굴을 굳히며 보는데 직원은 난처한 듯 고개만 돌렸다. 그 점이 오히려 더 의혹을 확신하게 했다.

붉은 피. 이칼리노의 신관. 마법진.

나하사는 침을 꿀꺽 삼켰다.

이 살기 좋은 영지에 흑마법진이 나타난 것이다.

"어떻게 된 거유?"

"하이고, 그 끔찍한 일이 다시 일어나는 거냐?"

"이리 좋은 시절에 이게 웬일이여!"

사람들이 모여서 웅성거리는 걸 들으며 나하사는 앞으로 나왔다.

"자자, 여기까지입니다. 더 가까이 오면 안 됩니다."

"다들 물러나시오!"

경비병들 대여섯이 몰려드는 사람들을 열심히 막고 있었다. 나하사는 작은 키를 이용해 경비병들 몸 틈으로 고개를 내밀어 마법진을 보았다.

아직 수확하지 않은 가을 작물이 시체처럼 난자되어 있었고, 그 위로 지름 3미터의 원이 그려져 있었다.

손가락 세 개 넓이의 붉은 테두리. 큰 원 안에 작은 원이 세 개

그려져 있었다. 위에 하나, 아래에 두 개 그려진 세 개의 작은 원이 맞닿은 중앙 부분에는 작은 동그라미가 있었는데 타원형이었고 가장 붉은색이었다. 고대문자가 그 타원형의 원을 가득 메웠고, 커다란 테두리 원 안의 빈 곳에도 한 자씩 쓰여 있었다.

"뭐라고 쓰여 있는 거냐 개굴?"

"흑마법진은 맞는 겁니까?"

구르와 네라가 작게 물었다. 나하사는 답하지 않았다.

"나하도 모르는 건가 개굴?"

"아냐, 이건……."

나하사가 머뭇거릴 때였다. 무릎을 굽히고 앉아 마법진을 살펴보던 이칼리노의 신관이 크음, 신음했다. 매듭이 하나 있는 신관이었다.

"어떻습니까? 역시, 흑마법진입니까?"

아까 무슨 집사라고 불렸던 노인이 심각한 표정으로 물었다. 신관은 나이가 좀 있어 보였는데, 얼굴에 유감스러운 빛이 가득했다.

"죄송합니다……. 흑마법진입니다."

"아……!"

"이럴 수가……!"

집사와 경비병들, 구경하고 있던 사람들의 입에서 비명과 한탄이 흘러나왔다.

두려워하는 모습은 흑마법진을 발견하면 흔히 보이는 반응이었다. 그러면서도 안전 불감증에 걸린 우리대륙의 사람들은 호기심 때문에 흑마법진의 주위를 괜히 한 번 더 돌아다니고는 하는데,

"우리 영주님이 불안하시겠소."

"추수감사절이 이제 금방인데 말이야."

이 영지의 사람들은 경멸이나 호기심보다는 두려움과 걱정이 더 큰 것 같았다. 특히 집사와 신관은 얼굴이 하얗게 질려 있었다.

"영주님께 고하러 갑시다."

신관이 먼저 정신 차리고 말했다. 집사는 두려운 표정으로 고개를 끄덕였다.

"이곳 경계를 유지해 주십시오. 아무도 들이지 마시고."

"예, 알겠습니다!"

"소냐르 제일 영지가 되려는 이때에 이런 일이……."

병사에게 당부하고 혼잣말하며 돌아서는 뒷모습에 비통이 넘쳐흘렀다. 그러나 그 비통은 오래가지 않았다.

"이건 흑마법진이 아닙니다."

"……!?"

집사와 신관과 병사들과 사람들의 시선이 모두 쏠렸다. 한 소년에게로.

"허 참."

"꼬마야, 여기가 어디라고 함부로!"

사람들은 물론 소년의 말을 믿지 않았다. 그냥 장난으로 치부할 뿐이었다. 나하사는 그들이 믿거나 말거나 빠르게 말을 이어나갔다.

　"저렇게 테두리가 두꺼운 마법진이라면 적어도 전체 지름이 30미터는 되어야 해요. 가운데의 타원 테두리가 바깥 원의 테두리와 굵기가 같은데 이런 마법진은 세상 어디에도 없어요. 그리고 결정적으로 저 고대문자들은 전부 가짭니다."

　"……."

　"잠깐 가까이 갈 수 있을까요?"

　나하사가 병사에게 말했다. 벙찐 병사는 자기도 모르게 길을 내주었다. 사람들의 시선을 한 몸에 받고 있는 소년은 겁도 없이 마법진 안으로 성큼성큼 들어가더니 가운데 타원의 안의 글자를 손가락으로 가리켰다.

　"아마도 영웅시대 중기 고대문자 중의 '바'를 쓰려고 한 것 같은데, 살짝 모양이 어긋났네요. 다른 것들도 마찬가지고."

　"그럼……."

　"고대문자를 모르는 사람이 베껴 그리려고 애쓴 거죠."

　"……!"

　집사가 눈에 불을 켜고 재빠르게 다가왔다.

　"그럼, 그럼 이건 가짜란 말인가!"

　"네, 그냥 낙서입니다."

　나하사는 고개를 끄덕이며 집사 뒤의 신관을 보았다. 집사도 그를 보았다. 둘의 시선을 받은 신관은 혼란스러운 듯했다.

"잠시만 제가 더 살펴봐도 되겠습니까?"

"물론입니다!"

집사는 제발 저 마법진이 가짜라고 말해 주길 간절히 바라며 말했다. 병사들이 뒤로 물러서고 이칼리노의 신관이 다가왔다.

"학생, 우선 그 마법진에서 내려오지요."

"괜찮아요. 이건 단순한 그림일 뿐이니까."

"하지만……."

신관은 못내 걱정스러운 듯했다.

"글자가 어긋나도 효력을 발휘하는 마법진도 있습니다."

"이건 어긋난 정도가 아니라 아예 다른 글자예요. 고대문자는 글자 자체가 하나하나의 진(陣)의 역할을 하기 때문에 이렇게 크게 어긋나면 마법진이 절대 이루어지지 않습니다."

소년의 또박또박한 설명에 신관은 감탄하며 끄덕였다. 자신도 차마 인지하지 못했던 사실이었다.

"게다가…… 제 생각에는 이건 사람 피도 아니에요. 돼지나 사슴의 피겠죠. 물론 이건 증명할 수 없지만."

"……마법을 공부하십니까?"

소년은 긍정도 부정도 하지 않고 어깨만 으쓱했다. 신관은 이미 이 아이가 학생이라고 단정하고 있었다.

"모두 맞는 말이긴 하지만…… 만에 하나라는 게 있습니다. 아닌 것으로 성급히 결론지었다가 진짜 흑마법진이라면……."

신관은 생각만 해도 끔찍한지 몸을 떨었다. 지켜보던 사람들도 심장을 졸였다. 특히 집사는 더 이상 참을 수가 없는지 소리쳤다.

"그래서, 결론은 뭐란 말입니까!"

"모르겠습니다. 죄송합니다……."

이칼리노의 신관이 고개를 숙였다.

나하사는 답답했지만 그를 이해했다. 신관인 그로서는 확실한 물증이 필요할 것이다.

"마력을 넣어 보세요."

"예!?"

"흑마법진에 마력을 넣으라니!"

신관과 사람들이 술렁거렸다. 마법에 대한 지식이 없는 이들도 그것은 알고 있었다. 흑마법은 흑마법사밖에 쓰지 못한다는 것.

"전 이칼리노의 신관입니다만……."

"알아요. 그래서 하는 말이에요."

나하사는 마법진 그림 위에서 내려와 신관에게 다가갔다. 가까이서 보니 생각처럼 나이가 많은 편은 아닌 것 같았다. 특히 눈빛이 맑은 푸른빛이고 호감형이었다.

"흑마법진에 신성마법을 쓰라는 뜻이군요."

지켜만 보던 네라가 말했다. 그러자 신관이 무척 당황했다.

"그, 그런…… 그럴 수는 없습니다! 만약 제 힘으로 누르지 못

하면 흑마법진의 검은 마기가 퍼져 나갈 겁니다."

이칼리노는 상선벌악(선한 자에게는 상을 주고 악한 자에게는 벌을 내림)이 뚜렷한 신이다. 그런 신의 축복을 받은 자의 신성마법은 모든 흑마법을 멸할 힘을 지니고 있다. 그러나 때에 따라서는 오히려 흑마법을 증폭시킬 수도 있었다. 예를 들면 흑마법사의 힘의 크기가 신관의 것보다 크거나 비슷할 경우를 들 수 있다. 그래서 마족과 결탁하여 흑마법사로 가장 많이 변절하는 신관 또한 이칼리노의 신관이었다. 신은 한 번 축복을 한 자에게서 축복을 거두는 일이 없었다.

"매듭이 하나 있는 이칼리노의 신관이라면 이 정도 크기의 마법진은 충분히 감당할 수 있을 겁니다."

"하지만…… 안 됩니다. 그럴 수는 없어요. 이 사람들을 위험에 빠뜨릴 순……."

고개를 젓는 신관을 말린 것은 안절부절못하고 지켜보고 있던 집사 노인이었다.

"해 보시죠, 머린 사제님."

"하지만……."

"안 하는 것보다야 낫지 않겠습니까? 이 소년의 말이 맞는다면 누군가 우리를 골리기 위해 악독한 짓을 한 거잖습니까."

신관은 답답할 정도로 꾸물댔다. 이해하는 나하사는 재촉하지 않았다. 어차피 소년에게 이 영지의 일은 남의 일이었다. 신관이 이번에도 고개를 저으면 그냥 봉인이나 깨고 뜰 생각을 하고 있었다.

"우선 중급 사제님께 연락을 드리겠습니다. 내일이면 오실 겁니다."

신관이 내린 결론은 답답하긴 했으나 이해하지 못할 것도 아니었다. 어차피 진짜 마법진이 아니니 내일이든 내년이든 문제될 일은 없을 것이다. 나하사는 고개를 끄덕이고 사람들 틈새로 다시 들어갔다.

"눈길 끄는 일을 사서 하는군."

"아는 척하니까 좋습니까?"

진과 네라가 비아냥거렸다. 토끼 구르 역시 눈이 갸름해진 게 탐탁지 않은 듯했다.

"저기, 학생!"

불같이 뜨거운 사람들의 시선 속에서 의연하게 걸어가는 나하사를 신관이 붙잡았다.

"혹시 내일 사제님이 오실 때까지 함께 있어 주실 수 있습니까?"

"이곳은 마법을 아는 사람들이 적어서 그렇습니다. 부탁 좀 드리겠습니다."

아버지뻘 될 것 같은 신관과, 더 나아가 할아버지뻘 될 것 같은 집사가 허리를 굽히며 부탁하자 나하사는 흐익, 땀을 뻘뻘 흘렸다.

"저기, 이러지 마세요."

"일행분들 편히 지낼 수 있게 해 드리겠습니다."

"우리 영지에 여행차 오신 분이 때마침 흑마법진의 정체를 알아보는 것도 다 인연이고 운명 아니겠습니까?"

한 병사가 하는 말에 나하사가 퍼뜩 놀랐다. 인연이라니! 혹시 이것도 드래곤의 시험 중 일부? ……라고 생각하는 건 오버겠지?

"학생, 내가 마구간 하는데 좋은 말 선물할게. 다음 영지까지 편하게 갈 수 있을 거야."

"내일 우리 음식점에 오면 공짜로 식사를 제공하지. 그러니까 우리 좀 도와줘."

흑마법진에 대해 알고 있는 게 수상하다는 걸 핑계로 강제로 끌고 갈 수도 있는데, 병사들은 무기를 들 생각을 하지 않고 사람들은 순박한 눈으로 부탁해 왔다. 먹을 게 부족하지 않은 곳은 원래 이렇게 인심이 넉넉한 걸까.

"어차피 제가 있든 없든 상관은 없겠지만, 뭐……."

난자된 작물 위로 흑마법진을 흉내 낸 그림을 힐끗 본 나하사가 작게 고개를 끄덕였다.

그리고 그들이 나하사 일행을 데리고 간 곳은, 영주의 성이었다.

"이것 보십시오. 테이블보에 보석이 달려 있습니다."

"흠, 저것은 초상화인가?"

"우유랑 어울릴 것 같은 과자가 있다 개굴."

붉은 카펫 위 커다란 고딕풍 테이블은 손톱만 한 보석이 달린 테이블보가 덮고 있었고, 하얀 달의 영웅 잔 라이언과 아마도 영주 가문의 조상일 듯한 사람들의 초상화가 벽을 장식하고 있었으며, 영지의 문양이 그려진 휘장은 먼지 한 점 붙어 있지 않고 깨끗했다.

부티가 흐르는 넓은 응접실에서 마족 하나와 소녀 하나와 토끼 한 마리가 각자 자신의 관심사를 품평하며 돌아다녔다.

"나하야, 이거 먹어도 되나 개굴?"

"뭐 괜찮겠지. 먹으라고 준 거니까."

"이봐, 저 존트 멋진 작품을 그린 인간을 만나러 가야겠어. 날 그릴 수 있는 영광을 줘야겠다."

"이미 죽었다는 데 내 고추장을 거마."

"이 푸른 보석은 사파이어가 아닙니까? 가져가도 됩니까?"

"보석은 나도 많아. 그건 내려놔, 나중에 줄게."

이 장소가 매우 불편해서 어색하게 앉아 세 짐덩이들에게 일일이 대꾸해 주며 기다리자, 곧 발소리가 들려왔다.

"구르, 쉿!"

나하사가 토끼에게 경고하자마자 열린 문밖에서 한 떼의 사람들이 몰려왔다.

기사 둘과 아까 보았던 신관, 집사 노인과 함께 나타난 이는 붉은 계통의 비단옷을 입은 진한 갈색 머리의 중년 사내였다.

가운데에서 심각한 얼굴로 걸어오는 그가 영주임을 직감적으로 알았다. 먼저 인사를 드려야 하는데 영주의 이름을 몰라서 그냥 난감한 얼굴로 일어서 있었다.

"오, 그대인가!"

영주는 말릴 새도 없이 두건을 쓴 키 큰 청년에게 다가갔다. 두 손을 잡으려는 시늉을 하자 진은 빛의 속도로 피해 나하사 옆에 붙었다.

눈에 보이지도 않는 빠른 속도에 영주의 호위 역 기사 둘이 크게 놀라며 긴장했다.

"왜 피하는 것이지?"

영주의 눈썹이 보기 안 좋게 휘어졌다. 귀족에게 무엄하다는 소리가 나올 것 같아 나하사가 재빨리 다가갔다.

"영주님을 뵙습니다."

소년이 공손히 허리를 굽히며 인사하자 영주는 두건 쓴 키 큰 청년에게서 시선을 돌렸다.

"그대가 마법을 배운다는 학생인가?"

"예, 그렇습니다."

"다른 이들은 그대의 동료이고?"

"……네."

나하사는 진은 포기하고, 네라에게 당장 그 보석을 놓고 이쪽으로 와서 인사를 드리라는 이글거리는 눈빛을 보냈다.

"어머, 저를 왜 그렇게 뜨거운 눈으로 보십니까?"

애초에 동그랗고 커다란 눈으로 노려보는 것은 효과가 없었지만.

"하하하, 열렬하군!"

무슨 생각을 하는 건지 영주가 호탕하게 웃었다.

"저 토끼는 무엇인가? 설마 애완동물은 아닐 테고 비상용으로 가지고 다니는 건가?"

한 마디로 잡아먹을 거냐는 물음이었다. 지금 시각이 저녁 전 간식 먹을 시간이라 그런지 영주가 입맛을 다셔서 나하사는 얼른 구르를 안아 들었다.

"얘도 제 친구예요."

"하하하, 그렇구나."

토끼를 동료라고 하는 모습이 귀여운지 영주가 빙긋 웃었다. 그는 다행히 진이 손길을 피한 것은 문책하지 않았다.

"이제 본론으로 들어가죠. 주민들이 불안해하고 있습니다."

말한 것은 집사 노인이었다. 신관도 옆에서 고개를 끄덕였다.

"그래, 자리에 앉지."

영주가 가장 먼저 착석하고 집사와 신관, 나하사도 자리에 앉았다.

"그대들도 앉게."

슬금슬금 다시 초상화 앞으로 걸어가 구경 중인 진과 슬금슬금 다시 보석을 만지고 있는 네라에게 영주가 친히 말을 걸었다.

"아니, 나는 이 초상……."

"진! 어서 와서 앉지그래? 응? 빨리. 자, 네라 너도."

나하사가 생글생글 눈을 접으며 웃으며 말했다.

"이따가 두건이랑 보석 사러 나가고 싶으면 얼른."

"크흠."

"흠흠."

진과 네라가 후다닥 자리에 와 앉았다.

영주는 지금까지의 여유 있던 태도와는 다르게 빨리 입을 열었다.

"그래, 흑마법진이 아니라 했나?"

사실 얼굴을 보자마자 묻고 싶었을 것이다. 자신의 영지에서 흑마법진이 발견되는 것은 원치 않은 일일 테니.

"네, 흑마법진을 흉내 낸 그림에 불과합니다."

"그걸 어떻게 확신하는가?"

물증을 원한다면 아까 전 신관을 설득할 때와 같은 상황이 펼쳐질 것이다. 그건 꽤 귀찮은 일이었다.

"내일 신관이 오면 확실해지겠죠."

"……그대는 여행자인가? 국적이 어디지?"

질문이 바뀌었다. 마다스의 할렘 출신이라고 대답하면 저 눈길이 어떻게 변할지 알고 있어서 나하사는 뜸을 들였다.

"학생증을 보여 줄 수 있나?"

"……놓고 와서요."

"어디 학교지?"

이쯤 되니 괜히 끼어들었다 싶었다. 가짜 흑마법진을 봐 버린 흑마법사로서 도저히 그냥 지나칠 수가 없었던 게 죄였다. 하필 마법진도 그런 마법진이어서…….

"학생이라고 했지? 어디 학교인가?"

영주의 목소리가 근엄했다. 호위기사와 신관, 집사도 모두 나하사를 보았다.

호기심이라기보다는 의심이 서린 눈빛이었다.

기분 나쁘지는 않았다. 흑마법에 대해 알고 있는 사람은 누구든 의심받는 게 당연했다.

"어느 학교십니까?"

대답하지 않자 집사가 다시 물었다. 나하사는 생각해 두었던 대답을 했다.

"이바노브 아시오 학교입니다."

"오, 그런가!"

영주가 반색했다.

이바노브 아시오의 남동 지방에 있는 종합 학교인 국립 이바노브 아시오 학교.

대륙 최초의 학교이며 그 역사가 무려 천 년에 달한다. 최고의 선생님들이 모여 최고의 학생들을 배출하는 인재양성소로, 잔 라이언과 니스너 실 누소즈도 그곳 출신이다. 이 영지보다도 더 큰 부지에 학교 건물뿐 아니라 문화생활을 즐길 수 있는 시설도 있어서 학교가 거의 작은 도시를 이루고 있었다. 추천과 시험으로밖에 들어가지 못하는 인재들의 소도시는, 영웅소설과 음유시인들의 연극에 자주 소재가 되며, 그 졸업생은 어디서든 좋은 대우를 받는다. 이바노브 아시오 학교는 영웅에 대한 일종의 상징이나 마찬가지였다.

"내 아들도 내년에 그곳 초급반에 입학시키려고 하네. 학생은 중급반이겠지?"

중급반은 14세에서 17세의 학생이 대상이었다. 나하사는 발끈하며 외쳤다.

"고급반입니다!"

사실 학교 다니지도 않고 갈 생각도 없지만, 이것만은 양보할 수 없었다.

영주는 허허, 웃었다.

"그런가. 곧 졸업이로군. 진로는 정했나?"

"네, 뭐……."

"마법을 배운다면 학생은 마법사인가?"

영주의 눈살이 조금 찌푸려졌다. 마법사는 대부분 귀한 대접을 받는데, 이곳은 정말 특이하다.

나하사는 고개를 끄덕였다.

"그대들도 학생인 건가?"

영주가 네라와 진에게 물었다. 진은 영주도 손대지 않은 차를 우아하게 음미하며 말했다.

"학생이란 개념은 생소하군. 인간을 포함한 모든 존재는 그 생명이 다할 때까지 배움을 멈추지 말아야 한다. 그것을 따로 구분 짓다니 어리석기 짝이 없어."

나하사는 재빨리 말했다.

"얘는 철학과예요."

"아하, 그렇군."

영주가 이번에도 허허 웃었다. 그는 진의 건방진 태도를 세 번이나 참아 주었다. 진이 평민으로 보이지는 않지만, 그래도 신분을 모르는데 반말도 넘어가 주다니. 나하사는 새삼 영주를 살폈다.

이마 뒤로 넘긴 갈색 머리. 흔한 검은 눈. 눈 밑이 어둡지만 피부가 중년치고는 윤기가 흐르고 좋았다. 배가 좀 나오고 목도 살이 쪘는데 볼살은 그리 많지 않다. 중키의 조금 통통한 호감형 아저씨였다.

보통 영주는 다들 이렇게 여행객에게 친절한 건가? 설마 이거다 드래곤의 계획인 건 아니겠지?

"못 믿는 건 아닌데, 혹시 학생증을 보여 주실 수 있으십니까?"

영주보다 오히려 집사가 더 현실적이었다.

"아니다. 그리할 것 없어."

"하지만…… 저도 못 믿는 건 아닙니다. 그렇지만 확인할 건해야 합니다."

집사가 공손하게 말했다. 나하사는 처음부터 이 상황을 각오하고 있었다. 짐을 뒤져 처박아 놓았던 구겨진 종이를 꺼냈다.

"학생증은 잃어버려서 없고, 이걸로 확인이 될까요?"

드래곤 산맥에서 만난 터소비 아시오가 써 준 추천서였다. 영주가 종이를 받아들었다.

"오! 대단하군. 시험이 아니라 추천인 건가!"

추천이 왜 대단한 건지는 모르겠지만 일단 고개를 끄덕였다.

"나하사가 그대 이름인가?"

"네, 바다라는 뜻입니다."

"그렇군. 좋은 이름이구나."

영주가 웃으며 추천서를 돌려주었다.

"내년에 내 아들이 들어가면 잘 좀 대해 주게."

나하사도 애매하게 웃으며 고개를 끄덕였다. 미안하지만 학생도 아닐뿐더러, 댁 아들 이름도 모른다.

"그럼 이제 다시 돌아와서…… 머린 사제님."

가만히 있던 이칼리노의 신관이 갑자기 호명되자 깜짝 놀랐다.

"네, 네?"

"그게 흑마법진을 흉내 낸 것이었다면…… 어떤 종류의 흑마법진이었습니까?"

신관은 고개를 흔들었다.

"잘 모르겠습니다. 내일 선배 사제님이 오셔야……"

"나하사 군은 알고 있나?"

물론 나하사는 알고 있었다. 얼마나 잘 아냐면 발가락으로도 그릴 수 있을 정도로 잘 안다. 가장 처음으로 본 마법진이고, 또한 가장 처음으로 배운 마법진이 그 종류의 마법진이었으니까.

"글쎄요, 저도 잘……."

드래곤의 계획이 아니라면 더는 휘말리지 말아야겠다고 생각하며 발을 떼려는 때였다.

"세상에, 어떻게!"

앙칼진 여성의 목소리가 들려왔다.

응접실의 열린 문 안으로 금발을 올려 묶어 목을 드러낸 귀족 부인이 치맛자락을 쥐고 뛰어 들어왔다.

"그, 그게 사실인가요?! 흑마법진이 발견됐다는 게……!"

"피치!"

뛰어왔음에도 창백한 낯빛의 그녀는 자신의 이름을 부르며 벌떡 일어선 영주의 품에 쓰러지듯 안겼다.

"어떻게 그런 게…… 어떻게 그게 나타난 거죠……?!"

집사와 신관도 일어나 여자에게 꾸벅 인사하자 얼결에 나하사도 따라 일어났다. 눈으로 누구인지 묻자 집사가 조용히 말해주었다.

"남작 부인이십니다."

"아……."

영주의 아내라는 소리였다. 둘이 나이 차이가 꽤나 커 보였다.

딸이라 해도 믿을 것 같았다.

하얗고 작은 얼굴의 남작 부인은 크고 푸른 눈으로 애처롭게 영주를 보며 눈물을 뚝뚝 떨어트렸다.

"아니죠? 네? 그게 아니죠! 아닐 거예요! 그렇죠?!"

부인이 절박하게 말했다. 영주는 부인의 등을 쓸어 주며 난처한 표정을 지었다.

"누군가의 악질 장난일지 모르네. 걱정하지 말아."

아주 다정한 말투였다. 그래도 부인은 안심이 안 되는지 이제는 신관을 붙잡았다.

"머린 사제, 흑마법진이 아니라고 말해. 아니라고 말해!"

"……죄송합니다."

신관이 침통하게 답했다.

"진정하십시오, 부인. 아무 일도 아닐 겁니다."

"그래, 내일 다시 확인할 거라고 하니 진정하게."

집사와 영주의 위로는 통하지 않았다. 부인은 실신이라도 할 것처럼 흥분해 있었다. 그런데 더 이상 하얘질 수도 없을 것 같던 부인의 얼굴이 더욱 백지장처럼 질리는 모습을 보게 되었다.

"엄마, 엄마!"

이제 열 살, 아홉 살쯤 되었을 어린아이가 어미를 찾으며 응접실로 뛰어든 것이다.

"제인!"

부인이 자신의 품으로 뛰어드는 아이를 안았다. 아이의 뒤로 마른 체구의 아주머니 하나가 헐레벌떡 뛰어왔다.

"헬렌, 내가 잘 데리고 있으라고 했잖아!"

"죄, 죄송합니다, 부인……."

"엄마, 유모를 혼내지 마세요. 내가 화장실 간다고 하고 뛰어
왔어요."

자랑스럽다는 듯 나쁜 짓을 고하는 아이는 상당히 귀여웠다.
영주가 말한 내년에 이바노브 아시오 학교에 입학한다는 아들
인 듯했는데, 볼이 통통했고 투명한 푸른 눈을 가지고 있었다.

"제인, 손님이 계신 거 안 보이느냐."

영주가 짐짓 무거운 목소리로 말하자 아이는 깜짝 놀라며 어
미의 품에서 벗어났다.

"안녕하세요, 머린 사제님. 안녕하세요, 저……."

아이가 나하사 일행을 부를 호칭을 찾지 못하고 말을 줄이며
몸을 배배 꼬았다. 나하사는 아이를 물끄러미 보았다.

"내 아들이네. 자네의 후배가 될 아이지."

"……."

영주가 말했으나 소년은 아무 말도 하지 않았다. 그 옆에 무심
한 듯 시크하게 앉아 있던 진이 입을 열었다.

"저건 인간의 아이인가?"

"괴이한 기운이 흘러나오는군요."

네라가 덧붙였다. 흑마법진이 발견되어 뒤숭숭한데 저런 말을
들으니 영주는 기분이 좋지 않았다.

"그대들은 지나치게 무엄하구나."

마침내 몇 번이나 진의 무례를 넘어가 주었던 영주마저 목소리를 낮게 깔았다. 나하사는 죄송합니다, 하고 고개를 숙이고는 똘망똘망 바라보는 제인에게 다가갔다.

"그런데 이 아이……."

"누, 누군데 제인에게 손을 대려는 거냐!"

나하사의 손이 아이에게 닿으려 하자 남작 부인이 소스라치게 놀라며 아이를 품에 끌어안았다.

"왜 그러십니까? 제인 도련님께 이상한 점이라도 있습니까?"

신관이 다가와 물었다. 나하사는 고개를 끄덕였다.

"제인에게 무슨 일이 있다는 거지?"

영주가 물었다. 나하사는 답변 대신에 제인에게 물었다.

"지금 아픈 곳이 있습니까? 뜨겁고 지끈지끈한 곳."

"어, 형아! 어떻게 알았어요?"

"……!"

부인의 눈을 크게 떴다. 유모의 얼굴도 굳었다.

"어디가, 어디가 아픈 거니?! 머린 사제님, 어서 치유를!"

"알겠습니다. 제인 도련님, 어디가 아프신 겁니까?"

"저, 어젯밤부터 배가 아팠어요."

"열이 나는 것처럼 아픈 겁니까?"

"응! 따끔따끔하기도 하고요."

신관이 치유술을 행하려 하는 것을 보고 나하사는 그의 팔을 잡았다.

"잠깐만요. 이건 아픈 게 아니라…… 잠깐 제가 배를 좀 봐도 될까요?"

영주를 보며 말하자 영주는 고개를 끄덕였다. 아이의 유모가 와서 갈색 조끼 아래의 하얀 블라우스 단추를 풀어 주었다.

"멀쩡한데……요?"

오동통하게 살진 아이의 하얀 배는 아무런 이상이 없어 보였다. 신관은 안심하며 말했다.

"외상은 아닌가 봅니다. 아마 배탈이라거나 그런 거겠죠. 치유술을 행하면 괜찮을 겁니다."

그러나 그는 주문을 외우지 못했다. 아직 그들에게 소개하지 않아 이름도 모르는 갈래머리 소녀가,

"끔찍한 게 있군요."

하며 눈썹을 찌푸리며 말한 것이다. 당연히 남작 부인이 흥분했다.

"끔찍하다니 그게 무슨 고얀 말이냐! 여보, 저자들은 대체 뭐죠? 저 건방진 것들을 당장 옥에……!"

"조용히 하시오!"

영주가 부인에게 고함을 지르고는 이바노브 아시오 학교 학생을 보았다.

"내 아들에게 무슨 일이 일어난 건가?"

"……지금 보여 드릴게요."

나하사는 아이 앞에 꿇어앉아 하얀 배에 손을 댔다.

"비져블visible."

사람들은 소년이 마법을 행했다는 것을 인지하기도 전에, 눈에 보인 광경에 소스라치게 놀랐다.

"저… 저건……!"

"꺄아아악! 이, 이게 대체!"

부인이 비명을 질렀다.

소년의 마법 후에, 제인의 작고 귀여운 배를 검고 탁한 괴기한 문양이 뒤덮은 것이다. 마치 검은 벌레들이 줄지어 피부 가죽 안에 붙어 있는 것 같았다.

"내 아들에게 무슨 짓을 한 거야!"

"부, 부인. 진정하십시오."

"머린, 제발 치유해 줘. 제발 저걸 없애 줘!"

부인이 절박하게 말했다. 아무리 자기 아들이 걱정된다지만, 저런 게 생긴 연유도 묻지 않고 무조건 없애 달라고 하는 게 이해가 되지 않았다. 과한 반응 같았다. 나하사는 대체 뭐냐는 눈으로 망연하게 보는 머린 신관에게 설명했다.

"마법진입니다. 다른 흑마법진과 연동해 쓰이는…….."

"제인 도련님의 몸에 흑마법진이 새겨진 겁니까!?"

"어떻게 이런 일이……!"

영주는 소년의 설명을 듣기는 한 건지, 저 끔찍한 것을 없애 달라고 고래고래 소리치며 매달리는 부인을 냉정하게 뿌리치고 어리둥절하게 서 있는 제인과 눈을 맞추었다.

"내 아들에게……."

나하사는 영주를 달래듯 말했다.

"흑마법은 아니지만……. 신관님은 저걸 없앨 수 있을 겁니다. 그렇게 큰 마력이 깃든 마법진은 아닌 것 같으니까."

나하사의 말이 끝나자마자 신관이 무릎을 꿇고 앉아 이칼리노의 신성마법을 외웠다. 나하사가 봉인을 해제할 때 자주 쓰는 고대마법과 비슷한 원리지만, 이칼리노 신의 힘이 깃들어 있어 위력은 비교할 수도 없는 마법이었다.

"앗, 없어지고 있어요!"

제인이 자신의 배에 있던 게 사라지는 걸 보고 천진난만하게 말했다. 반면 어른들은 모두 웃지도 울지도 못한 채 비극을 맛보고 있었다. 그래도 우선 끔찍한 것이 눈에 보이지 않으니 안도는 되었다. 특히 피치 남작 부인은 깔끔하게 올렸던 머리가 산발이 되어 어린 아들의 몸 여기저기에 입을 맞추며 눈물을 보였다.

"다행이야, 제인. 다행이야……!"

제인의 유모도 꿇어앉아 엉엉 울었고, 영주는 눈물까지는 보이지 않았으나 아들의 머리를 쓰다듬으며 안도했다.

나하사는 조금 어색해하며 일어섰다.

"어떤 흑마법진이었습니까?"

물은 것은 네라였다. 영주와 집사도 궁금한 듯 고개를 들었다.

나하사는 잠깐 입술을 깨물었다가 답했다.

"사실 따지자면 흑마법진은 아니지만…… 제물마법이에요. 마법진이 그려진 생명체를 제물로 삼아 흑마법을 부리는……."

"그럼 아까 발견한 흑마법진이 바로……."

사실은 끝까지 그 낙서의 정체를 모르는 체하고 싶었으나 인제 와서는 의미가 없었다. 나하사는 고개를 끄덕였다.

"네, 맞습니다. 그게 단순한 낙서가 아니었다면, 이 아이에게 있었던 마법진과 연동해 다른 어딘가의 흑마법진이 발동되었을지도 모르죠."

"그럼 흑마법진이 어딘가에 또 있다는 말인가!"

영주는 참담하게 소리쳤다. 여러 번의 무례에도 웃으며 넘어가 주었던 그가 흑마법진 얘기에 진심으로 화를 내고 있었다.

"추수감사절을 맞아 모든 영지인이 축제를 준비하고 있는데, 왜 하필 이럴 때……!"

"4공작께서 오시기 전에 찾아야 합니다."

"그래, 그래야지. 머린 사제님, 찾을 수 있겠습니까?"

"예, 나하사 님께서 도와만 주신다면……."

신관이 말하며 나하사를 보았다. 나하사는 조금 고민했다.

지체 없이 끄덕일 줄 알았는데 예상 외로 소년이 고민하자 영주가 날카롭게 말했다.

"왜 그러지? 사례는 부족하지 않게 하겠네."

"아뇨, 사례가 문제가 아니라……."

"그럼 뭐가 문제인 건가. 말해 보게."

봉인을 깨느라 하루바삐 움직여야 한다는 말을 어떻게 하겠는가.

나하사가 우물쭈물하던 그때, 아이를 품에 안은 채 유모의 위안을 받고 있던 남작 부인이 갑자기 벌떡 일어났다.

"너야, 네가 마법을 부렸어!"

"피치?"

남작 부인은 물기에 젖어 번들거리는 눈으로 성큼성큼 다가왔다. 가까이서 보니 그녀는 나하사보다 키가 컸다.

"네가 마법을 부려서 이상한 게 생긴 거야, 그 끔찍한 게……너 때문에!"

"피치, 그게 아니야!"

"쓰레기 같은 마법사가!"

부인은 이성을 잃은 것처럼 보였다. 머리는 산발이 되어서 경기를 일으키며 소리치더니 그녀의 남편이 말리기도 전에 손을 높이 쳐들었다.

찰싹, 그녀가 나하사의 뺨을 때렸다.

"이런……!"

"피치!"

소년의 조그만 얼굴이 왼쪽으로 돌아가 있었다. 따지고 보면 은인인 사람에게 벌인 무례한 행동에 모두가 얼었다. 진은 찻잔을 놓쳤고 토끼 구르는 '개굴!' 하고 소리치고 말았다. 오히려 가장 놀라지 않은 게 나하사 본인이었다.

그런데, 모두를 다시금 놀라게 할 일이 일어났다.

"X발."

좌중을 경악하게 한 나지막한 욕설은 뒤에 서 있던 분홍색 머리 여자아이의 입에서 나왔다. 소녀는 싸늘한 얼굴로 앞에 나왔다. 그리고 지체 없이 손을 들었다.

철썩.

이번에는 남작 부인의 얼굴이 돌아갔다.

"헉……!"

"네, 네라, 너 미쳤어?!"

네라가 자신보다 훨씬 키가 큰 여인의 얼굴을 때렸다.

부인이 나하사를 때린 것보다 훨씬 세게.

부인이 소년을 때렸을 때와는 비교도 못 할 만큼 경악한 좌중들 사이에서(이번에는 나하사도 놀랐다) 소녀는 차갑게 중얼거렸다.

"인간에게 손을 댄 건 처음이군요."

부인이 덜덜 떨며 부어오르기 시작하는 볼을 만졌다.

"너, 너……."

"아들의 생명을 구한 이에게 이 무슨 횡포입니까. 나하사, 이들은 더 이상 도와줄 필요가 없습니다. 그냥 떠납시다."

나하사조차 눈만 깜박거리며 말도 차마 못 걸 정도로 네라의 얼굴은 싸늘했다.

"아니… 그래도, 귀족에게 손을 대다니……."

"저딴 것은 귀족으로 대우해서는 안 됩니다. 은혜도 모르는 버러지 같은 것들."

"네, 네라."

"이곳에 흑마법이 퍼지든 말든 우리와는 상관없지. 가자."

진마저 냉정하게 말하고 일어났다. 사실 가자고 해도 갈 수 없는 상황이었다. 귀족에게 손찌검을 했으니 감옥에 가둬도 할 말이 없었다.

"너, 이 자식!"

"무슨 짓이냐!"

호위기사들이 뒤늦게 정신을 차린 듯 창을 내세우고 다가왔다. 그런데 영주가 손을 들어 그들을 막았다.

"무례한 짓은 이쪽에서 먼저 했으니 이번 일은 문책하지 않도록 하지."

"……!"

호위기사보다 남작 부인이 더 놀랐다. 안 그래도 커다란 눈이 더욱 커져 금방 눈물이 차올랐다.

"내가 저년에게 맞았어요, 뺨을 맞았다고요!"

"물러가라."

영주는 타이르기보다는 명령조로 말했다.

"하지만…!"

"물러가라 했다."

아내가 아니라 하인에게 말하는 것 같았다.

"미안하오. 머린 사제님, 나하사 군을 치유해 주시겠습니까?"

"예, 알겠습니다."

공손히 답하며 걸어오는 신관을 보고 나하사가 기겁하며 물러섰다.

"헉…… 아뇨, 괜찮아요."

"하지만……."

"저는 약초를 써서 치료하는 편이라……."

나하사가 끝내 거절하자 신관은 이러지도 저러지도 못했다. 영주는 됐다고 머린의 어깨를 짚고는 아내에게 했던 강경한 말투와는 달리 부드러운 어조로 말했다.

"나하사 군, 잘못은 이쪽이 먼저 했으나 그렇다 해도 귀족에게 손을 대는 것이 중죄라는 건 알고 있겠지."

"네, 죄송합니다."

"그 죄를 문책하지 않을 테니 나를 좀 도와주겠나?"

진과 네라는 계속 아니꼬운 듯 차가운 얼굴이었지만, 중죄를 처벌하지도 않고 오히려 바로 앞에서 자신의 부인에게 무안을 주고서 이런 부탁을 하니 도저히 거절할 수가 없었다.

"네. 제가 할 수 있는 데까진 해 보겠습니다."

"고맙네."

남작 부인이 쓰러지듯 주저앉아 아들을 품에 안고 흐느꼈다.

나하사는 조금 미안한 감정이 들었다. 하인이 보는 앞에서 모욕당했으니 얼마나 마음이 불편할까.

영주가 부인을 힐긋 보았다. 아내의 체면을 살리지 못한 그 자신도 마음이 편치 않을 터였다.

"나는 이곳에 있을 테니 릴에게 우리 영지에 관한 설명을 듣고 있게. 그 후에는 수색도 부탁하네. 흑마법진을…… 반드시 찾아 주게."

"네, 노력하겠습니다."

울고 있는 부인과 그녀의 어깨를 감싸는 영주의 모습을 마지막으로 응접실을 나왔다. 나오기 직전에 제인의 유모와 눈이 마주쳐서 나하사는 엉겁결에 고개를 꾸벅했다.

영주의 성안, 깔끔하면서 세련되게 꾸며진 복도를 걸으며 집사가 물었다.

"정말 괜찮으십니까? 치유를 받으시지요."

"아니에요. 어차피 곧 가라앉을 텐데요, 뭐."

"……죄송합니다."

"저야말로 죄송해요. 여자분 얼굴에 손을 대서……."

집사는 머린 사제가 치유해 줄 거니 걱정하지 말라고 말했다. 그는 이어서 말했다.

"부인을 이해해 주십시오."

"그럼요, 이해합니다."

집사는 이 소년이 매우 어른스럽다고 생각했다.

"우리 영지에 대해 알고 계십니까?"

"아뇨, 잘 모릅니다. 제가 소냐르는 첫 방문이라서……."

"예, 그럼 설명해 드리겠습니다."

집사가 설명을 시작했다.

틸라 영지는 본래는 저주받았다고 일컬어지는 곳이었다. 소냐르 산맥 중 가장 높은 산이 바로 옆에 위치하여 비구름을 막고, 여름엔 무더우며 겨울엔 사무치게 추운 곳. 또한 20년이나 계속된 흉년으로 살기 힘들어진 영주민들은 영지를 떠났고, 출산율 또한 현저히 낮아졌다.

지금의 영주, 틸레이 일렌 온 소냐르 남작은 그런 영지를 단기간에 소냐르 제일 수확 영지로 끌어 올렸다고 한다. 그뿐만 아니라 대일 영지로 가는 가장 빠른 육로를 개척해냈고, 3년 전부터 이바노브 아시오와의 교역 중심 영지가 되어서 지금은 동쪽에서 가장 발전한 영지로 꼽히고 있다.

상업이나 문화 사업보다는 농업을 여전히 최우선 과제로 꼽는 소냐르는 해마다 넓이에 비례하여 가장 많은 곡물을 수확한 영지에 상을 내리는데, 5년 연속 틸라 영지가 그 영광을 누렸고, 올해도 마찬가지라고 한다. 특히 올해는 가장 낙후됐었던 곳이 이 정도의 성장을 한 것에 놀라워 소냐르의 4공작이 모두 추수감사절에 방문할 예정이라고 했다.

"추수감사절이 언젠가요?"

"이제 사흘 남았습니다."

나하사는 내일은 필히 이곳을 떠나기로 굳게 마음먹었다.

"기후적으로 외면받은 곳에서 풍년을 거듭하다니 신기하네요."

나하사의 말에 집사는 자랑스레 웃었다.

"네, 기적이지요. 그래서 영주민들끼리, 영주님을 기적의 영주라고 부르곤 한답니다."

"하하……."

"그리고 중요한 게 있습니다. 이곳에서는 이바노브 아시오 학원의 학생이어도 마법을 배웠다는 것은 밝히지 않는 게 좋을 듯합니다."

그러고 보니 이곳은 마법사에 대한 인식이 좋지 않다고 했다. 나하사가 연유를 묻기 전에 집사가 설명했다.

"부인께서 과민하게 반응하신 것도 이 때문입니다. 사실은 이 영지는…… 7년 전에 끔찍한 일이 있었습니다. 우리 영지인으로 보이지 않는 흑마법사가 성에 침입했었죠."

"성이라면, 이곳에요?"

영주가 사는 곳은 정말 성처럼 휘황찬란하진 않았지만, 그래도 저택이라기보다는 성에 가까웠다. 설마 그 흑마법사가 영주가 사는 곳에 침입한 건가 싶어서 나하사는 놀랐다.

"예. 추수감사절이었는데, 아주 갑작스럽게 일어난 일이었습니다. 늦은 밤, 소란스러움에 잠에서 깨어 다들 우왕좌왕할 때,

제인 도련님의 방에서 비명이 들려왔습니다."

집사는 '그때 도련님은 두 살이었습니다' 하고 덧붙였다.

"가 보니 호위기사 둘과 시동 하나가 난자되어 죽어 있고, 제인 도련님께선 붉은 마법진 위에서 피범벅이 되어 울고 계시더군요."

"……."

"7년 전 우리 영지는, 먹고 살기 힘든 사람들이 모여 아등바등 살아가고 있었습니다. 저주받은 땅이라 불리는 것도 서러운데, 영주의 성에 흑마법사가 침입해 그의 하나뿐인 아들을 해하려다가 젊은 호위기사 둘을 살해한 것입니다. 모두가 흑마법사의 악독한 짓에 분노했지요."

'어쩌면 그 일 이후에 모두가 단합하여 죽도록 노력했기에 지금의 위치에 이른 걸지도 모릅니다' 하고 말하며 집사는 웃었다. 마지막 말은 농담인 듯했지만 나하사는 웃을 수 없었다. 그런 일이 있어서 남작 부인이 그렇게 흥분했던 거구나, 납득이 되었다.

"마녀는 2년 후 잡아서 화형에 처했습니다."

"흑마법사를 잡았다고요?"

"예, 온 영지민이 단합했더니 가능했습니다."

"……."

집사는 뿌듯하게 말했지만 나하사는 미심쩍었다. 흑마법사 정도라면 이런 사람들에게 잡히지 않을 텐데.

"그때의 붉은 마법진은 어떤 마법이었나요?"

"그 당시 있던 사제님께서는 모르는 마법진이라고 하시더군요. 그 방은 성째 폭발시켜 없앴습니다."

"마녀에게는 물어보지 않은 건가요?"

"모른다고 잡아떼기만 하더군요. 죽기 직전까지도."

나하사가 토끼를 안은 채 어깨를 작게 떨었다. 불길한 예감이 들었다.

방금 전 본 커다란 푸른 눈에 성격이 밝은 어린아이를 떠올렸다. 제물 마법진이 몸에 그려져 있던 아이. 그런데 그 아이가 7년 전에도 위협을 당했었다고? 붉은 마법진 위에서 울고 있었고…… 지금은 제일 수확 영지가 되었고……?

무척 수상했다. 마녀를 잡았다는 것까지 모든 것이 수상하기 짝이 없었다.

"자, 여기에 짐을 푸십시오. 남자분들은 여기서 지내시고 아가씨는 건너편 방에서 지내시면 됩니다."

집사가 안내한 곳은 손님이 올 때 쓰는 커다란 방이었다. 당연한 거겠지만, 나하사가 지금까지 지낸 곳 중 가장 넓고 호화로웠다.

"저도 여기서 잘 겁니다."

아직 얼굴이 굳어 있는 네라가 차갑게 말했다.

"예? 하지만…… 남자분들과 함께 말입니까?"

네라는 대답 없이 성큼성큼 걸어 방 안으로 들어갔다. 두 개

있는 침대 중 하나를 차지하고 누워 버렸다.

"그러면 남자분들이 건너편 방을 이용하시겠습니까?"

"아니, 괜찮아요. 다 같이 여기 있죠, 뭐."

나하사의 대수롭지 않은 듯한 대답에 집사의 눈길이 왠지 해괴하게 변했다.

"그, 그러면 두 시간 후에 다시 오겠습니다. 짐을 풀고 쉬고 계십시오."

"예."

"손님들을 지키세요."

집사는 그들을 따라온 호위기사 둘에게 명하고 조금 비틀거리며 복도를 걸어갔다.

"왜 저러지?"

호위기사들에게 꾸벅 인사한 다음, 문을 닫은 나하사가 고개를 갸웃했다.

"여기서는 남자랑 여자랑 같이 자면 안 되나?"

아무래도 나하사는 자기가 무슨 발언을 하는지 인식하지 못하는 것 같았다.

"그게 문제가 아니다 개굴!"

조용히 있던 토끼가 튀어 오르며 소리쳤다.

"볼이 부어올랐다 개굴! 대체 그 인간의 여자는 뭔가 개굴! 나도 한 대 치러 가야겠다 개굴!"

"그런 조그만 손으로 한 대 쳐 봤자 깨알만큼은 아프겠냐."

나하사가 웃으며 구르에게 걸어 둔 환각마법을 풀었다. 계속 끊임없이 조금씩 빠져나가던 마력이 멈추자 조금은 몸이 가벼워지는 것 같았다.

"그럼 내가 원래 몸으로 돌아가서 때리면 아프겠지 개굴."

구르가 음산하게 말했다. 놀라서 보니 검은 마기가 구르의 몸에서 피어오르고 있었는데, 날개 협곡의 신전에서 커다란 마물로 변했던 모습이 떠올라 나하사가 기겁했다.

"야, 구르, 그만! 멈춰, 이 개구리야!"

"날 말리지 마라 개굴. 아까는 당황해서 아무것도 못했지만 이젠 정신이 돌아왔다 개굴."

구르가 자기 맞았다고 흥분해 주는 것은 고맙지만, 이칼리노의 신관도 있는 영주의 성에서 이러면 오히려 더욱 곤란한 일이 벌어질 것이다.

"우유 줄까, 구르야?"

"흐, 흥! 우유 같은 걸로······!"

"이곳은 풍년이 들어서 우유가 맛있을 거야. 자, 먹어."

구르는 풍년과 우유의 상관관계를 따지기는커녕 따라 주는 우유를 보며 입맛을 다시는 순진한 개구리로 돌아왔다.

그 광경을 보며 진이 재빨리 말했다.

"나도 그 인간의 여인을 때리러 가야겠다."

"······."

"인간은 약한 존재니 죽을지도 모르겠군."

"……."

"음, 지금 당장 가야지."

"……."

"……."

진이 왜 말리지 않냐며 나하사를 보았다. 나하사도 한심한 눈으로 진의 절실한 시선에 눈을 마주쳐 줬다. 혹시 구르한테 했던 것처럼 두건을 사 준다고 할 걸 기대하고 저런 짓을 하는 놈이 드래곤 산맥 절대보호봉인소에 봉인되어 있던 마족임을 누가 믿어 줄까?

나하사는 진의 뜨거운 눈길을 가볍게 무시했다. 진보다는 새침하게 침대에 앉아 있는 소녀에게 할 말이 있었다.

"네라, 날 생각해 준 건 고마운데 그렇다고 귀족에게 손을 대면 어떡하냐."

네라는 움찔하더니 곧 흥, 코웃음 쳤다.

"딱히 당신을 생각해 준 건 아닙니다. 그냥 무례를 보고 있을 수가 없어서 그랬습니다."

"그래?"

"그렇습니다!"

"흐음."

"……저, 정말이라니까요!"

네라가 답지 않게 얼굴을 붉혔다. 나하사는 정말 즐거워서 눈을 접으며 웃었다.

"응, 알았어."

그 모습에 네라의 얼굴이 더욱 붉어졌다.

"얼굴이나 대십쇼. 치유해 드리겠습니다."

그러고 보면 네라는 신성치유가 아니라 단순한 백마법도 할
줄 알았다. 하얀빛이 흘러나온 후 나하사의 볼은 빠르게 가라앉
았다. 백마법은 접한 적이 거의 없어서 나하사는 혼자 신기해했
다. 방금 뺨을 맞았는데 모욕감도 느끼지 않고 마법에만 관심을
보이는 모습에 진이 혀를 찼다.

"앞으로도 그렇게 맞고 다닐 거면 어디 가서 내 동료라고 말
하지 마라."

"야, 귀족인데 그럼 어떡하냐?"

"그건 알 바 아니고."

"……."

"아까 산 두건이나 내와라."

"……."

"그 눈은 뭐지? 상당히 기분이 나쁘군. 할 말 있으면 삐리카
페페로펫!"

조금 띠꺼운 눈으로 바라봐 주니 안 그래도 저조했던 기분을
자극한 건지, 진이 고대어까지 곁들이며 드물게 흥분한 모습을
보였다. 그러자 구르가 우유를 홀짝거리다 말고 고개를 들었다.

"시커먼스, 나하한테 뭐라 하지 마라 개굴."

"구르야……."

편들어 주는 구르에게 감격한 나하사였지만, 구르가 그 감동을 산산조각 냈다.

"까도 내가 깐다 개굴!"

"……."

"그리고 이번에는 나하가 잘못한 거 맞다 개굴. 나는 아직 화가 덜 풀렸다 개굴. 우유가 세 통 더 있어도 안 된다 개굴. 삼십 통이면 생각해 보겠지만."

어, 그래…….

뭔가 점점 우유셔틀이 되어 가는 것 같지만 나하사는 외면하기로 했다.

간단하게 씻은 후 세탁할 옷과 책 등을 정리하고 있으려니, 꽃미남마족과 분홍괴생명체 간의 평화로운 대화가 들렸다.

"이건 어떤가?"

"정말 어울리십니다. 옐로우와 블루 색채의 스트라이프가 진 님의 하얀 피부를 더욱 돋보이게 하는군요."

"이건?"

"과연 검은색이야말로 진 님에게 가장 잘 어울리는 것 같습니다. 특히 가운데에 박혀 있는 분홍색 하트 큐빅은 저를 떠올리게 하는군요. 진 님, 이 두건을 쓰시지요."

"·빌로하."

진은 그대로 두건을 태워 버렸다.

짐 정리를 마친 후 침대 위에 누웠다가 바로 일어났다. 푹신하고 넓어서 계속 여기 누워 있으면 일어나기 싫을 것 같았다.

"나하야."

그러나 어느새 우유를 다 마신 구르가 풀쩍풀쩍 뛰어와 안기는 바람에 다시 침대에 누워 버렸다. 구르는 이제 기분이 좀 풀린 것처럼 보였다.

"그 밭에 있던 흑마법진은 뭐냐 개굴? 역시 장난인가 개굴?"

"뭐 그냥 겁주려는 것 같던데."

"인간의 아이에게 있었던 흑마법진은 진짜였잖나 개굴. 분명 우리의 기운이 느껴졌다 개굴."

"응, 정확하게 그려진 제물 마법진이었지."

진이 새로 쓴 무지개색 두건을 보며 찬사를 하던 네라가 힐끔 돌아보았다.

"그 아이에게 새겨진 것이 흑마법진은 아니라고 하지 않았습니까?"

"음……."

그건 설명하기 어려운 문제였다. 무언가를 제물로 바치는 마법은 크게 신성마법과 흑마법이 있는데, 아까 아이의 몸에 나타났던 마법진은 고대문자를 쓴 흑마법진이었다. 그러나 흑마법 중에서도 예외적으로, 흑마법사가 아니어도 쓸 수 있는 흑마법진이어서 사실상 그냥 일반 마법이나 다름없었다.

나하사의 설명을 들은 구르가 고개를 갸웃했다.

"그럼 보통 마법사는 흑마법을 할 수 없는 건가 개굴?"

"당연하지. 특정 의식을 치러야만 흑마법사가 되어서 흑마법을 쓸 수 있어."

"이상하군."

진이 레인보우 두건을 벗고 새빨간 두건을 쓰며 말했다.

"전에는 그런 조건 없이 인간이 우리의 마법을 썼었는데."

"언제 적 이야기야, 그게?"

나하사가 웃었다.

"그 의식이란 건 뭔가 개굴?"

구르가 물었다. 나하사는 구르와 네라가 자신 대신 화를 내 준 것과 등 뒤의 부드럽고 푹신한 침대에 잠시 현혹되어 평소의 예민함을 잃은 상태였다.

"일종의 마신과의 계약을 위한 통과의례 같은 건데…… 여러 가지 방법이 있어. 다 잔인하고 입에 담기도 껄끄러운 것들이지만."

나하사는 말하며 옆으로 뒹굴었다.

침대가 무척 넓었다. 데굴데굴 구르다가 엎드려서 푹신한 침대를 만끽하는데, 왠지 조용히 있던 구르가 말했다.

"그럼 나하도 그 잔인한 의식이란 걸 치른 건가 개굴?"

"……"

"……"

"……"

"……"

똑똑.

아무 답도 못하고 있던 나하사에겐 다행스럽게도 누군가가 문을 두드려 침묵을 깼다.

"릴 하인스입니다. 들어가도 되겠습니까?"

두 시간 후에 온다던 집사가 한 시간도 지나지 않아 다시 돌아왔다. 나하사는 벌떡 일어났다.

"하하하, 그럼요! 얼마든지 들어오세요."

벌컥 문을 열자 집사 옆에 이칼리노의 신관도 서 있었다. 릴은 들어온다는 말과는 달리 가만히 서서 말했다.

"사제님께서 저녁에는 저녁미사를 위해 신전으로 돌아가셔야 한다고 합니다. 그전에 성을 함께 둘러보셨으면 하는데……."

"아, 네. 그러죠."

"그럼 지금 가시겠습니까?"

"네, 지금……."

나하사는 문을 반쯤 열다 말고 멈칫했다. 진은 새빨간 두건을 쓰고 있어서 상관없지만, 환각마법을 풀어서 구르가 개구리 모습 그대로였다.

"자, 잠깐만 기다려 주세요."

"무슨 일이 있으십니까?"

집사가 의아하게 반쯤 열린 문 안을 힐끔 보았다. 나하사는 다급하게 손을 내저었다.

"아뇨, 그, 별건 아니고……."

나하사는 필사적으로 변명 거리를 찾다가 좋은 변명을 발견했다.

"지금 네라가 옷을 갈아입고 있어서요."

"……네?"

"아, 네라는 그, 저랑 같이 온 여자아이예요."

"……"

"그러니까 잠시만 기다려 주세요."

"……"

"……? 집사님?"

왠지 집사는 굳었고 신관은 얼굴이 시뻘게져 있다. 나하사는 고개를 갸웃하며 문을 슬그머니 닫았다. 안도의 한숨을 쉬고 환각마법을 쓰기 위해 뒤돌아섰다. 그런데 개구리와 마족과 소녀가 아주 이상한 눈으로 자신을 보고 있었다.

"뭐야, 왜 그래?"

설마 그 잔인한 의식을 계속 캐물을 생각은 아니겠지?

"너무 자각이 없어 화도 못 내겠군요."

네라가 뭔가 지친 듯 한숨을 쉬며 방을 나갔다.

"쟤 왜 저래?"

황당해서 구르를 보고 묻자 구르는 설레설레 고개를 저었다.

"아무것도 아니다 개굴."

"뭐?"

"갈 길이 멀군."

"어어?"

이어진 진의 말에도 나하사는 이해를 못 하고 다시 문을 열 때까지 물음표만 가득 달고 있었다.

토끼를 품에 안은 나하사, 그리고 집사 릴 하인스와 신관 머린은 넓은 복도를 걸으며 성을 수색했고, 진과 네라는 벽에 걸린 초상화나 천장 장식 등을 구경하며 성 탐험을 했다.

"성이 무척 넓네요."

"해마다 신축 공사를 합니다. 지금도 하고 있고요. 탑을 하나 더 세우는 중입니다."

집사가 자랑스럽게 말했다.

"영주님께서는 성 앞 정원에 작은 신전도 하나 만들 생각이십니다. 우리 영주님은 독실한 이칼리노의 신자시죠."

옆에서 신관 머린이 고개를 끄덕였다.

"우리 신전에도 해마다 기부금을 1억 도르씩 주십니다. 덕분에 대일 신전만큼이나 은혜 넘치는 곳이 되었습니다. 감사한 분이세요."

이칼리노의 독실한 신자라면…… 광신도라는 건가? 나하사는 살짝 긴장했다. 광신도라면 마족의 마 자만 보아도 치를 떨 것이다.

"그런데 계속 이렇게 돌아다니기만 해서는 추수감사절이 끝나서야 알아내겠군요."

나하사가 화제 전환 겸으로 걱정스러운 척 말했다. 신관과 집사의 얼굴이 동시에 어두워졌다. 나하사가 가볍게 조언했다.

"스캔scan을 할 수 있는 마법사에게 의뢰해야 할 겁니다."

"나하사 군은 못 합니까?"

물론 할 수 있다. 나하사가 스캔scan할 수 있는 넓이는 성을 넘어 이 영지 전체도 가뿐하다.

"어려운 마법이라서…… 죄송해요."

연기파 나하사는 정말로 죄송한 듯 말했다.

"아닙니다. 어쩔 수 없지요. 한데 이 성만이라도 어떻게 안 되겠습니까? 성에 있는 마법진이라도 좀……."

집사가 초조하게 물었다. 마법사에게 의뢰하는 데에는 최소로 잡아도 일주일은 걸린다. 거금을 주고 하프를 통해 의뢰한다고 해도 사흘에서 나흘은 있어야 하는데, 그때는 이미 소냐르의 4공작이 온 다음이다. 4공작은 영지 사찰 같은 건 하지 않고 성에만 머무를 테니 우선 성안만이라도 깨끗해야 했다.

"성에 없을 수도 있어요. 사실 그 낙서처럼 인적 드문 바깥에 있을 확률이 더 높습니다."

"예? 그런……."

집사가 당황했다.

"그러고 보니 그렇군요. 하지만 제인 도련님을 제물로 삼으려 했으니 가까운 곳에 있을 확률이 높습니다."

신관이 신중하게 말했다.

보통 제물마법에는 세 가지의 마법진이 필요하다. 제물에 새기는 마법진, 대가가 발현되는 마법진, 그 둘을 연동시키는 마법진. 이 세 가지 중 제물에 새기는 마법진은 흑마법사가 아니어도 쓸 수 있는 마법진이 많고, 다른 두 가지는 신성마법이 아닌 이상은 흑마법밖에 없다. 또한 제물에 새기는 마법진과 대가를 받는 마법진의 거리는 대륙의 끝과 끝 정도로 떨어져 있지 않은 이상 상관없으나, 가까울수록 제물마법의 성공 확률이 높아지는 건 맞았다. 그리고 가끔은 제물로 대가를 받는 마법진과 둘을 연동시키는 마법진이 일체되어 있는 경우도 있다.

"그래도 성내에 마법진을 그리면 쉽게 들킬 텐데요."

"그렇긴 하죠. 아, 그럼 우선 제인 도련님의 방부터 볼까요?"

신관이 혼자서 차선책을 제시해서 다 같이 복도를 꺾어 영주 아들의 방으로 향했다.

"용의자는 없습니까? 찾고 있습니까?"

네라가 대뜸 끼어들었다. 초상화 구경하는 것 같지만 대화는 다 듣고 있었던 모양이다.

"예, 안 그래도 찾고 있습니다. 소재지가 파악이 안 돼서요."

용의자가 있긴 한데 어디에 있는지 몰라서 찾고 있다는 소리였다. 하지만 찾는다 해도 그 범인이 순순히 마법진의 위치를 말할지는 의문이었다. 네라는 의외로 흥미가 동했는지 다시 물었다.

"용의자는 어떤 사람입니까?"

"7년 전의 그 마녀의 제자입니다."

집사의 대답에 나하사는 또 놀랐다.

"같이 화형에 처하지 않았나요?"

"사실은 제자가 있었다는 게 얼마 전에 밝혀졌습니다. 그때 알았다면 함께 화형에 처했을 겁니다."

그럼 그렇지. 보통 흑마법을 행한 자를 사형시킬 때는 사돈의 팔촌까지 피를 멸한다. 특히 그 흑마법을 전수받은 제자라면 절대로 살려 두지 않았을 것이다.

"제물 마법진(제물에 새겨야 하는 마법진)을 눈에 보이지 않게 숨겨 놨으니 상당한 실력자일 겁니다."

조심하라는 의미에서 신관이 덧붙였다.

그러는 동안 그들은 남작 아들의 방에 도착했다. 다행히 남작 부인은 없고 유모와 아이, 호위기사 둘만 있었다.

"릴, 릴이다!"

눈이 크고 예쁘장한 아이가 발랄하게 웃으며 뛰어와 집사의 허리에 매달렸다.

"도련님, 어디 아프신 곳은 없으십니까?"

"응? 없어, 없어요!"

제인이 도리질을 치며 답했으나 집사는 유모를 보며 확인했다.

"네, 다행히 어디 편찮으신 곳은 없으세요……. 아깐 정말이지 너무 놀라서……."

유모가 가슴을 쓸어내렸다. 그녀는 날씬하다 못해 거의 비쩍 마른 체구여서 아직도 하얗게 질려 있는 얼굴이 더욱 안쓰럽게 보였다.

"그래, 정말 놀랐겠군. 너무 큰 걱정은 말게나."

집사가 유모를 위로했다.

"네…… 그런데 이곳엔 어쩐 일이신지요? 도련님을 보러 오셨나요?"

"흑마법진이 있을까 하고 왔네."

"흑마법진이요? 아…… 하나가 더 있어야 했었죠……."

사실은 하나가 아니라 두 개를 더 발견해야 했다.

"이런, 헬렌. 괜찮은 건가? 도련님과 함께 쉬고 있게."

유모와 집사의 대화를 들으며 나하사는 신관과 함께 방을 둘러보았다. 어린아이의 방치고는 너무 넓었다. 책장에는 우리대륙의 역사서와 이바노브 아시오 학교 입학 전에 필히 공부해야 하는 서적들과 함께 영웅소설이 꽂혀 있었다. 하얀 벽에는 용사단을 상징하는 백양의 그림이 크게 붙여져 있었고, 그 옆에는 적발의 무속검사 초상화가 걸려 있었다. 책상 위에 조그만 녹색 개구리 모형 장난감이 있었는데 개구리 몸통에 하트가 그려져 있고, 안에 'love love'라고 쓰여 있었다. 이 아이는 러브 남매의 팬인 모양이었다.

"앗, 토끼다! 토끼야, 토끼!"

나하사의 품에 안긴 구르를 보고 제인이 펄쩍펄쩍 뛰며 나하사 주위를 빙글빙글 돌았다.

"너무 괴롭히지 마세요."

나하사는 구르의 애처로운 눈빛을 못 본 체하고 아이의 손에 구르를 쥐어 주었다.

"형아, 감사합니다아."

토끼를 꼬옥 안고 앙증맞게 고개를 숙였다. 나하사는 상대가 귀족 신분인 것을 알면서도 손을 들어 머리를 쓰다듬었다. 그러면서 자기도 모르게 부드럽게 웃었다. 하지만 아주 잠시였다. 곧 나하사는 손을 떼고 방을 수색했다.

제인은 방바닥에 주저앉아 토끼를 주물럭주물럭하며 데리고 놀았다.

"도련님, 바닥에 앉지 마세요."

"유모, 유모! 봐봐, 되게 통통해. 피터한테 줘서 요리하라고 할까?"

"도련님 것이 아니잖아요. 게다가 언제부터 토끼를 먹었다고 그래요?"

"그치만 유모 요즘 너무 못 먹고 있잖아. 전보다 더 말랐어. 토끼는 맛있대, 응?"

자기가 먹으려고 한 게 아니라 비쩍 마른 유모에게 먹이고 싶었나 보다. 그런 도련님의 착한 마음씨에도 유모는 얼굴을 굳히고 바닥에서 일으켜 세웠다.

"유모를 좋아하는군요."

네라가 무심하게 말했다.

"그렇지요. 헬렌은 도련님이 태어났을 때부터 보살펴 주고 있습니다. 헬렌의 아들과 도련님도 참 친했는데……."

집사가 씁쓸하게 말을 줄였다. 네라는 더 묻지 않았다. 그들의 대화를 들으며 나하사는 여기저기 뒤적거렸다. 사실은 살피는 척만 하려고 했는데 이 방에서 정말로 흑마법사의 마력이 느껴졌다.

"이봐."

아까 있었던 방보다 훨씬 호화롭게 꾸며진 침대 주위를 어슬렁거리고 있던 진이 나하사를 불렀다.

"왜?"

"이런 걸 찾고 있나?"

"응? 뭐…… 헉."

진이 대수롭지 않게 말하며 침대를 한 손으로 턱 잡더니 척 들어 올렸다.

"세상에!"

유모가 놀랐다.

"저런 곳에 마법진이!"

그리고 신관과 집사와 나하사도 놀랐다.

침대를 한 손으로!?

"이봐, 이걸 찾는 거 아닌가?"

대수롭지 않게 말하는 저 두건 쓴 키 큰 미남 뒤로 후광이 비쳐 온다. 진은 침대를 한 손으로 간단히 뒤집어 사내들의 열등 감을 더더욱 유발했다.

차라리 두 손을 쓰는 아량이라도 보여 주지!

"세상에, 그거 피로 그린 건가요?"

헬렌이 놀라 말하고는 얼른 제인의 눈을 가렸다.

"저, 저희는 나가 있을게요."

그녀가 제인을 데리고 나가고 일 분쯤 지나서야 사내들은 정 신을 차렸다.

"침대 밑에 마법진을 그려 놓다니 상당히 추악하군요."

"도련님이 저 위에서 주무셨을 걸 생각하니 소름이 돋습니 다."

그려진 지 오래된 것 같은 검은색 마법진을 보며 그들이 얼굴 을 찌푸렸다.

"어떻습니까? 이건 아까 발견한 것과는 다릅니까?"

집사가 나하사에게 물어 왔다. 나하사는 심각한 얼굴로 마법 진을 보았다.

"네, 이건 진짭니다."

침대 밑에 그려진 마법진은 상당히 정확하고 세심하게 그려진 제물 마법진으로 다른 두 개의 마법진을 연동시키는 흑마법진 이었다. 글자도 틀린 구석이 없었고 각 원의 크기도 정확했다.

"하지만 피로 그려진 건 아닌 것 같지 않습니까? 붉지 않아 요."

신관의 말대로 마법진은 검은색이었다.

"피가 맞습니다. 검어진 것은 마력이 주입되었다는 뜻이에
요."

"그건……!"

집사와 신관이 눈을 크게 떴다. 나하사는 고개를 끄덕였다.

"대가가 발현되는 마법진이 완성되어 있다면…… 제인 도련
님의 몸에 있던 마법진에 마력을 주입하기만 했으면 꼼짝없이
제물로 바쳐졌을 겁니다."

나하사는 나지막하게 덧붙였다.

"어떻게 해 볼 틈도 없이요."

제2장
제물마법

남작이 애지중지하는 외동아들이 자는 침대에서 제물 흑마법진이 발견된 것은 충격적인 사건이었다. 그것도 마력 주입까지 되었다는 것은, 범인은 언제든 제인을 제물로 바칠 수 있었다는 뜻이었다. 그 소식을 들은 남작 부인은 그 자리에서 실신했다. 남작은 부인을 침대에 눕힌 뒤 침착하게 제인의 방을 옮기라고 지시하고, 침대 구입일과 어떤 이들이 방에 들어갈 수 있었는지를 알아보았다.

나하사는 그런 마법진 정도야 눈 감고도 해제할 수 있었지만, 이론만 아는 척하면서 신관을 시켜 해제했다. 이론을 아는 것만으로도 나하사는 신관에게 선망 어린 눈길을 받았다. 이바노브 학교 학생들은 모두 나하사 군 같으냐고 물어 와서 나하사는 어색하게 웃기만 했다.

나하사는 성대한 저녁 만찬을 대접받았다. 남작 부인은 자존심이 상해 보였으나, 그래도 도움을 받은 건 인정하여 감사 인사를 했다. 제물마법과 틸라 영지에 관한 이야기를 좀 나누고 나니 밤이 늦어 있었다. 대가가 발현되는 마법진은 내일 마저 찾기로 하고 나하사는 드디어 자유 시간을 가졌다.

"나하야!"

젖은 머리를 말리지도 않고 침대에 앉는 나하사에게 구르가 폴짝 뛰어왔다.

"응, 구르."

나하사는 개구리가 된 구르를 꼭 껴안아 주었다. 어쩐지 오늘 하루가 굉장히 길게 느껴졌다. 꼭 나흘은 되는 것 같다.

"오늘은 봉인을 하나도 못 깼네."

나하사가 아쉬운 듯 말하자 구르가 움찔했다.

"설마 지금 나갈 건가 개굴?"

지금까지 구르가 보아 온 이 인간의 아이는 봉인을 깨자고 하면 자신이 피곤한 것은 상관치 않는 아이라 마음이 조마조마했다.

"아니, 오늘은 쉬자."

"오, 좋다 개굴!"

나하사가 의외의 대답을 했다. 구르가 헤벌쭉 웃었다. 이제 이 소년도 여유를 좀 찾는가 싶었다.

나하사도 구르를 쓰다듬으며 웃었다. 조금 피곤한 기색이 있는 웃음이었다.

"진, 씻어. 욕조도 있어."

소년이 옆 침대에 앉아 차를 마시는 마족에게 말했다.

"너도 욕조를 썼을 것 아닌가."

감히 나보고 누군가가 들어가 때와 머리카락이 묻어 있을 욕조에서 씻으라고? 하며 날카로운 눈빛을 보내고 있는 미남 마족이 입가에 대고 있는 저 찻잔도 새 찻잔은 아니겠지만 나하사에겐 상관없는 일이었다.

"이곳의 차는 매우 맛이 좋군. 특산품이라고 하니 가져가야겠다."

진이 찻잎을 두건에다가 쓸어 담았다. 그러라고 사 준 두건이 아닐 텐데!

"야, 나중에 많이 사 줄게. 그건 그냥 둬."

"어떻게 이런 맛이 나는 건지 알고 있나?"

"전설의 차 장인이라도 소개해 줄까?"

그걸 내가 어떻게 아냐는 식으로 비꼬며 되묻자 진은 살짝 눈썹을 찡그렸다.

"고심하는 게 좋을 것이다. 이곳에서 어떻게 이런 향이 나는 풀이 자라는지."

"……."

의미를 담고 있는 말 같았으나 나하사는 일부러 깊게 생각하지 않았다.

한방에서 잔다는 말에 기겁한 남작 부인 때문에 네라는 건넌방에서 자게 되었다. 오랜만에 네라가 없으니 시끄럽지도 않은 게 편하고 좋았다.

"내일 일찍 일어날 거니까 얼른 자."

난 잔다, 하며 나하사가 구르를 껴안은 채 누웠다. 진은 여분의 찻잎까지 꺼내 두건에 쓸어 담고 있었다.

"내일은 봉인을 깰 건가?"

"응, 흑마법진을 찾으면 나갈 거니까."

"못 찾으면 계속 이곳에 있고?"

"어……."

진의 말투는 전혀 뾰족하지 않았지만, 나하사가 지레 찔려서 조그맣게 대답했다.

"그래, 그래. 나하야, 내일도 여기서 푸욱 쉬자 개굴. 사람은 쉬면서 살아야 하는 거다 개굴!"

마왕의 부활을 원하고 있긴 한 건지, 휴식만 종용하는 구르의 기분 좋은 말이 나하사에게 위안이 되었다.

"흥미롭군."

문득 진이 말했다.

"왜 이곳에 붙어 있으려는 거지?"

"야, 내가 붙어 있고 싶어서 붙어 있냐? 지금 와서 모른 체할 수도 없고…… 영주의 부탁도 있었고 하니까."

"처음부터 상관하지 않았으면 되었지 않나. 가짜 마법진을 지나치기가 그리 어려웠던 건가?"

진의 지적은 날카로웠다.

사실 나하사는 지금이라도 마음만 먹으면 얼마든지 떠날 수 있었다. 어차피 쫓기고 있는 건 마찬가지니 속은 것을 안 영주가 재차 수배령을 내려도 상관이 없었다. 누구에게든 무심한 나하사는 흑마법진이 발견된 영지가 어떤 상황에 놓이더라도 사실은 아무 관심도 없었다. 하지만, 나하사는 지금 이곳을 선택했다. 스스로 떠나지 않고 이곳에 있었다.

"흑마법사가 또 있나 하고…… 그게 궁금해서 있는 거야."

나하사가 변명하듯이 말했다.

사실이기도 했다. 그런 이유도 없지 않아 있었다. 하지만 가장 결정적인 것은…….

"언제부터 그렇게 호기심이 많았다고?"

진이 비웃었다. 나하사가 발끈하기도 전에 구르가 폴짝 뛰어올랐다.

"그만해라 개굴! 이유가 뭔 상관인가 개굴."

"……"

"어쨌든 지금은 늦었으니 자라 개굴. 나도 졸리다 개굴."

고위 마족은 잠을 잘 필요가 없다던데 구르는 하품까지 해대며 나하사의 품에 파고들었다.

나하사는 진을 힐끔 보았다가 구르를 안은 채로 등을 홱 돌리고 누웠다. 그 드래곤도 그렇고 진도 그렇고 몰아붙이는 녀석들은 질색이다.

입을 삐죽 내밀자 올려다보는 구르의 시선이 느껴졌다. 진에게는 그만두라고 말했지만, 은근 신경 쓰이나 보다. 나하사는 속으로 웃었다.

도저히 지나칠 수 없는 이유가 있었다. 사실은 마법진을 흉내 낸 낙서를 본 순간부터, 이곳에 머물게 될 것을 예감했었다.

그 귀여운 아이에게 새겨진 제물 마법진을 보고 자신이 지나칠 수 있을 리가 없었다.

제물마법을.

지나칠 수 있을 리가 없었다.

"저기…… 저기."

"……."

"저기…… 저기요……!"

아무리 불러도 답이 없어 결국 소리를 높였다. 그러자 드디어 그녀가 뒤를 돌아보았다.

"저기가 대체 누구야? 내가 내 이름 안 알려 줬니?"

이젠 아이가 입을 다물 차례였다. 우물쭈물 입술만 달싹이는 아이는 앙상한 상체를 그대로 내보이고 있었다. 아이는 살짝 등을 보이며 더듬더듬 말했다.

"……이거요."

"아."

마법사 로브를 입은 아담한 체구의 여인이 아이 앞에 무릎 꿇고 앉았다. 아이의 벗은 등에 새겨진 괴기한 문양을 손으로 쓰다듬었다. 그것은 마법진처럼 보였는데, 말그대로 문신처럼 새겨져 있어 검붉은 멍과 함께 자리하고 있었다.

"많이 아프니?"

"조, 조금…… 따끔따끔하고…… 그래서요……."

사실 아픔이 상당할 터였다. 아직 제대로 흡수되지 못한 마법진은 흑색 연기를 내며 살 안으로 점점 파고드는 중이었다. 그것은 보는 이까지 고통스럽게 하는 광경이었다.

"언제까지…… 아픈가요……?"

해결 방법이 아닌 고통의 기간을 묻는 아이의 머리를 여인이 쓰다듬었다. 아이는 옅게 어깨를 떨며 여인의 손길을 느꼈다. 언제나 처음처럼 느껴지는 온기. 부드러움…….

그러나 여인의 입에서 나온 말은 따뜻함과는 거리가 멀었다.

"평생 그럴 게다."

"……."

"평생……."

나하사는 침대 위에 누운 채 멍하니 눈만 깜박였다. 천천히 깜박이다가 느낌이 이상해서 손가락을 눈가에 가져다 대니 또 눈물이 흐르고 있었다. 소매로 쓱쓱 닦고 일부러 기운차게 기지개를 켜며 일어났다.

"우왁 개굴!"

나하사 위에서 잘 자고 있던 구르가 침대 밑으로 굴러떨어졌다.

"지진인가 개굴! 천계의 침공인가 개굴?!"

"잘 잤어?"

잠에서 덜 깬 구르를 잡아 침대 위로 올려주고 머리통을 톡 쳤다.

"나하! 잘 잤나 개굴?"

"응."

"못 잔 것 같은데 개굴."

구르가 하는 말에 움찔 놀라는데 낮은 목소리가 들렸다.

"자면서 질질 짜는 게 취미인가 보지."

진이 옆 침대에서 틸라일보라고 쓰인 신문을 보며 차를 마시고 있었다.

"우리 나하, 또 악몽 꿨나 개굴?"

"악몽 아니야."

"자면서 신음하고 우는 게 악몽이 아니면 대체 뭐가 악몽입니까?"

어느새 나타난 네라가 떽떽거렸다. 나하사는 고개를 흔들며 일어났다. 이제 우는 걸로 놀림당하는 것도 지겹다.

세수 겸 샤워랍시고 몸에다 물 한 바가지를 끼얹고 나오니, 네라가 방금 전까지 자신이 누워 있던 침대 위에서 팔다리를 대자로 벌리고 잠들어 있었다.

"이곳의 신문이야?"

나하사는 진이 거꾸로 보고 있는 신문을 빼앗아 들었다. 신문이나 기자 같은 언론 계통은 아이돌 음유시인과 함께 친원파의 상징으로 통하고 있다. 도시가 아닌 영지에서도 신문을 보는구나 싶어 조금 놀라웠다. 어제 발견된 가짜 마법진 사진이 일 면에 크게 실려 있기에 들여다보는데, 갑자기 신문이 구겨졌다.

"내가 보고 있질 않았나."

진이었다.

"야, 넌 읽을 순 있냐?"

"흥, 물론이다."

"웃기고 있네. 거꾸로 보고 있었으면서."

그러자 진이 진심으로 의아하다는 표정을 지었다.

"그럼 넌 거꾸로 들면 못 읽나?"

헉……! 뭐야, 얘? ……천재?

나하사는 신문을 진에게 조용히 돌려주었다.

벽시계를 보니 아침 일곱 시를 가리키고 있었다. 본래 올빼미 체질인데 무지 일찍 일어났다. 그래도 잠은 더 이상 오지 않았다.

"나하야, 여기 우유가 참 맛있다 개굴. 먹으러 가자 개굴!"

"응, 그럴까?"

네라는 자라고 놔두고 구르에게만 토끼 마법을 걸어 주었다. 그때 문을 두드리는 소리가 들렸다.

"아직 주무십니까?"

익숙하지 않은 여자 목소리에 고개를 갸웃할 때, 벌컥 문이 열렸다.

"형, 형아! 일어났구나!"

영주의 외동아들이 달려왔다. 그 뒤로 비쩍 마른 유모와 호위기사 둘도 함께 들어왔다.

"어쩐 일이세요?"

영주 아들의 머리를 쓰다듬으며 유모를 보았는데 입을 쩍 벌리고 어딘가를 보고 있었다. 그 뒤의 호위기사들도 마찬가지였다.

"아니 저런……!"

"조각이 신문을 보고 있어……!"

오랜만에 듣는 조각 타령이었다. 나하사는 진에게 특별히 무지개색 두건을 던져 주었다.

"아……."

"조금만 더……."

사내가 얼굴을 가리는 것에 유모보다 오히려 호위기사 둘이 더 안타까워했다.

"몰랐는데 굉장히 미남이시군요……. 신의 현신을 본 게 아닌가 했어요."

유모가 멍하게 중얼거렸다. 나하사는 하하, 웃었다.

"그런데 어쩐 일이세요?"

"아, 네. 틸레이 님께서 제인 도련님을 나하사 학생께 보내라고 하셔서요……."

틸레이가 누군가 했다가 곧 영주의 이름이 틸레이 일렌 온 소냐르였음을 상기했다.

"왜 저한테 보내라고 하셨죠?"

"네? 그야……."

"형이 날 지켜 줄 거잖아!"

제인이 푸른 눈동자를 반짝이며 말했다.

"머린 사제님이랑 형아가 날 지켜 준댔어. 머린 사제님 밖에서 기다리고 있으니까 얼른 나가자!"

응? 응? 하며 옷깃을 잡아끄는 어린아이를 나하사가 어리둥절하게 내려다보았다. 언제부터 지키는 게 되었지. 그냥 마법진만 찾으면 되는 거 아니었나. 그런 생각은 꼬리를 물고 이어지다가,

"응? 날 지켜 줄 거지, 형아?!"

이 아무것도 모르는 어린아이를 굳이 제물로 삼았어야 했나하는 생각마저 들었다.

"응, 지켜 줄게."

나하사는 제인이 남작의 아들인 것도 잊고 반말을 했다. 아이의 앙증맞은 손을 잡고 문을 나서자 토끼와 미남이 줄줄이 따라나왔다.

머린 사제는 집사와 함께 정원에서 뭔가 심각한 이야기를 나누고 있었다.

"엄마!"

제인이 그들 옆에 서 있는 남작 부인에게 달려갔다. 나하사는 고개를 숙여 인사하며 내심 생각했다. 네라를 데려오지 않길 잘했다.

"아, 오셨습니까. 안녕히 주무셨습니까?"

집사가 다가오며 인사했다.

"네, 그런데 마법진을 찾아야 하는 거 아닌가요?"

"저희 신전 쪽에서 사제님 두 분이 오셨습니다. 스캔scan과 비슷한 마법이 신성마법 중에 있는데 그 마법으로 우선 성내부터 살피려고 합니다."

대답한 것은 머린이었다.

"저희가 찾을 동안 나하사 님께서는 이곳에서 도련님을 봐주시겠습니까?"

아무래도 마법을 조금이라도 할 줄 아는 이가 아이의 곁에 있는 게 마음이 편할 터였다. 나하사는 고개를 끄덕였다.

그들이 떠난 후에는 제인 말고는 아무도 말을 하지 않았다. 특히 나하사는 잔뜩 날이 선 남작 부인을 상대하는 게 무척 곤란했다.

"엄마, 나도 토끼 사 주세요. 이 토끼 토실토실하고 귀여워."

제인이 구르의 배를 문질거리며 말했다.

"토끼는 본래 애완동물이 아니란다. 이제 곧 엔드류에게서 망아지가 태어나면 줄 테니 참으렴."

토끼 대신 말(馬)이란 말인가! 귀족 집안은 애완동물도 스케일이 다르다.

"어제는 미안했어요. 나도 모르게 흥분해서."

이십 대 초중반으로밖에 보이지 않는 남작 부인이 커다란 눈동자를 굴리며 말했다. 설마 재차 사과를 할 줄 몰랐던 나하사가 고개를 급히 저었다.

"아, 아뇨. 저야말로 죄송했습니다."

"그 계ㅈ…… 소녀는 어디 있고?"

"아직 자고 있어요."

역시 네라를 데려오지 않기 잘했다.

"자기를 손찌검한 것도 아닌데 망설이지도 않고 귀족을 모욕하다니. 그 아이가 학생을 무척 좋아하나 봐."

"하하……."

"저, 그럼 돗자리를 펼까요?"

유모가 말했다. 시종 두 명이 양손에 가득 무언가를 들고 서 있었는데 아마 자기네 정원에서 피크닉이라도 즐길 생각이었던 모양이다.

"헬렌은 그냥 있어. 너희 둘, 어서 자리를 마련해라."

남작 부인은 시종 둘에게 명령하고는 유모의 팔을 끌어 나무 밑에 앉혔다.

"갈수록 더 마르는 것 같아. 제인이 많이 힘들게 하니?"

"그런 거 아니에요."

"오늘 식사는 제대로 했어?"

"……."

"어제 일 때문에 충격받은 건 알지만…… 그래도 끼니는 거르면 안 돼, 헬렌."

남작 부인은 부드럽게 말하고는 바구니에서 샌드위치를 꺼내 유모의 손에 쥐여 주었다. 시종이 자리를 깔자 자기보다 먼저 유모를 앉히고 손으로 부채질까지 해 주었다.

진은 냉큼 돗자리 위에 엉덩이를 내렸지만, 나하사는 자리에는 차마 앉지 못하고 나무에 기대어 그 광경을 보았다. 남작 부인과 유모가 생각보다 친근한 사이인 것 같았다.

"형아, 누가 날 죽이려고 하는 거야?"

"헉, 어, 그게……."

평화로운 광경을 바라보고 있을 때, 갑자기 제인이 꺼낸 무시무시한 말을 들은 나하사는 헛기침을 했다.

"제인, 제인! 이리 오너라."

다행히 나하사가 답하기 전에 남작 부인이 제인을 불렀다. 아이가 어머니 품으로 두다다 달려갔다. 나하사는 제인이 버리고 간 하얀 토끼를 들어 안았다.

"엄마, 또 누가 날 죽이려 해? 막, 막 피범벅 돼요?"

남작 부인은 순진하게 묻는 제인의 연갈색 머리카락을 쓸었다.

"그런 말 하지 말렴. 아무도 제인을 죽이려 하지 않아요."

"하지만 어제 아빠가 막 여기 찡그리고 그랬어. 조심해야 한다고 그건 무서운 마법이라고 했어요."

"……아버지께서 그러셨니?"

"응. 엄마, 근데 나 예전에도 그런 거 생긴 적 있어요? 머린이, 아, 머린 사제님이 두 번이나 이런 일이 생기니 이상하다고 했어. 그때가 언제예요? 세 명이나 죽었대요!"

아이의 말에 남작 부인이 숨을 들이켰다.

"그, 그런 말 하지 말아라!"

경기를 일으키듯 소리친 남작 부인이 헬렌을 힐끔 보았다. 헬렌의 얼굴은 더 하얘질 수가 없을 정도로 창백해져 있었다.

"제인, 그런 말 말고…. 그, 그래. 저 토끼랑 함께 놀고 있으렴, 응?"

갑자기 타깃이 된 구르가 움찔하며 굳었다.

"응! 그래, 그래! 형아 나 토끼 주세요."

아이가 나하사 쪽으로 달려왔다. 순진무구한 푸른 눈을 쳐다보던 나하사는 곧 바동대는 토끼를 아이의 품에 안겨 주었다. 그리고 남작 부인과 유모를 보았다.

"헬렌, 괜찮아? 헬렌……."

남작 부인이 유모의 손을 잡고 쓸고 있었다. 그것은 언뜻 다정하게 위안하는 것처럼 보였으나 조금 더 깊이 살펴보면…….

옆에서 진이 조그맣게 말했다.

"눈치를 보고 있군."

그랬다.

남작 부인은 아들의 유모, 헬렌의 눈치를 살피고 있었다.

나하사가 진에게 속삭였다.

"7년 전에, 세 명이 죽었다고 했지?"

"그래, 호위기사 둘과."

"시동 하나……."

유모 헬렌은 7년 전 그날, 자신의 아들을 잃은 것이다.

성안에서 마법진을 찾지 못했다며 신관이 침울하게 말했다.
찾아야 하는 마법진은 대가가 발현되는 마법진이었다. 하지만
찾지 못하더라도 제인의 몸에 새겨진 제물 마법진과 침대 밑에
그려진 연동 마법진 두 개를 해제시켰으니 당장 위험이 닥치진
않을 것이다.

"마녀의 제자는 찾았나요?"

나하사가 생각하기에는 마법진보다 범인을 찾는 게 우선이었
다.

"지금 찾고 있습니다. 내일 정도면 수배지가 전국에 뿌려질
겁니다."

"어떻게 생겼는지 아세요?"

나하사의 물음에 신관이 품 안에서 종이 하나를 꺼내 보여 주

었다. 약간 주걱턱에 매부리코, 갈색 짧은 머리의 삼십 대 초반 남자가 그려져 있었다. 혹시나 하고 유심히 보았지만, 역시 나하사가 아는 흑마법사는 아니었다.

"일단 성안에는 없으니 안심입니다. 영주님께서 귀빈들께 좋지 않은 모습을 보일까 크게 염려하셨습니다."

신관은 침울해하면서도 영주의 체면을 지켜 줄 수 있어 다행이라 여기는 듯했다.

아직 추수감사절은 아니지만 벌써 속속들이 귀빈들이 행차하고 있었다. 남작 가족과 집사 릴 하인스는 귀빈을 맞이하러 갔고, 머린 신관과 오늘 이칼리노 신전에서 보낸 신관 두 명, 그리고 나하사 일행만이 작은 응접실에서 대화를 나눴다.

"식사하세요."

제인의 유모, 헬렌이 시종들과 함께 음식이 담긴 쟁반을 들고 왔다. 나하사가 벌떡 일어나 스스로 식사를 챙겼다. 시중이 익숙지 않은 건 신관들도 마찬가지인지 그들도 스스로 쟁반을 날랐다.

"야, 너도 좀 도와 드려."

가만히 다리 꼬고 앉은 진을 타박하는데 잽싸게 그 옆의 분홍 머리 여자아이가 일어섰다.

"진 님은 가만히 계십시오. 제가 드리겠습니다."

네라가 나하사를 노려보며 말했다. 아침에 자기만 빼놓고 피크닉 갔다고 삐쳐 있었다.

"어째서 님 자를 붙이는 거죠? 같은 학생이 아닙니까?"

머린 신관이 귓속말로 물었다. 나하사도 귓속말로 답했다.

"네라는 비서학을 배우고 있거든요."

"아아⋯⋯."

신관이 곧바로 납득해서 나하사는 깜짝 놀랐다. 농담이었는데⋯⋯ 이바노브 아시오 학교에서는 비서학도 가르치나?

"이제 이 영지를 떠나실 건가요?"

아침의 피크닉 동안 조금 친해진 헬렌이 물었다. 영주의 아들의 유모는 다른 시종들과는 다른 직급인지 테이블에 앉아 있었다.

"아, 그렇군요. 나하사 군은 여행 중이었죠."

머린이 이어 말했다. 나하사는 고개를 끄덕였다. 사실 나하사는 성을 떠나고 싶지가 않았다. 흑마법사를 잡지 못했다. 마법진 두 개를 해제했으니 당장은 위험하지 않을 거라지만, 흑마법사가 살아 있는 이상 그 귀여운 어린아이는 언제고 같은 위험에 처할 수 있었다.

"그러지 말고 머무르시는 게 어떻습니까? 이제 추수감사절이라 큰 축제를 할 겁니다. 영주님께서도 감사 인사를 하고 싶어 하시니 사흘만 더 계시지 않겠습니까?"

마침 머린이 이렇게 물으니 남겠다는 말이 목구멍까지 올라왔다. 하지만 나하사는 봉인을 깨야 했다. 드래곤 로드가 주요봉인소에 마왕이 있을 확률이 높다고 말은 했지만, 그래도 100퍼

센트 확실한 게 아니니 자잘한 봉인소들을 깨고 다녔다. 그런데 틸라 영지에 온 이후로 다른 봉인소를 깰 생각을 안 하고 있다. 무려 하루가 넘게!

"축제가 끝나면 영주님께서 커다란 상을 내려 주실 겁니다. 대일 영지로 가시는 길이라면 그곳에서도 대접받으실 수 있습니다."

대일 영지에 있는 이칼리노 신전은 입장이 무척 까다로운 곳이다. 관광지로 개방하지도 않은 데다 험한 산 속 깊은 곳에 있음에도, 사람들은 이칼리노 신에게 기도를 드리기 위해 각지에서 대일의 신전으로 몰려들었다. 주요봉인소 구경은 못 하더라도 대륙에 셋뿐인 이칼리노 제사장 중 한 명이 있는 신전이라 그만한 가치가 있기 때문이다. 또한 대일 신전은 봉인소가 있기 전에 세워진 신전으로 역사가 상당히 오래된 신전이었다. 소냐르 사람들은 대륙에서 세 번째로 역사가 깊은 신전이라고 말하고 있었다.

어쨌든, 이곳 영주와 친분을 쌓으면 대일 영지의 주요봉인소 구경을 할 수 있을지도 모른다.

"생각해 볼게요."

하지만 역시 나하사는 확답을 하지 않았다. 어차피 나하사는 허가 같은 게 없어도 대일 신전에 들어갈 자신이 있었다.

"예, 좋게 생각해 주십시오."

그러면서 두 인간이 서로 바라보며 괜히 웃었다.

"이건 조금 싱겁군."

그 사이 진이 샐러드를 집은 포크를 탁 내려놓으며 말했다.

"맵지가 않잖아."

"……보통 샐러드는 안 매워, 진."

"주방장 불러라. 이 샐러드는 나에게 모욕감을 주었어."

공짜로 얻어먹는 주제에 저게 무슨 짓이야? 나하사가 얼른 주머니에서 특제 고추장 튜브를 꺼냈다.

사실 요 가을 동안 여행하면서는 야외에서 식사할 때가 잦았는데, 그때마다 나하사가 요리를 했다. 처음에는 또깔라비 또깔라비 또깔라비타(공용어 번역: 맵다 매워 완전 매워) 노래를 부르던 진이었지만, 이제는 나하사의 맛에 익숙해져서 자기가 먼저 매운맛을 찾았다. 어제와 오늘 아침에 이어 점심마저 싱거운 음식이 나오니 참을 수 없는 모양이다.

"자, 여기 비벼 먹어. 그럼 되지?"

"그게 뭡니까?"

나하사가 손수 짜 주는 붉은 물질을 보고 네라는 윽, 하며 고개를 돌리고 신관들은 눈을 빛내며 호기심 어린 질문을 던졌다.

"이건 제가 만든 소스예요. 한번 드셔 보실래요?"

"무척 빨갛군요."

"매운 거니까요. 그래도 진짜 정말 맛있는데."

"한번 먹어 보겠습니다."

저 눈이 크고 동그란 아이가 만들었다는데 얼마나 매울까 싶어서 웃으며 부탁했던 신관들이 10초 후 각자 배와 입을 잡으며 식탁을 뛰쳐나간 것은 말할 것도 없었다.

연방 물을 들이켜느라 물배를 채운 신관들이 음식을 잔뜩 남기고 일어났다. 다른 이가 먹는 중인데 먼저 일어서는 건 예의가 아니지만, 도저히 저 시뻘건 소스가 잔뜩 얹힌 음식들을 보며 앉아 있을 수가 없었다.

"그, 그럼 내일 뵙겠습니다."

"벌써 신전으로 돌아가세요?"

"예, 추수감사절 축제 미사의 예행연습이 있어서……."

신관들이 떠나자 남은 것은 시종 둘과 헬렌뿐이었는데, 그들의 눈치 볼 필요는 없다고 생각했는지 구르가 아예 식탁 위로 올라갔다.

"어떻게 토끼를 키울 생각을 했어요?"

헬렌이 물었다.

그녀는 진이 아니라 나하사를 보며 물었다. 보통 사람들은 진이 더 나이가 많아 보이니 당연히 그가 리더라고 생각하지만, 그녀는 이 일행을 몇 번 보면서 저 어려 보이는 소년이 리더임을 알아채고 있었다.

"참 냄새가 많이 난다던데."

"아……."

"어머, 이 토끼 왠지 절 노려보는 것 같네요. 말 알아들은 것처럼."

"하하하…… 구르는 냄새 안 나요. 지금도 안 나잖아요."

나하사는 구르를 위해 얼른 화제를 바꾸었다.

"뒤에 있는 분들도 앉으세요."

이바노브 아시오 학교에서 마법을 배우고 있다는 소년이 자리에 앉기를 권했다. 시종들은 당연히 앉지 않았다. 그 학교의 학생과 그들은 같은 테이블에 앉을 만한 처지가 아니었다. 나하사는 헬렌에게 물었다.

"식사하셨어요?"

"저는 나중에 도련님 오시면 함께 먹을 거랍니다."

"말 놓으세요."

나하사가 말하자 헬렌은 빙긋 웃었다.

"나하사 군은 시종에게 반말을 받아도 되나요?"

"전 귀족이 아닌걸요."

이미 나하사가 귀족이 아님을 알고 있었으나 헬렌은 안심한 듯 끄덕였다. 그녀는 바로 말을 놓았다.

"그 매운 거, 나도 한번 먹어 보고 싶네."

"앗, 정말요?"

누가 자신의 고추장 소스를 먹는다고 하면 무조건 환영인 나하사가 수저로 큼지막하게 빈 접시에 덜어 주었다.

헬렌은 현명하게 포크로 소스를 찍어 혀로 맛만 보았다.

"켁! 쿨럭쿨럭!"

그럼에도 기도를 꽉 막히게 하는 매운 기운은 강하게 느껴졌지만.

"이런 걸 먹으면 위가 금방 상하겠구나!"

이건 음식이 아니라 흉기다. 헬렌이 물을 벌컥벌컥 마셨다. 생리적인 눈물이 흘러나왔다.

"익숙해지면 괜찮아요."

"너도 처음 이런 걸 먹을 땐 울었니?"

헬렌의 물음에 나하사는 아득한 과거를 더듬어 갔다.

"아뇨, 전 잘 울지 않는 편이었어요."

"웃기는군요!"

비웃으며 말한 사람은 어제 남작 부인에게 감히 손을 올린 여자아이, 네라였다.

"저 아이가 얼마나 잘 우는지 알면 놀랄 겁니다. 정신력이라고는 쥐뿔도 없습니다."

"야."

나하사는 어이가 없었다. 지금 그 얘기 중이 아니잖아! 매운 걸 먹고 울었냐고 묻는데 왜 갑자기 정신력 얘기가 나오는지 모르겠다. 꼬투리 잡을 기회만 보고 있었던 게 분명하다.

"오늘도 악몽 꾸고 울고 있지 뭡니까? 흑마법진 하나 봤다고 금방 그렇게 약해지다니. 요즘 사내들이란, 쯧!"

많게 봐도 십 대 중반으로밖에 보이지 않는 여자아이가 더없이 심각한 얼굴로 혀를 찼다.

"허구한 날 어린 개새끼처럼 질질 짜기만 하고."

"……헉!"

"이유는 알려 주지도 않고. 자기가 비싼 줄 아는 모양인데, 사실 진 님의 두건의 실오라기만큼도 가치 없습니다."

"……컥!"

시종들이 신음했다. 나하사야 진이나 네라의 잔인한 말투에 익숙해져 있어서 그냥 무심히 샐러드나 먹으며 피크닉 때 혼자 놔두고 가서 많이 삐쳤나 보다, 할 뿐이었지만 다른 이들은 그렇지 않았다. 더없이 순수해 보이는 소녀의 입에서 나오는 언어 폭격에 시종들이 귀를 가리며 아닐 거야, 잘못 들은 걸 거야 중얼거리며 스스로 세뇌를 했다.

"흥!"

소년이 반응이 없자 여자아이는 화가 난 듯 벌떡 일어섰다. 그리고는 자신 앞의 빈 접시와 포크를 들었다.

"헛!?"

"아, 안 돼!"

그걸로 그대로 내려치는 줄 알고 시종들이 비명을 질렀으나, 네라는 의외로 접시를 들고 가만히 서서 물었다.

"설거지통이 어딥니까?"

"……."

"……."

엄청 예의 있어!

썰렁한 공기 속에서 시종이 힘겹게 입을 열었다.

"그, 그냥 내려놓으십시오."

"아닙니다. 제가 치우겠습니다. 맛있는 음식을 대접받았는데 그 정도는 할 수 있습니다."

시종이 연거푸 거절했으나 가정교육 끝내주게 잘 받은 이바노브 아시오 학교 비서학과의 소녀가 계속 고집을 부렸다.

결국 시종에게 안내를 받으며 총총 주방으로 향하는 네라였다.

"참 당찬 아이네."

헬렌이 겨우겨우 입꼬리를 올려 웃었다. 저런 네라를 두고 당찬이라는 표현은 귀여웠다.

"여자 친구가 학생을 참 좋아하나 봐."

나하사가 빵을 뜯어 고추장에 찍다가 그대로 멈추고 눈을 깜박였다. 어디서 들은 것 같다 싶었는데, 오늘 피크닉 때 남작 부인도 한 말이 아닌가?

"여자 친구 아니에요. 그리고 걔가 노리는 건 제가 아니라 저놈이에요."

나하사가 진을 가리키며 눈짓했다.

진은 매운 고추장 소스 때문에 입술이 붉어져서 퉁퉁 부어 있었다. 뜨거운 입김을 뿜으면서도 좋다고 빵을 고추장 소스에 찍어 먹는 모습은, 저 두건 쓴 남자의 조각 같은 얼굴을 보아 버린 헬렌에게는 당장 박제하여 박물관에 전시해야 하지 않나 싶기만 했다.

"하지만 보고 있으면 학생 좋아하는 것 같은데."

"절대 아니라니까요."

소년이 질색하며 손을 흔들자 헬렌은 웃었다.

"그럼 학생이 저 아이를 좋아하는 거니?"

반응은 소년보다 토끼에게서 먼저 나왔다.

"개굴!"

개굴?

"이 토끼 방금 개굴이라고 운 것 같은데……."

"딸꾹질입니다."

"흠, 그러니? 토끼도 딸꾹질을 하는구나. 꼭 개구리 같았어."

"아하하하……."

"그럼 학생은 아까 그 아이를 짝사랑하는 거야?"

소년이 아무 표정 변화 없이 답했다.

"그런 관계 아니에요."

헬렌은 잠시 할 말을 잃었다. 보통 저 나이 때 소년이 여자아이와의 관계를 저렇게 무심하게 부인하는 일은 드물었다. 절대 아니라고 거세게 반응이라도 하면 모를까, 답할 가치도 없는 질문을 들은 것처럼 저런 무미건조한 반응이라니.

"그럼 왜 그렇게 심하게 놀렸는데도 그냥 듣고 있었던 거니?"

헬렌이 조심스레 물었다. 나하사는 어깨를 으쓱했다.

"딱히 놀려도 상관없으니까요."

"자존심 안 상해? 속상하지도 않고? 악몽 꾼 걸로 놀렸는데?"

그 말에 빵을 뜯던 소년이 고개를 들었다. 짙은 녹색 눈동자와 마주친 헬렌이 멍하게 입을 벌렸다. 왜인지 저 어린 소년의 눈에서 깊은 아픔이 느껴졌기 때문이다.

"악몽이 아니었으니까 괜찮아요."

"……."

"보고 싶은 사람이 꿈에 나와서 기뻐서 눈물 좀 흘린 것 가지고 저렇게 놀리는 겁니다. 그러니까 상관없어요. 놀려도 좋고 욕해도 좋으니 그냥…… 계속 볼 수만 있다면."

꿈에서라도 계속 볼 수 있다면…….

헬렌은 물끄러미 소년을 보았다. 겪은 자만이 알 수 있는 깊은 슬픔이, 깊은 상실이 느껴졌다.

"어른스러운 말을 하는구나. 몇 살이니?"

"열여덟입니다."

"……!"

헬렌이 눈을 크게 떴다. 그녀는 조금 놀라며 다시 소년을 보았다. 그녀가 놀란 이유는 소년이 나이보다 어려 보이기 때문이 아니었다.

"그래…… 그렇구나."

깡마른 여자의 어깨가 가늘게 흔들렸다.

"내 아들도 살아 있었다면 네 나이가 됐을 거야."

헬렌이 자리에서 일어났다. 조금 비틀거려서 시종들이 잽싸게 잡아 주었다.

"이제 곧 그 아이의 기일이란다."

헬렌은 무심한 소년의 눈을 보며 말했다.

"함께해 주지 않겠니?"

추수감사절에 그 참혹한 일이 일어났으니, 즉 추수감사절까지 있어 달라는 부탁이었다.

"……."

소년은 헬렌의 떨리는 눈을 살피듯이 보다가, 작게 끄덕였다.

"……고맙다."

헬렌이 마른침을 삼켰다. 그녀는 얼굴 근육을 겨우 움직여 웃어 보였다.

나하사 일행은 영주의 성에서 하루를 더 묵었고 추수감사절까지는 앞으로 이틀이 남아 있었다. 7년 전 그 사건이 일어난 시각은 추수감사절 새벽이라고 했다. 그러니 아마 나하사의 예상이 맞는다면 오늘 새벽엔 아무도 잠을 잘 수 없을 것이다.

"여기 계속 있다가 아는 인간이라도 만나면 어떡하려고 그러나 개굴?"

"내가 아는 사람이 누가 있다고."

"4공작인지 뭔지가 온다고 안 했나 개굴?"

구르는 신문을 읽는 나하사에게 통통 튀어 무릎에 앉았다.

"전에 무슨 공작 딸인지 뭔지랑 얽혔지 않았나 개굴. 인간 꼬맹이가 나하한테 반했다고 혼인하자고 한 거 기억 안 나나 개굴?"

나하사는 조금 놀랐다. 바다의 섬에서 소냐르 공작의 영애와 얽힌 적이 있긴 하지만, 구르가 그것을 기억하고 있을 줄은 몰랐다.

"공작들은 추수감사절 당일이나 축제가 끝날 때 온다고 하니까 괜찮아. 내일 해가 뜰 때쯤 여길 떠날 거야."

게다가 4공작이 다 올지는 모르는 일이다. 그때 만났던 마이아 어쩌고 하는 아이는 제1공작가인데, 그 가문은 거의 소냐르의 실 통치자나 다름이 없다. 그러니 수도를 떠나지 않을 확률이 높다.

"나하가 인간을 도와주려 하는 거 보니 좋다 개굴."

인간의 영원한 적인 마족 구르가 무릎 위에서 데굴거리며 말했다.

"그 인간의 아이가 맘에 들었나 개굴?"

제인을 말하는 것이었다.

"아니."

나하사는 무심하게 답했다.

"그냥 가여워."

"……."

소년은 무심하게 답하고는 무심하게 신문을 팔락팔락 넘겼다. 그 모습을 보며 구르는 마음속으로 감동의 눈물을 흘렸다. 저

차가운 아이가 동정심을 갖게 되다니! 비록 말투는 무미건조했지만, 어쨌든 가엾다는 마음이 든 건 사실일 것이다. 그것만으로도 장족의 발전이다.

"정말 아이가 가여워서 남으려 하는 겁니까?"

네라가 나하사의 맞은편에 앉으며 물었다.

"다른 이유는 없습니까?"

"부탁을 받기도 했잖아."

헬렌한테서. 잠시 그 비쩍 마른 유모를 떠올리던 나하사는 이윽고 어깨를 으쓱하고 마저 신문을 보았다.

그때 네라가 여느 때보다 더욱 날카로운 질문을 던졌다.

"근데 그건 왜 거꾸로 들고 있습니까?"

"……"

"……"

"……"

나하사가 조용히 신문을 접었다.

모든 사람이 자신을 비웃고 있는 것 같다. 그래도 계속 연습하면 언젠간 거꾸로도 읽을 수 있겠지?

나하사는 정오까지 방에서 어물쩍대다 나왔다. 성안은 굉장히 시끌벅적했다. 심부름 받은 시종들이 복도를 급하게 뛰어다녔다. 마침 안면 있는 시종이 지나가기에 붙잡았다.

"아, 나하사 님. 식사는 1층 홀에 뷔페식으로 마련되어 있습니다."

"네, 감사합니다. 그런데 바빠 보이시네요."

"오늘이 전야제라 오시는 분들이 많거든요. 벌써 귀빈들이 속속 도착하고 계십니다. 이바노브 아시오 학교 농업과 의원님도 오신 것 같은데, 한번 인사해 보세요. 지금 홀에 계십니다."

헉, 이바노브 아시오 학교 사람이 와 있다니! 왜 그런 사람이 소냐르 지방 영지의 추수감사절 축제에 오는 걸까.

나하사는 바삐 움직이는 시종의 뒷모습을 보며 2층 계단을 올라갔다. 어제저녁에 3층 식당에서 식사를 했으니 그곳에도 식사가 차려져 있지 않을까 했다.

과연 식당은 어제와는 달리 연회장으로 꾸며져 음식도 많고 사람도 많았다.

"야, 너넨 방에 들어가 있을래? 내가 가져갈게."

진과 네라를 이런 수많은 이들이 보는 곳에 풀어놓을 수가 없어서 나하사가 부탁하듯 말했다.

그러나 이미 진과 네라는 고삐 풀린 망아지처럼 연회장을 뛰놀고 있었다.

"진 님, 이것 좀 보십시오. 매워 보입니다."

"음, 그렇군. 네가 먼저 먹어라."

"진 님, 저는 매운 걸 못 먹습니다."

"그럼 빵꾸한테 먹여라."

네라가 나하사 품의 토끼를 낚아채듯 가져갔다. 구르는 소리

없는 아우성을 치며 발버둥을 쳤지만, 두 남녀의 손속은 가차가 없었다. 입을 벌리고 무언가 새빨간 것을 강제로 씹어 삼키게 했다.

"야! 구르한테 뭐하는 짓이야!"

뒤늦게 나하사가 구르를 빼앗아 갔다.

"구르! 뱉어! 뱉어!"

저놈들이 구르에게 먹인 것은 힐본세산 고추였다. 힐본세는 본래 매운맛의 고장이라 고추가 맵기로 유명했다. 지금 접시에 담아 놓은 것도 먹으라고 담아 놓은 게 아니라, 요리를 접시에 담은 후 매운맛을 찾는 사람이 있으면 고추를 하나 덜어서 장식해 향을 맵게 하기 위함이었다.

토끼가 기침하며 고추를 뱉었다. 작은 소란에 순식간에 사람들의 시선이 모인 것도 잊고 나하사는 소리쳤다.

"너네 이거 동물 학대야! 한 번만 더 구르한테 이런 짓 해 봐!"

"그 녀석이 뭐가 동물인가."

두건 쓴 청년이 입을 삐죽 내밀었다.

"동물이지 그럼 뭐야! 아니 동물이고 뭐고 간에 이렇게 작고 귀여운 생물을 괴롭히면 어떡해!"

"누가 작고 귀엽다고. 저 녀석은 마ス……."

"시끄러워! 너 이제 구르한테 손대지 마, 알았어?!"

"하지만……."

"알았냐고!"

조그만 소년이 버럭버럭 소리 지르자 키 큰 청년이 질린 듯 고개를 작게 끄덕였다.

"메롱."

자존심 상했다는 표현은 잊지 않았다.

소년은 휙 고개를 돌려 말없이 있던 분홍 갈래머리 소녀를 노려보았다.

"아, 알겠습니다."

소년이 뭐라 하기도 전에 소녀가 주춤 뒤로 물러서며 먼저 말했다.

그제야 소년은 안심한 듯 품 안의 토끼를 쓰다듬어 주었다.

"쿡……."

"푸풋……."

나하사 일행에게는 더없이 진지한 순간이었지만, 연회장 내의 사람들이 보기에는 어린 소년이 커다란 청년을 혼내는 꼴이라 꽤나 우스웠다. 여기저기에서 소리 죽여 웃는 소리가 들렸다.

전야제는 자정에 시작한다고 했다. 조용한 밤을 원했던 나하사로서는 조금 답답했다. 게다가 아직 흑마법사를 잡지 못했는데도 경비병이고 뭐고 다들 취해 있는 모습을 보니 더욱.

하지만 딱히 그들의 즐거운 분위기를 깨뜨리고 싶지 않아 나하사는 아무 말 없이 멀찍이 서서 영주의 가족을 주시했다.

"오늘 그 일이 다시 일어난다고 하지 않았나?"

진이 어디서 얻었는지 샴페인을 홀짝거리며 말했다.

"응, 내 예상이 맞는다면 오늘 새벽 내에 일어날 거야."

"그런데 그 인간의 아이를 지켜야 하는 자들이 저렇게 술에 취해도 되는 건가?"

"그러게 말이야. 그러니까 너네 눈에 불 켜고 보고 있어."

"그걸 왜 내가 신경 써야 하는 거냐?"

"밥값 좀 해라, 좀."

"내게 식비 쓰기 싫다면 내게 건 마법을 풀어라."

"……"

말이 막힌 나하사는 조용히 고개를 돌려 외면했다. 진의 투덜거림은 계속됐지만, 나하사는 깨끗하게 무시했다.

"나—하—사—군—!"

"흐익!?"

어디선가 귀신 울음소리 같은 게 들려서 깜짝 놀라 돌아보니 머린 신관이 흐느적거리며 다가오고 있었다.

"수, 술 마셨어요?!"

"쬐끔 했어요오, 으히히."

헉, 아무리 매듭이 하나라지만 그래도 신관인데 술을 마시다니!

"비밀이에요오, 으히히."

아무한테도 말하지 말라며 입가에 손가락을 갖다 대고 귀엽게 고개를 숙이는 삼십 대 후반의 아저씨였다. 그런데 사실 이칼리노의 신관복을 입고 있어서 이미 알 사람들은 다 알았다.

"나하사 군도 좀 마셔 봐요오. 틸라산 와인은 유명하답니다아."

머린은 심지어 학생에게도 술을 권했다.

"아뇨, 전 됐습니다."

"네에? 그럼 다른 분들 한번 먹어 봐요오."

머린이 포기하지 않고 진과 네라에게 권했다. 둘은 동시에 눈을 빛냈다.

"전 괜찮습니다."

네라는 먹고 싶은 듯 눈을 빛내면서도 거절했다. 진이 잔을 받아들었다.

"으음, 스멜."

정말 맛이 좋은지 감탄하던 진이 한 모금 마신 잔을 네라에게 내밀었다.

"마셔라."

"……"

"맛이 좋으니 어서 마셔라."

"……"

왜 갑자기 착한 짓이지? 진이 수상해 보이는 건 나하사뿐만이 아닌 것 같았다. 진의 말에 껌뻑 죽는 네라마저 눈을 갸름하게 떴다.

"전 마시지 않겠습니다."

"그래?"

진이 차갑게 말했다.

"왜, 제물로 얻은 것이라 생각하니 먹고 싶지 않나?"

진이 차갑게 비웃었다. 나하사는 깜짝 놀랐다.

"야! 그런 말 함부로 하지 마."

"어차피 아무도 안 듣는다."

"그래도……."

진은 나하사의 말은 아무래도 상관없는 듯 네라만 보았다.

"어제까지는 맛있다고 처먹던 게 진실을 알고 나니 이제는 먹을 것으로 보이지도 않나?"

"……."

"네놈들의 그 역겨운 위선에 감동해 눈물이 나올 지경이군. 삐까삐까츄."

마지막의 삐까삐까츄(공용어 번역: 얼굴도 보기 싫다)만 아니었으면 완벽했을 텐데 말이야.

진의 차가운 말에 네라는 눈썹만 찌푸릴 뿐 아무 말도 못 했다. 나하사는 갑자기 싸늘해진 둘 사이에서 슬쩍 물러섰다. 둘을 중재하고 싶은 마음은 발톱의 때만큼도 들지 않았다. 그냥 둘 다 곁에서 사라져 줬으면 좋겠다.

"그 토끼는 먹지 않습니까아아? 저쪽으로 가면 토끼 고기 있는데 드시지 않겠어요오?"

머린 신관이 흐느적거리며 끼어들었다.

"아뇨, 신관님이나 드세요."

"네에? 왜 이렇게 안 먹어요오. 술도 안 마시고 토끼도 안 먹고, 여기 음식이 얼마나 맛있는데에."

얼굴이 붉어져서는 딸꾹질까지 하며 말했다. 머린은 성가시게도 계속 나하사 옆에 붙어 있었다. 그는 듣고 싶지 않은 것까지 나불거렸다.

"이곳은 축복 받았어요오. 예전에는 저주받은 땅이라고 했었는데. 보세요, 지금은 이렇게 매해 풍년이 들고 향이 좋은 차와 맛 좋은 포도가 자라고 있죠. 작년에는 범죄율도 국내에서 최하를 기록했어요오."

종내에는 영주의 찬양까지 시작했다.

"이렇게 살기 좋은 곳은 또 없을 거예요. 평생 이곳에 있을 겁니다아! 평생 우리 영주님 곁에 꼬옥 붙어 있을 거예요. 인자하시고 근엄하시고 능력 있는 우리 영주니임. ……응?"

헬렐레한 얼굴로 찬양하던 그가 갑자기 말을 멈추었다.

"우리 영주님 어디 가셨지?"

"……!?"

머린이 갸웃하며 하는 말에 나하사가 재빨리 홀 안을 보았다. 분명히 값비싼 옷을 입은 귀족들과 저쪽에서 대화하고 있었는데, 사라졌다. 영주뿐 아니라 영주의 부인과 그의 아들, 제인까지……!

"아, 씨!"

X.됐.다.

"진, 네라! 기 싸움은 그만해. 제인을 찾아야 해!"

나하사는 진과 네라에게 소리친 후 뛰쳐나갔다. 뭐 하러 여기 있었던 건지. 한심했다. 그 아이를 지켜야 하는 의무가 있는 것은 아니지만, 사실 제물마법에 능통한 흑마법사인 자신이 그 아이를 구한다는 건 아이러니일지도 모르지만…… 그래도 구하고 싶었다.

그런 아무것도 모르는 어린아이를 제물마법의 제물로 삼는 것은 정말이지 악독하고.

너무나.

……가혹한 일이었다.

매년 추수감사절 전야제 행사 날 자정에는 영주의 가족이 성두에 올라가 모든 영지민과 하객들 앞에서 축제의 시작을 알린다.

그녀는 축제가 시작된 5년 전부터 계속 지켜보았다. 아무런 근심도 걱정도 없이 환하게 웃고 있는 영주 가족. 그들의 뒤에서, 그림자 속에서. 결코 무뎌지지 않을 칼날을 갈며.

그녀는 아름답게 가꿔진 정원을 무심한 눈길로 내려다보다가 뒤를 돌았다. 먼저 사지가 찢겨 죽어 있는 호위병 두 명이 보였고, 그들의 뒤로 한 덩어리로 뭉쳐서 벌벌 떨고 있는 여자와 남자가 있었다.

"…흡! ……흐읍!"

머리에서 피를 흘리며 두 눈을 부릅뜨고 묶인 팔다리를 비틀고 있는 사내.

"……흐윽!"

핏기 가신 얼굴로 하염없이 눈물을 흘리고 있는 아름다운 여인.

이 풍요로운 땅의 영주와 그의 부인이었다.

"좋은가?"

벽에 기대어 선 검은 마족이 말을 건넸다. 2미터가 넘는 체구를 날개와 깃털이 덮고 있었다. 입은 새의 부리 모양이고 눈동자는 샛노란색으로 번들거렸다. 펼치면 5미터도 넘는 날개가 등 뒤로 추욱 처져 있었다.

마족이 말했다.

"웃고 있군."

"……"

마족의 말에 그녀는 입가를 쓸었다. 정말로 입꼬리가 올라가 있었다.

"기분이 좋아 보여."

그녀는 후훗 웃었다.

"실제로도 기분이 좋아."

아주 오랜만에, 진심으로 웃을 수 있다.

"팜, 저들의 입을 풀어 줘."

마족은 고개를 끄덕이고 벌벌 떨고 있는 영주와 부인에게 다가섰다. 돌아선 마족의 뒤에는 꼬리가 없었다.

팜은 남겨진 마족이다. 오백 년 전 인간에게 꼬리를 잘렸다고 했다. 그들 종족에게 적의가 가득한 인간들의 세상에서 무료하게 하루를 보내고 있는 가여운 마족이었다. 팜과 만난 것은 여인에게는 행운이며, 또한 불행이기도 했다.

팜이 둘의 재갈을 풀었다.

"쿨럭……!"

영주와 부인은 기침하며 고통에 찬 신음을 내뱉었다. 부인이 소리쳤다.

"헬렌…… 헬렌, 네가 어떻게!"

"……."

"왜 이러는 거야, 헬렌! 마족까지 데리고, 우리에게 네가 왜……!"

부인은 하염없이 눈물을 흘렸다. 움푹 팬 눈, 앙상한 몸. 갈수록 말라 가서 안쓰러웠던 여인. 아들의 유모가 너무나 무심한 눈으로 내려다보고 있었다.

헬렌은 조용히 입을 열었다.

"왜냐고?"

"……!"

"내가…… 왜 이러는 거냐고?"

"헬…렌……."

마치 인간이 아니라 파충류의 눈빛을 대하고 있는 듯한 느낌에 피치 남작 부인이 어깨를 잘게 떨었다. 틸레이 남작은 식은 땀을 흘렸다.

"진정하게, 헬렌. 진정하고. 우선 우리를 풀어 주고, 천천히 얘기해 보세. 응?"

"영주님."

헬렌은 여태껏 한 번도 듣지 못한 평화로운 목소리로 그를 불렀다.

"나는 지금도 진정하고 있어요."

"……."

"나는 7년이나…… 진정하고 있었어."

영주와 부인은 창백한 얼굴로 입을 다물었다. 지금 그들이 할 수 있는 일은 없었다. 누군가 오기만을 바라는 것 외에는 할 수 있는 일이 없었다.

헬렌은 그들을 보고는 입꼬리를 끌어 올려 미소 지었다.

"보여 줄 게 있어요."

그녀의 말에 마족 팔이 널브러져 죽어 있는 호위병들의 시신을 마법으로 태워 없앴다. 영주와 부인은 발로 차 벽 쪽으로 밀어냈다. 헬렌은 양탄자를 들어 올렸다.

"……!"

"아……!"

걷힌 양탄자 밑에는 붉은 제물 마법진이 그려져 있었다.

헬렌은 거기서 멈추지 않고 그들을 더욱 경악하게 했다. 성큼 성큼 마른 다리를 창가 쪽으로 옮긴 그녀는 구석의 작은 포대 같은 것을 질질 끌고 왔다.

제물 마법진의 한가운데에 와서 끈을 풀었다.

살짝 곱슬거리는 금발, 발그레한 두 볼, 앙증맞게 살짝 주먹 쥔 두 손. 검은 천 위에서 영주의 외아들이 너무나 평온한 모습으로 잠들어 있었다.

"꺄아아아악! 안 돼, 안 돼, 제인! 제인!"

"제인!"

제인의 하얀 배에 끔찍한 마법진이 새겨진 것을 보고 영주 부인이 발악을 하며 몸을 뒤틀었다. 그러나 그들을 묶은 끈은 풀어지지 않았다. 끈이 풀어진다 해도 옆에서 악취를 내뿜고 있는 마족이 보고만 있지는 않을 터였다. 하지만 피치는, 제인의 어머니는 그저 구경만 하고 있을 수 없었다.

"제인, 제인!"

피치는 일부러 크게 소리를 질렀다. 누군가가 소리를 듣고 와주기를 간절히 원했다.

"제인에게 아무 짓도 하지 마! 내 아들, 내 아들을 돌려줘. 차라리 날 죽여!"

금방 침착해진 영주와 달리, 피치는 끈에 묶여 발버둥 치며 외쳤다.

"날 죽여, 날 제물로 바치든, 내 심장을 꺼내 짓이기든 상관없어! 제발 제인을 놔줘!"

"……."

아들을 생각하는 어미의 처절하고도 절박한 모습이 헬렌의 웃음을 점점 더 짙게 만들었다.

"팜, 시작해."

헬렌이 마족에게 말했다. 마족은 지체 없이 주문을 외웠다.

영주는 침통한 얼굴로 고개를 돌렸고 피치는 거의 미친 것처럼 울고불고 소리쳤다. 이런 소란함에도 제인은 잠이 든 채 새액새액, 살짝 벌려진 입술로 평온한 숨만 내뱉고 있었다.

"아 · 로그 · 나하사 · 밀……."

팜의 입에서 흘러나오는 고대어 주문이 길어질수록, 바닥의 마법진과 제인의 몸에 새겨진 마법진이 붉게 빛났다.

헬렌이 피치의 비명을 감상하며 지그시 눈을 감을 때였다.

"스탑stop."

"……?"

"리와인드rewind."

"……!"

나지막한 음성의 마법 주문이 들려왔다. 제물 마법진에 주입하고 있던 팜의 마력이 다시 그에게 돌아갔다.

빛나던 붉은 마법진은 금방 아무 일도 없었던 것처럼 수그러들었다.

"그만두세요."

모두를 놀라게 하며 등장한 것은 영주와 그의 부인이 이바노브 아시오 학교의 학생으로 알고 있는 마법사 소년, 나하사였다.

헬렌은 설마하니 저 소년이 마족의 마법을 멈추게 할 정도로 강할 거라 생각지 못해서 놀랐지만, 곧 평정을 되찾았다.

"생각보다 일찍 왔구나. 어떻게 팜의 결계를 뚫은 거지?"

소년은 답을 하지 않고 제인만 바라보았다. 언뜻 보기에는 무감정해 보였으나, 살짝 찌푸려진 미간으로 일말의 감정이 읽혔다. 그건 아주 서글픈 감정이었다.

소년의 뒤로 여자아이와 키가 큰 사내도 함께 들어왔다. 소년의 머리 위에는 커다란 녹색 개구리가 있었으나 헬렌은 신경 쓰지 않았다. 해제범과 용사단에 관한 이야기는 들은 적이 있지만 관심이 없었다.

헬렌은 7년 동안, 복수 외에는 무엇에도 관심이 없었다.

"팜, 뭐 하고 있어? 어서 해치워 버려."

"……."

새의 부리를 한 마족은 헬렌의 말에 움직이지 않았다. 팜은 멍하니 소년 쪽을 바라보았다.

"팜?"

"……할 수 없어."

"뭐?"

"할 수 없어……. 나의, 나의 동족이 있어……!"

노란 눈이 번뜩였다. 다른 이들이 보기에는 징그러운 광경이었지만, 헬렌은 알 수 있었다. 팜의 얼굴에 희열이 차오르고 있었다.

팜은 헬렌이 뭐라 할 새도 없이 소년 쪽으로 달려갔다.

"너, 그리고 너, 나의 동족이지! 마족이야, 그렇지!?"

"……."

팜은 개구리와 키 큰 남자를 가리켰다. 두건 쓴 이는 팜을 흘깃 보고 끄덕이기만 했는데, 소년 머리 위의 개구리는 폴짝 뛰며 반겼다.

"마족인가 개굴!"

새 부리 마족이 개구리를 안아 들고 방방 뛰었다.

"이런 곳에서 동족을 만날 줄이야! 어쩌다 여기까지 왔어? 반갑다, 반가워!"

"나도 이런 데서 만날 줄 몰랐다 개굴. 반갑다 개굴! 나는 개굴족의 왕 구르르무라고 한다 개굴!"

그러자 새 부리 마족은 오, 왕이었어? 하며 말했다.

"나는 계족, 팜이야!"

"개죽이 개굴?"

"계족(鷄族)!"

마족들이 즐겁게 자기소개를 했다. 그러나 사실 그들에게 집중하고 있는 사람은 아무도 없었다. 그들이 소개를 할 때 영주와 부인은 발악하며 소리쳤다.

"나하사 군! 잘 왔네. 어서, 어서 우리를 구해 주게!"

"나하사 군, 제인을! 내 아들을 풀어 줘요!"

영주와 그의 부인은 서로 다른 주문을 했다. 부인은 제인을 구하려는 마음밖에 없었고, 영주는 저 소년 머리 위의 개구리를 보고 조금 놀랐다. 그러나 지금은 자신의 구출이 우선이었다. 만약 저 소년이 소문의 해제범이라면 절대 자신들을 구해 주리라 생각할 수 없었기에 영주는 보상을 붙였다.

"우리를 구해 주면 대일 영지의 신전에 들어가게 해 주겠네!"

소냐르의 귀족으로서, 그리고 한 영지를 다스리는 영주로서 굉장히 한심한 발언이었다.

"조용히 좀 해요."

물론 허가가 없어도 신전에 손쉽게 들어갈 수 있는 나하사로서는 전혀 구미가 당기지 않았다.

"나하사 군! 해제범을 보았다는 말은 누구에게도 하지 않겠네!"

"조용히 좀……."

"우리를 구해 주게! 대일의 주요봉인소를 해제하면 분명 내게도 해제범을 조심하라는 명령이 올 게야, 하지만 우리 영지는 수색하지 않겠네!"

으, 시끄러워. 나하사는 찌푸리며 듣다가 결국 주문을 외웠다.

"사일런스silence."

"……!"

영주의 입이 죽은 듯 멈췄다.

"제인을 구해 줘!"

기다린 듯 피치가 소리쳤다. 나하사는 한숨을 쉬었다. 이젠 저 여자 차례인가.

"부탁하지 않아도 그럴 생각이에요."

"……!"

마법 주문은 아니었으나 피치의 입이 죽은 듯 멈췄다. 나하사 는 제인에게 한 걸음 다가갔다.

"끼어들지 마."

헬렌이 날카롭게 말했다.

"너는 날 막아서는 안 돼."

"왜요?"

나하사는 무감정하게 물었다.

"당신이 하려는 일이 정당한 복수라서?"

"……."

"7년 전, 이 영지의 풍요를 위한 제물로 바쳐진 아들의 정당 한 복수를 하려는 거라서?"

이미 알 사람은 다 아는 사실을 말한 건데 영주의 얼굴이 움찔 하며 굳었다. 반면, 헬렌은 눈썹 하나 움직이지 않았다.

"로이는 열한 살이었어."

그녀는 담담한 목소리로 말을 이어 갔다.

"곱슬곱슬한 검은 머리카락에 키가 큰 아이였어. 니스너 경처럼 나중에 검사가 되겠다고 어디서 나뭇가지를 구해 와 혼자 수련을 하곤 했지. 통통한 편이었는데, 살을 빼겠다고 샐러드만 먹었어. 레이나라는 여자아이를 좋아하고 있었는데, 그 아이가 넌 너무 살이 쪘다고 말했다는 거야. 한 번은 엄마 닮아서 살이 이렇게 찐 거라고 원망도 들었어. 나는 이래 봬도 그때, 뚱뚱한 아줌마였거든."

그녀는 그 말을 하며 조금 웃었다.

"제인이 태어난 후 동생처럼 귀여워했어. 존댓말을 하면서도 친형제처럼 지냈지. 제인의 호위기사가 되고 싶어 했어. 그렇게 가지 않았다면…… 지금쯤이면 어엿한 호위기사가 되었겠지."

헬렌은 제인을 내려다보았다.

"겨우 열한 살이었어."

"……."

"이 영지의 풍요를 위한 제물이라면 저 아이가 바쳐져야 해. 왜 로이가, 왜 내 아이가 제물이 된 거지?"

그녀의 마지막 말에는 도저히 막을 수 없어 흘러나온 분노와 비통이 묻어 있었다.

"저 개자식들은 그 후로도 해마다 어린아이를 납치해 제물로 바치고 있어. 영지의 풍요? 그게 그렇게 중요해?"

헬렌이 영주와 그의 부인을 향해 말했다. 사일런스silence는 일시적인 마법이라 이제는 입을 열 수 있는데도 영주는 그저 침통한 얼굴로 눈을 감고 있었고, 피치는 하염없이 눈물을 흘리며 정신이 나간 듯 작게 중얼거리고 있었다.

내 아들을 해치지 마, 라고.

"그게 그렇게 중요하다면 자기 아들부터 바쳐야지. 나는 마땅히 저들이 했어야 하는 일을 대신해 주는 것뿐이야."

"그럼 제인은 무슨 죄예요?"

나하사가 곧바로 말했다.

"제인에게는 무슨 죄가 있어요? 자기 의지 상관없이 제물이 되어 바쳐지는 제인은……."

나하사의 목소리에도 가까운 사람이 아니면 못 느낄 만한 아주 희미한, 그러나 깊은 비통이 묻어 있었다.

헬렌은 쉽게 끄덕였다.

"맞아, 제인 도련님은 아무런 죄가 없어. 부모를 잘못 만난 것뿐……."

"하지만……!"

울음이 섞인 목소리로 쥐어짜듯 소리친 것은 피치였다.

"제인을 아들로 생각한다고 했잖아! 그때 그랬잖아, 로이를 잃은 후에…… 제인이 아들 같다고 했잖아……!"

아내의 말에 영주도 덧붙였다.

"내 자네를 위로하기 위해 대리모 자격 또한 부여했네. 이제 다 잊었다고, 제인을 아들처럼 여기고 싶다고 말했지 않나!"

그들의 말에 헬렌은 하, 하고 차갑게 비웃었다.

"그 무엇이 자식을 잃은 어미의 마음을 위로할 수 있단 말이오."

깊은 슬픔과 분노가 담긴 목소리가 커다란 방을 무겁게 울렸다. 누구도 다시 입을 열 수 없었다. 여전히 서로 반가워하는 새의 부리를 한 마족과 마족 개구리를 제외하고는, 모두가 조용했다. 그들은 무엇도 말할 수 없었다. 나하사도 마찬가지였다. 어떻게, 무슨 말로 저 여인의 복수를 막아야 하는지. 나하사는 제인을 제물로 삼게 두어야 하는 건 아닌지 혼란스럽기까지 했다. 처음부터 아비도 어미도 없이 외롭게 자란 소년은, 자신도 모르는 깊은 마음속에 모정(母情)에 대한 환상이 있었다.

"저 마족은 이제 더 이상 당신을 돕지 않을 거예요."

나하사가 할 수 있는 설득은, 여기 당신의 편은 없다는 말이 전부였다.

"상관없어. 나도 흑마법을 배웠으니까."

"……."

나하사가 쓸쓸하게 미소 지었다. 흑마법사가 되었다는 건 인간이길 포기했다는 것과 같았다. 흑마법사인 나하사로서는 같은 흑마법사를 만나면 이상한, 동족 혐오와 동정심을 섞은 듯한 이상한 감정이 먼저 들었다. 하지만 잘은 모르지만, 아마 저 여인은 자식을 잃은 순간부터 이미 인간일 수가 없었던 거다. 인간인 채로는 살 수가 없었던 거다.

쓸쓸하게 생각하는 나하사의 뒤에서 네라와 진은 감정을 알 수 없는 얼굴로 상황을 지켜보고 있었다.

"너는 나를 막으려고 하겠지."

"네."

나하사는 한 걸음 더 다가갔다.

"하지만 제가 당신을 막으려는 건, 제인을 구하기 위해서라기보다는 당신을 위해서예요."

"……."

의아한 헬렌의 눈을 나하사는 똑바로 보았다.

당신이 말했잖아요. 아들의 기일을 함께해 달라고.

그건 사실, 자신을 막아 달라는 뜻이 아니었나요?

그 물음은 일부러 입 밖으로 소리 내어 말하지는 않았다. 왜냐면 의미가 없었기 때문이다. 결국 저 어미는 복수를 하지 못하게 될 것이고, 그로써 모든 의미는 없어지기 때문이다.

"시작하죠."

나하사는 먼저 공격하라는 뜻으로 두 손을 내려뜨렸다. 헬렌은 주문을 외웠다.

주문은 놀랍게도, 고대어였다.

"시그 · 아 · 로그 · 빌로하!"

설마 마신의 힘을 빌린 고대흑마법이 나올 줄 몰랐던 나하사는 잠깐 당황했다. 익스플로전explosion도 아니고 고대마법일 줄이야.

나하사도 몇 번 썼던 강력한 고대의 공격 마법. 스치기만 해도 생명을 앗아 가는 푸른 불꽃이 헬렌의 손에서 쏟아져 나왔다. 헬렌의 공격은 나하사가 아니라 쓰러져 있는 제인에게 향했다.

"안 돼! 제인, 제인!"

피치가 비명을 질렀다. 동시에 나하사가 주문을 외웠다.

"스탑stop."

짤막한 한마디.

마법이 멈추었다.

일반 마법 한마디가 강력한 고대마법을 멈추었다.

"트랜스폼transform."

공중에 뜬 푸른 불꽃이 하나로 둥글게 합쳐졌다.

"매직파이어magicfire."

매직파이어 혹은 마나파이어는 파이어fire와는 달리 신체가 아니라 마나를 태워 없애는 마법이었고, 흑마법으로 분류되지 않았다. 나하사가 마신, 시그의 힘을 빌린 고대마법을 일반 마법으로 변화시킨 것이다.

길었던 전주가 무색하게, 단 세 마디로 상황은 끝이 났다. 시작한 지 삼 분도 채 지나지 않아 승부가 갈렸다.

"……."

스탑stop에 걸려 움직이지 못하는 헬렌은 자신의 앞으로 다가온 마나파이어를 보고 속으로 헛웃음을 흘렸다. 아무리 주문을 외우려 해도 목소리가 나오지 않았다.

매직파이어magicfire가 몸을 통과했다.

7년 전 우연히 마주쳐서 그녀를 도와준 마족, 팜은 그녀와 눈이 마주쳤음에도 눈 하나 깜짝하지 않았다. 팜은 마족이었다. 인간을 도와줄 이유 따윈 없었다. 7년간 함께했더라도 마족과 인간은 적일 뿐이었다.

헬렌은 웃었다. 영혼을 바쳐서라도 이루고 싶었던 복수가 허무하게 끝나는 순간이었다.

"……끝났어요."

나하사는 헬렌에게 걸린 스탑stop을 풀었다.

"아직 안 끝났어."

"당신은 나를 이길 수 없습니다."

"그래, 그러니까 네가 끝을 내."

헬렌은 이제 마법을 쓸 수 없었다. 그녀는 품에서 단검을 꺼냈다. 검 손잡이는 오래되어 보였으나 날은 날카롭게 빛났다.

"본래 제인을 제물로 바친 걸 알고 이 칼로 저들을 죽이려고 했지. 우선 두 눈과 코를 도려내고 몸을 토막 내서 성곽에 전시하려고 했어."

헬렌의 으스스한 말에 피치가 몸을 떨었다.

"아, 그리고 보니 네가 사막 엘프 수장의 귀를 잘랐다며? 좋은 방법이야. 나도 그래 볼까?"

헬렌이 창백한 얼굴에 미소를 띠며 영주와 피치를 보았다. 그리고 곧 다시 나하사에게 시선을 옮겼다.

"우선 너를 해치워야겠지. 하지만 난 널 이기지 못할 거야."

"……."

헬렌은 자조적으로 말했다. 그리고는 잠시 쓰러진 제인을 보는가 싶더니, 각오한 얼굴로 나하사에게 달려들었다.

나하사는 마법을 쓰지 않고 몸을 피했다. 네라와 진은 치사하게도 헬렌이 달려오기 전부터 멀찌감치 피해 있었다.

"이러지 마세요."

헬렌의 마른 몸이 가을바람에 흔들리는 낙엽처럼 휘청거렸다. 나하사가 속삭였다.

"전 당신을 죽이고 싶지 않아요. 보내 줄 테니까 그냥……."

"안 돼."

헬렌이 강경하게 말하고는 다시 검을 휘둘렀다. 나하사는 제대로 검술을 배운 것도 아니어서 저렇게 마구잡이로 찔러 오는 칼날을 피하는 건 어려웠다.

"날 공격해!"

헬렌이 나약하게 소리쳤다. 나하사는 입술을 질끈 깨물었다가 바인vine을 외쳤다. 땅에서부터 덩굴이 올라와 헬렌의 몸을 감싸 올랐다. 헬렌은 무력하게 덩굴에게 단검을 빼앗겼다. 그녀가 할 수 있는 것은 아무것도 없었다. 덩굴이 점점 헬렌의 몸을 조여 들어가 헬렌은 결국 피까지 토했다. 그 모습을 보고 나하사가 다시 마법을 없애려 했다.

"멈추지 마!"

헬렌이 있는 힘을 다 짜내어 소리쳤다.

"제발 멈추지 마!"

"……."

목소리에는 울음이 섞여 있었다. 나하사는 헬렌의 눈을 보았다.

"너는 나를 필사적으로 막아야 해."

7년 전에는 뚱뚱한 아주머니였다는 그녀.

그러나 지금, 하나뿐인 아들을 잃고 앙상하게 마른 어미.

덩굴이 서서히 힘을 잃고 사라져 갔다. 나하사는 그녀를 더 이상 공격할 수 없었다.

"멈추지 말라고!"

헬렌이 발악하듯 절규했다. 덩굴은 이미 모두 사라졌다. 헬렌이 다시 단검을 높이 쳐들었다. 나하사는 스탑stop을 외치려다가 말고 피하기만 했다. 헬렌이 다시 피를 토했다.

"……."

헬렌은 공격 의사가 없다는 듯 두 손을 늘어뜨리고 있는 나하사를 보다가 몸을 홱 돌려 제인이 있는 곳으로 향했다. 나하사는 다시금 마법을 쓸 수밖에 없었다.

"윈드wind!"

짧고 강한 바람이 불어 헬렌의 단검을 멀리 날렸다.

"이미 끝났어요. 당신은 날 이기지 못합니다. 그만해요!"

"그건 중요한 게 아니야!"

헬렌은 입가에 묻은 피를 닦았다. 단검이 떨어진 곳으로 비틀

비틀 걸어갔다. 나하사는 그녀를 막지 않았다.

"그런 건 중요하지 않아, 이기든 지든 그런 건 전혀 상관없어."

안쓰럽게 마른 어미는 떨리는 손으로 칼을 주워 들었다.

"그만해요. 대체 왜 그러는 거예요?"

나하사가 물었다.

헬렌은 쓸쓸한 눈으로 나하사를 보았다.

"나를 끝까지 아들의 복수를 하다 죽어 간 어미로 만들어 줘."

"······!"

"끝까지 복수를 하다 죽게 해 줘······."

그것은 그녀가 마지막으로 작게 내뱉는 서글픈 유언이었고, 죽어야만 끝이 나는 처참한 복수의 길이었다.

"그게 무슨 소립니까? 지금 이 아이에게 살인을 부탁하는 겁니까!"

가만히 지켜만 보던 네라가 나하사와 헬렌의 사이에 얼른 끼어들었다.

"어떻게 살인자가 되라고 할 수 있습니까!"

"네라."

"동족을 죽여서는 안 됩니다, 나하사."

네라가 오랜만에 이름을 불렀다. 나하사는 네라의 어깨에 손을 올렸다.

"괜찮아, 네라."

"하지만."

"난 이미 살인자니까."

얼어붙은 것처럼 굳은 네라를 뒤로 밀었다. 마족인 구르와 진은 나하사를 말리지 않았다. 다만 구르는 씁쓸한 눈으로 보고 있었고, 진은 차가운 미소를 띠고 있었다.

"헬렌, 헬렌, 그만해! 헬렌이 죽을 필요는 없어!"

피치도 소리쳤다. 나하사는 남작 부인이 그리 말하는 게 의외라 그쪽을 보았다. 영주가 놀란 눈으로 자신의 부인을 말렸다.

"피치, 넌 가만히 있어."

"내가 어떻게 가만히 있어!"

피치가 날카롭게 외쳤다. 그녀의 얼굴은 이미 눈물범벅이 되어 있었다.

"당신이, 당신이 그런 일만 벌이지 않았어도……! 이 영지가 그렇게 소중했어? 자기 아들을 잔인하게 죽일 정도로, 이 땅이 그렇게 소중했냐고!"

나하사는 그제야 깨달았다.

헬렌의 아들, 로이는 영주의 핏줄이기도 했었던 것이다.

"그만하세요, 부인."

헬렌은 서글픈 눈으로 피치를 보았다.

"당신의 아들이 깨어나면, 전해 주세요. 숨기지는 않았으면 좋겠어요. 사실 그대로 말해 주세요. 그리고…… 미안하다고."

헬렌은 부드럽게 말했다.

"정말 내 아들 같았다고…… 이런 일 당하게 해서 미안하다고……."

"헬렌……!"

"제인과 당신을 보면서 행복한 모자 사이가 이런 거구나 하고 생각했어. 커다란 푸른 눈에서부터 두 번씩 말하는 버릇과 애교가 많은 것까지 전부 닮았어요. 부디 당신들은 행복하게 살아갔으면 좋겠어. 내가 느꼈던 비극을 다시는 느끼지 않고."

그녀는 이번에는 침통하게 굳어 있는 영주를 보았다.

"나는 이제 죽어서."

언제 부드럽게 말했나 싶게 차가운 목소리였다.

"혼으로 남아서 영원히, 당신을 저주하겠어."

"……."

영주는 아무 말 없이 눈을 감았다.

헬렌은 이제 나하사를 보았다. 자신과 똑같이 흑마법을 배운 소년을 보았다. 저 아이는 무슨 한(恨)이 있어 흑마법사가 되었을까. 학살자, 해제범이라 불리는 소년은 예쁘장하고 다정한 아이였다. 매운 것을 좋아하고 토끼를 친구로 여기는 순수한 소년이었다.

로이가 살아 있었다면 좋은 친구가 되었을지도 모른다.

그리고 그녀는 마지막으로 쓰러져 자고 있는 자신의 어린 도련님을 보았다.

왜 저 아이가 아니라 내 아들이어야 했나 하는 원망 때문에,

마음껏 보살펴 주지 못했다. 그렇지만 사실은, 언제나 따뜻하게 대해 주고 싶었다. 사실은, 통통한 두 볼도 빛나는 푸른 눈도 모두 사랑스러웠다. 갈수록 말라 가는 유모를 걱정하는 그 다정함과 사랑스러움 때문에 언제나 마음이 무거웠다.

"……"

헬렌은 제인에게서 눈을 돌리지 않았다.

나하사는 그녀가 저 어린 도련님을 눈에 담은 채 죽고 싶어 한다는 것을 짐작했다.

"죽이지 마십쇼."

네라가 다시 한 번 말렸으나 소용은 없었다.

나하사는 두 손을 들고 나지막하게 주문을 외웠다.

"시그 · 아 · 웨이 · 미루오 · 완."

잠시 숨을 돌리고서는,

"시그 · 아 · 로그 · 도네노 · 도넨 · 빌로하."

주문을 끝마쳤다. 처음 것은 환각마법이었고, 두 번째 것은 아무런 고통 없이 서서히 목숨을 빼앗는 흑마법 주문이었다.

헬렌이 천천히 쓰러졌다. 나하사는 재빨리 달려가 몸을 잡아 바닥에 눕혀 주었다.

입가에 혈흔이 묻은 채 그녀는 웃고 있었다. 아주 홀가분한 미소였다.

그녀는 힘없이 눈을 깜빡이며 생각하고 있었다.

아, 이제야 겨우 이 무거운 짐을 내려놓는구나.

악몽을 꾸고 울면서 일어나면서도, 다시 악몽을 꾸고 싶어 했던 괴로운 밤들을 이제야 벗어날 수 있겠구나.

눈앞이 어두워졌다. 그리고 그 가운데에서 빛이 환하게 빛나기 시작했다.

오래 전 무력하게 잃은 아들이, 피로 만들어진 웅덩이 속에서 형체도 알아보지 못할 만큼 난자되어 죽었던 아이가, 어디 한 군데 아프지 않은 것처럼 건강하고 밝은 모습으로 웃고 있었다.

흑마법을 배운 자신은 아마 이칼리노의 품으로 돌아갈 수 없겠지. 그것을 알고 아이가 이칼리노의 품을 잠시 떠나 이 못난 어미를 만나러 온 것일까. 헬렌은 작게 아들의 이름을 불렀다.

로이⋯⋯.

헬렌 자신에게도 그녀의 목소리가 들리지 않았으나, 아들은 들은 듯 밝게 웃으며 그녀를 보아 주었다. 헬렌은 하염없이 눈물을 흘리며 속삭였다.

너는 겨우 열한 살이었는데⋯⋯ 얼마나 아팠니⋯⋯ 얼마나 고통스러웠니. 부디 용서해 다오, 혼자 외롭고 고통스러웠을 너를 떠나보내야 했던 어미를⋯⋯ 네가 떠난 후에도 살아남아야 했던 못난 어미를 용서해 다오⋯⋯.

나의 아들, 로이⋯⋯.

이 어미가 드디어 네가 없는 세상을 떠나는구나.

로이⋯⋯.

잠시 후 그녀의 숨이 다했다.

그녀는 아주 편안한 얼굴로 죽어 있었다. 나하사는 무심히 그녀를 보며 생각했다.

살아왔던 단 하나의 목적을 다하고 나면 자신도 저렇게 편히 죽을 수 있을까, 하고.

제3장

노와 더 그레이트

틸라 영지 경계에서 나하사는 마지막으로 한 번 뒤를 돌아보았다. 참 많은 일이 있었다. 시간상으로는 고작 나흘이었는데, 마치 석 달은 지난 것 같은 기분이었다.

"축제는 이제부터 시작인데, 어딜 가시나?"

활짝 열린 영지의 성문에서 경비병이 빙긋 웃으며 말을 건넸다. 축제에 대한 기대감으로 얼굴이 달아올라 있었다.

틸라 영지의 사람들은 아무도 간밤에 일어난 비극을 알지 못했다. 호위병들과 헬렌의 죽음은 추수감사절이 끝난 후에 사고사로 발표될 것이다.

나하사와 영주는 그렇게 합의를 보았다.

"내년에 올게요. 어차피 내년에도 이곳이 제일 수확 영지일 테니까요."

"고렇지! 하하하, 뭘 좀 아는 학생이로군!"

나하사의 말에 경비병이 기분 좋게 웃었다. 손을 번쩍 들고 잘 가라고 흔드는 경비병을 뒤로하고 틸라 영지를 나왔다.

"내년에 다시 오는 건가 개굴?"

토끼 환각마법을 풀어 주자마자 구르가 폴짝폴짝 땅바닥을 뛰어다녔다. 나하사는 딱히 대답하지 않았다.

"오지 맙시다. 이곳은 더러운 수작으로 풍요로워졌습니다. 발을 디딜 가치도 없습니다."

"그런 더러운 수작으로 생긴 음식들을 가장 잘 먹었던 놈이 잘도 말하는군."

진이 네라를 시니컬하게 비웃었다.

"몰랐으니 그들도 이해해 줄 겁니다."

네라가 말한 그들은 제물마법의 희생양이 된 이들이었다.

구르가 문득 멈추더니 나하사의 신발 위로 올라왔다. 나하사는 개구리를 손으로 감싸 머리 위에 올렸다.

"그런데 나하야, 정말 진실을 밝히지 않을 건가 개굴?"

"응, 그렇게 하기로 했잖아."

"나하는 영주라는 인간이 싫지 않은 건가 개굴?"

나하사가 한쪽 입꼬리를 올리며 웃었다. 싫지 않으냐고? 뿌리째 뽑아 버리고 싶은 제물마법을 매년 쓰는 사람인데, 싫지 않으냐고?

"싫어하는데 왜 그 인간의 부탁을 들어준 건가 개굴?"

구르가 진심으로 의아해하며 물었다. 궁금하기는 네라도 마찬가지인지 빤히 나하사를 보고 있었다.

나하사는 간밤의 일을 생각했다.

헬렌이 죽은 후.

그녀의 동료라는 마족은 마치 가지고 놀던 장난감 하나가 고장 난 듯이 '재미있는 인간이었는데 아쉽군' 하고 말하는 게 끝이었다. 나하사는 네라에게 제인을 치유해 주라고 하고, 영주와 부인을 묶은 줄을 풀었다.

눈물범벅인 부인은 의외로 자신의 아들이 아니라 헬렌에게 가장 먼저 달려갔다. 시신을 안고 미안하다고 미안하다고 반복하며 오열하는 남작 부인에 비해 영주는 시종일관 침착한 얼굴이었다.

"자네가 해제범이었나?"

"……."

"이바노브 아시오 학교의 학생이라는 것도 전부 거짓말이었나……?"

영주는 일부러 자신이 행한 제물마법보다 소년 마법사의 정체에 대한 이야기를 먼저 꺼냈다.

"이 일은 무덤까지 가져가 주시오. 나도 해제범을 보았다는 말은 하지 않을 테니."

나하사가 예상한 대로, 영주는 거래를 하고 싶어 했다.

"그래서는 안 됩니다!"

네라가 제인을 안은 채 소리쳤다.

"모두에게 알려야 합니다. 피의 대가로 얻은 풍요로움을 아무것도 모르고 누리고 있는 가여운 이들입니다."

"피의 대가로 얻은 풍요로움이었다는 것을 알게 되면 저 나약한 인간들이 어떻게 반응할지 궁금하군."

진이 팔짱을 끼고 서서는 차갑게 비웃었다.

"그래도 모르는 것보다는 낫습니다! 이 일을 숨기는 것은 죄를 하나 더 짓는 것과 같습니다."

"모르는 게 약인 경우도 있지."

진은 여전히 차가운 얼굴로 어깨를 으쓱했다.

"물론 나로서는 진실을 밝히는 게 더 좋다. 아주 재미있어지겠지."

"……."

네라는 아무 말도 못 하고 입술을 깨물었다.

"저자의 말이 맞소."

영주는 천천히 일어나 몸에 묻은 먼지를 털었다. 핏자국이 옷이 튀어 있는 것을 보고 갈아입어야겠군, 하고 중얼거렸다.

그는 너무나 의연해 보였다. 믿는 구석이라도 있는 것처럼.

"모르는 게 약이오."

"……."

"물론 아무도 쉽게 믿어 주지 않겠지만, 한 번 그런 소문을 흘리고 나면 좀처럼 사라지지 않아. 입 다물고 있어 주시오."

"내가 왜 그래야 하죠?"

나하사는 다른 이유는 모르겠고, 자신의 아들을 제물로 바친 저 남자를 참을 수가 없었다. 제물이 된 아이의 고통 따위는 조금도 모르면서 아무것도 모르는 아이들은 제물로 바친 저 사람이 증오스러웠다.

영주는 씁쓸히 웃었다.

"행복해하고 있소."

"누가 말이죠?"

"이곳 사람들."

영주는 나하사를 흔들림 없이 똑바로 보았다.

"7년 전 가난함에 함께 허덕였던 내 영지의 사람들."

나하사는 바로 그것이 영주가 믿는 구석임을 알았다. 그런 비극으로 얻은 풍요라는 것을 사람들이 알았을 때, 그들의 행복은 사라질 것이다. 영주는 그것을 얘기하고 있는 것이다.

"해제범이기에 앞서, 하나의 인간으로서의 나하사 군의 인정 (人情)을 믿소."

"인정……이요……."

나하사는 웃음이 나왔다. 친아들을 희생시킨 아버지의 입에서 저런 말이 나오다니.

"그것이 어떻게 인정입니까? 정말 인간의 인간다운 마음이라면 당장 진실을 고해야 합니다!"

네라는 아직 자신의 주장을 포기하지 않았다. 그때 구르와 노닥거리기만 하던 마족, 팜이 움직였다. 팜은 남작 부인이 껴안고 있는 헬렌에게 향했다.

"손대지 마!"

부인은 헬렌의 시신을 껴안고, 감히 마족에게 소리쳤다. 그러나 팜은 화내지 않았다.

"이 인간은 알려지지 않기를 바랐어."

팜은 짤막하게 주문을 외웠다. 고대마법은 아니고 일반마법이었는데 흑마법 계열이었다. 헬렌의 시신이 산산이 흩어져 사라졌다. 마치 불어오는 바람에 흩어지는 고운 모래 같았다.

"헬렌……!"

남작 부인이 미세하여 보이지도 않는 것들을 움켜쥐려 했으나 소용없었다. 그녀는 원망스러운 눈으로 팜을 바라보았다. 팜은 물론 인간 암컷의 눈빛 따윈 무섭지 않았다.

"더 이상은 아들이 없는 땅에 있고 싶지 않다더군."

재로 만들어 달라는 것은 헬렌이 미리 부탁한 유언인 듯했다.

"알려지지 않기를 바랐다는 건 뭔가 개굴?"

구르가 풀쩍풀쩍 뛰어와 물었다. 구르는 어디로 갈까 고민하다가 나하사에게로 뛰어왔다.

"내가 몇 번씩 비밀을 밝히라고 말했는데 그때마다 고개를 저었어. 그것은 안 된다고 말했지. 저 제인 도련님은 진실을 알기를 바랐으면서 말이야. 인간의 마음은 너무나 복잡해. 나같이 단순한 마족은 이해할 수가 없군."

팜이 고개를 설레설레 저으며 답했다. 영주는 눈을 감고 조그맣게 중얼거렸다. 헬렌, 하고.

"내가 그걸 지켜 줄 이유는 없어."

나하사는 구르를 껴안고 가차 없이 뒤돌았다. 영주가 서둘러

떠나려는 해제범을 붙잡았다.

"좀 더 생각해 보시오!"

영주는 아까보다는 좀 더 절박해져서 외쳤다.

"보지 않았소! 웃고 있는 사람들을, 너그러워진 사람들을 자네도 보질 않았소!"

"……."

"모두가 이 영지를 사랑하고 아끼고 있소. 소수의 희생으로 다수가 행복할 수 있다면, 그것으로 된 것이 아니오!"

영주는 나하사에게 반박할 기회도 주지 않고 바로 이어 말했다.

"우리들의 평화를 깨지 말아 주시오."

"……."

"힘들게 얻은 평화를 깨지 말아 주시오. 죗값은 후일에 내가 이칼리노의 품에 돌아갔을 때 치를 테니……."

영주가 고개를 숙였다.

나하사는 무표정한 얼굴로 그를 바라보고 있었지만 사실은 머리가 아플 정도로 고민하고 있었다. 평화, 평화라. 과연 아이를 희생당한 어머니에게도 평화는 있는 걸까? 이 추악한 과정을 통해 얻은 것이 과연 정말 평화인 것인가?

"그래, 죗값은 우리가 치를 거야."

남작 부인이 조금 지친 목소리로 말했다. 그녀는 비틀거리며 걸어, 감히 자신에게 손찌검했던 여자아이에게 치유를 받고 있는 아들에게 다가갔다.

"이 일을 몰랐던 이들까지 공범으로 만들 필요는 없어요. 모든 죄는 우리가 가져가겠어. 그렇게 해 줘요."

그녀는 제인의 머리칼을 쓰다듬었다. 나하사도 제인을 보았다. 아이는 새액새액 숨을 내쉬고 있었다. 헬렌은 제인에게 진실을 밝히라고 말했다. 남작 부인과 영주는 그녀의 유언을 들어줄까.

"부탁이오……."

영주는 협박 같은 것은 하지 않았다. 그는 오히려 고개를 숙이며 부탁했다.

스스로 죄를 짓고 있다는 것을 잘 알고 있는 사람들이었다.

"……."

나하사는 제인에게서 눈을 돌려 물끄러미 영주를 보았다.

사실 소년은 이미 결정한 상태였다. 처음부터.

"나하야, 왜 들어주었나 개굴?"

구르가 다시 한 번 물었다. 나하사는 어젯밤의 기억에서 깨어나 고개를 저었다.

"딱히 부탁을 들어준 건 아니야. 처음부터 그럴 생각이었으니까."

사실 그랬다. 사람들이 쉽게 믿어 주지도 않을 걸 애써 알리고 다닐 만큼 시간 여유가 많은 것도 아니고, 진실을 알려야 한다는 건 오지랖이나 마찬가지로 느껴졌다. 아니, 애초에 진실을 알려야 하는 이유조차 나하사로서는 알 수 없었다.

"그건 분명 잘못한 겁니다. 언젠가 후회할 겁니다."

네라가 말했으나 조금도 무섭지 않았다.

"비밀이 계속 유지될 수 있을 것 같나 개굴?"

"구르, 너도 말하는 편이 좋다고 생각했어?"

"나야 어느 쪽이든 상관없다 개굴. 어차피 진실은 언젠가는 알려질 테니 개굴."

"응, 나도 그렇게 생각해. 그러니까 지금은 그냥 두어도 될 거야."

나하사는 영주에게서 앞으로 제물마법은 쓰지 않기로 다짐을 받아 놓았다. 말이 다짐이지 고대마법 아래에서 이루어진 맹약이나 다름없었다. 영주가 다시 한 번 제물마법에 손대는 순간, 영주와 그의 부인은 고통스럽게 죽어 갈 것이다. 그리고 진실이 밝혀지겠지. 이 풍요가 피의 희생으로 말미암은 것이었다는 진실이……. 알려진 후의 일은 이제 저들의 몫이다. 나하사는 더 이상 저 영지의 일에 끼어들고 싶지 않았다.

"결국 아무 소득 없이 떠나는군. 시간만 지체되질 않았나."

진이 탓하듯 말했다. 그들은 새벽 해가 떠오른 후 틸라 영지 내의 조그만 봉인소들을 깼으나 웬 방황하는 뱀 두 마리만 나와서 산속에 풀어 주었다.

"대일 영지의 주요봉인소는 기대할 만해. 알려진 게 거의 전

무한 봉인소니까."

"언제나 그 소리군. 이제 네 말은 믿지 않겠다!"

마치 다시는 바람피우지 않겠다는 바람둥이 연인의 말을 들은 여자처럼 진이 홱 토라졌다. 물론 나하사는 그대로 진을 무시했다.

"가는 데 얼마나 걸리나 개굴?"

"오늘 밤엔 도착할 거야. 말 타고 가자."

소냐르에는 간이 마구간이 곳곳에 있어서 통행하기 편했다. 물론 이바노브 아시오의 발달한 마차 시스템보다는 아니었지만.

구르가 품에서 뛰쳐나가 가을의 선선함을 만끽하며 폴짝폴짝 뛰었다. 간밤의 비극을 보고도 저렇게 순수하게 즐길 수 있는 걸 보면 여지없이 구르는 마족이었다.

"그런데 대체 언제까지 저 마족을 무시할 생각입니까?"

서서히 마구간 지붕이 보일 때, 네라가 말했다.

"……"

나하사가 힐끔 뒤에서 따라오는 마족 한 마리를 보았다.

헬렌을 도왔던 마족이 틸라 영지를 나올 때부터 계속 뒤를 따라다니고 있었다. 검붉은 깃털에 2미터도 넘어 보이는 커다란 체구. 새 부리 모양의 입에 흉측하게 잘린 꼬리며, 저렇게 시선을 끄는데 모를 수가 없었다.

"몰라. 자기 갈 길 알아서 가겠지."

"제 생각엔 저희를 따라오고 있는 것 같습니다."

나하사 생각에도 그랬다.

여기서 더 멤버가 늘면 곤란해진다. 특히 저 마족은 구르처럼 개구리 모양도 아니고 진처럼 완벽한 인간 형태도 아닌지라 사람들의 시선을 단번에 모을 것이다.

"구르, 네가 가서 말 좀 해 봐."

결국 나하사는 구르에게 부탁했다. 구르는 나만 믿어라! 하고 달려갔다. 그리고는 말했다.

"팜, 멀찍이서 따라오지 말고 얼른 와라 개굴. 같이 가자 개굴!"

"……그게 아니야!"

눈치 없는 구르의 파티 참가 권유에 나하사가 꽥 소리를 질렀다. 구르는 그럼 무슨 말을 하길 원한 거냐고 고개를 갸웃했다. 결국 나하사가 한숨을 쉬며 팜에게 다가갔다.

"가까이 오지 마!"

그러자 이번에는 팜이 소리쳤다.

"인간 따위가 내게 가까이 오지 마."

아니, 그 인간을 따라오고 있는 게 누군데?

"나도 가까이 가고 싶은 생각 없으니까 잘됐네. 우리 따라오지 말고 네 갈 길이나 가."

"흥, 무릎 꿇고 빌어도 네놈을 따라갈 생각은 없다."

마족이 의외로 쉽게 받아들여서 나하사는 안도했다. 그러나,

"다만 내 동족은 따라가겠지만."

"……."

이어진 말에 짜게 식었다.

"니 동족들은 인간인 날 따라오고 있거든? 그러니까 안타깝지만 헤어져야겠다."

"인간은 싫다!"

"그럼 따라오지 말라고!"

"하지만 내 동족이 있다!"

"저 계족이가……."

나하사가 뒷목을 잡았다.

그러니까 결국 인간은 싫지만 동족이 있으니까 함께 다니고 싶다, 그런데 인간은 싫으므로 완벽히 동행하지는 않을 거고 그러나 동족이 있으므로 함께 다니긴 할 거다, 이거 아냐?

"나하야, 이해 좀 해 줘라 개굴."

구르가 열 내는 나하에게 다가왔다.

"동족을 보기 힘든 곳에서 우리를 만났으니 얼마나 기쁘겠나 개굴."

"그건 알지만……."

나하는 뾰족하게 눈을 뜨고 구르를 노려보았다.

"너 같이 다니자는 말은 절대 하지 마."

"왜 안 되나 개굴?"

구르가 조금 눈치 보며 물었다. 그러자 팜이 대뜸 화를 냈다.

"어째서 인간의 눈치를 보는 거야!"

팜은 두 손을 허리에 올리고 자신만만하게 말했다.

"날 따라와! 동족들이 사는 곳을 알아. 함께 가자!"

팜은 저 마족 둘이 당연히 자신의 말을 따를 거라 생각했으나 구르와 진은 한 발짝도 움직이지 않았다.

"우린 나하랑 함께할 거다 개굴. 안타깝지만 여기서 이별이다 개굴."

"뭐……?"

팜이 노란 눈동자를 크게 떴다.

"인간을 따를 거라고? 너 그런 부류였어?!"

"그런 부류가 뭔지는 모르겠지만, 나하와 나는 친구다 개굴. 함께 마왕님을 부활시키기 위한 여행을 하고 있다 개굴."

"……마왕?"

팜은 생소한 단어를 듣는 것처럼 천천히 되물었다.

"마왕……이라고?"

팜의 목소리에는 마치 부모가 없는 고아 아이가 어머니를 부르는 듯한 어색함과 그 어색함만큼 절절한 그리움이 담겨 있다. 팜은 약간 허무해져서 하하, 웃었다.

아주 오랫동안 잊고 있었던 단어를 이곳에서 듣게 될 줄은 몰랐다.

"단체로 정신이 나갔나 보군."

그 말에 반응한 것은 마족인 구르도 진도 아닌 나하사였다.

"마왕을 부활시키려는 게 왜 정신이 나간 짓인데?"

"불가능하니까."

팜은 나하사를 비웃었다.

"해제범, 해제범 해 주니까 봉인 깨는 게 쉬울 것 같은가 봐? 아직 절대보호봉인소가 다섯 곳이 남아 있는데 모두가 다 드래곤 산맥의 봉인소 같을 거라 생각해?"

"그래서 너희 마족들은 애초부터 포기하고 봉인 깨려는 시도도 안 했단 말이야?"

"……."

나하사의 차가운 비판에 팜은 입을 다물었다. 팜은 이 세계에 남겨진 마족으로 모든 마인전쟁을 경험했다.

모두가 처음부터 마왕님의 부활을 포기한 것은 아니었다. 그러나 수많은 동족이 드래곤 산맥의 절대보호봉인소를 깨려다가 드래곤에게 당해 혼도 없이 사라졌다. 북국의 절대보호봉인소에서도, 이바노브 아시오의 절대보호봉인소에서도 많은 동족이 소멸당했다. 마계로의 통로가 막힌 상황. 마족의 개체 수는 절대적으로 부족했고 인간들과의 전쟁은 계속되었다.

몸을 사려야 했다. 마족으로서의 긍지가 상하더라도, 개체를 보존해야 했다.

그렇게 2천 년이나 흐르고 나니까…… 마왕이나 마계 같은 것은…… 아주 아득하게 먼 단어처럼 느껴졌다. 공상, 환상과 같은 단어. 남겨진 마족인 팜도 이런데, 태어난 마족은 얼마나 멀게 느껴질까. 그들은 마계로의 이동을 추구하기보다는 이곳에서 더욱 잘 살 수 있는 환경을 만드는 데 주력했고, 자연히 마왕님을 부활시키려는 이들은 줄어 갔다.

"온 대륙에 악명이 자자한 해제범이 마왕 부활을 꿈꾸고 있을 줄은 몰랐네."

팜은 조금 수그러져서 말했다. 약간 의기소침해 보여서 나하사도 수그러졌다.

"주요봉인소부터 깨 가다 보면…… 확실한 방법을 알 수도 있을 거야. 마왕이 어딘가에 봉인되어 있다는 건 분명한 사실이니까."

드래곤 로드가 조언도 해 주었다는 말을 할까 하다가 그만뒀다.

나하사는 말하고는 그럼 이만, 하고 작별인사를 했다.

"잘 있어라 개굴! 언젠가 마왕님이 부활하면 다시 만나자 개굴."

구르도 인사했다. 진은 끝까지 아무 말도 건네지 않았다.

그런데 돌아서는 그들을 팜이 다급하게 잡았다.

"인간!"

팜은 큰 결심한 듯 소리쳤다.

"우리도 도와줄게!"

"우리? ……너희 마족 말이야?"

"그래, 지금 우리가 있는 곳에 데려다 줄게. 우리가 조사한 자료도 넘겨줄게."

그 말은 즉 마족과 손을 잡으라는 말이었다.

사실, 마왕을 부활시키는 데 마족과 손을 잡는 것은 아주 당연한 절차였다. 출발선부터 인간과는 등을 지고 마족과 한편에 있는 것이니까. 그러나 나하사는 내키지 않았다. 마족이니 인간이니 하는 것보다는, 혼자 움직이는 게 편했다.

"나도 많은 조사를 했으니까 괜찮아."

"그래도 우리가 2천 년이 넘게 조사한 것과는 차이가 있을 거야."

"……"

그 말은 사실이었다. 나하사는 잠시 혹해서 으음, 하고 고민했다.

"좋은 생각인 것 같군."

가만히 있던 진이 드디어 한마디 했다.

"그러나 아주 멍청하기도 해."

"……뭐?"

팜이 멍하니 물었다.

"뭐라고?"

"멍청하다고. 처음 만난 인간에게 그 자료를 넘기려 하다니."

"마왕님을 부활시킨다고 하니까……!"

"인간이 마왕을 부활시킨다는데 그걸 아무 의심도 없이 믿어?"

진은 별 웃긴 것을 다 듣는다는 듯이 웃었다.

"차라리 개구리가 두건을 만든다는 걸 믿겠군."

"……."

대체 저건 무슨 비유야?

"시커먼스, 지금 날 말한 건가 개굴! 난 눈치가 빨라서 다 알아듣는다 개굴!"

구르가 흥분하며 풀쩍 뛰었다.

"날 비웃은 거 맞지 개굴!"

그러나 진은 아주 평온하게 답했다.

"빵꾸, 넌 개구리가 아니잖아. 왜 널 말했겠어."

워낙 목소리도 미성인지라 다정하게 말하자 구르는 껌뻑 넘어갔다.

"의심해서 미안하다 개굴."

눈치 좋아하네…… 진의 손아귀에서 놀아나는 구르가 안타까워 나하사가 한숨을 쉬었다.

"앗, 그럼……."

이번엔 네라가 벼락 맞은 듯 풀쩍 뛰었다.

"절 말한 겁니까!? 제가 두건을 직접 만들기를 바라고 하신 말씀입니까? 개구리라는 것은 첫째로 커다란 눈, 그리고 둘째로 대체로 청록색이 많다는 점에서 저의 눈동자를 의미한 것이고, 그런 의미에서 개구리가 두건을 만든다는 것은 제가 진 님의 두건을 손수 꿰매어 주길 바라는 마음의 절묘한 비유가 분명하군요."

"……"

대체 얼마나 깊게 꼬아서 생각하면 저렇게 생각할 수 있는 거지?

"네 녀석들 지금 날 놀리는 거냐?"

팜이 날카롭게 말했다. 진지한 이야기를 하다가 갑자기 저런 되지도 않는 개그만담을 하니 저렇게 느낄 수도 있었다. 나하사는 얼른 사과를 하려고 입을 열었다.

"아니, 그게 아니라……"

"개구리는 날 말한 것이다! 나는 계족으로서 곤충은 물론 개구리도 잡아먹고 살지. 즉 저 녀석은 내 위장에 있는 이미 잡아먹힌 개구리가 밖으로 나와 두건을 만든다는 말을 차라리 믿겠다는 것으로 나를 고단수로 비꼬고 있어."

"……"

무슨 등장하는 마족마다 다 이런 식이지?

"흐, 흥. 날카롭군."

의표를 찔린 표정으로 식은땀을 흘리는 진이 더 어이가 없다.

"그럼 이렇게 하는 건 어떻습니까?"

네라가 생뚱맞게 중재를 시작했다.

"기간을 정해 함께 여행하면서 이 아이가 믿을 수 있는 아이인지 판단하는 겁니다."

"헉!?"

나하사가 기함했다.

"절대 안 돼! 야, 그냥 난 믿을 수 없는 인간이니까, 자료도 다 필요 없으니까 여기서 제 갈 길 가자, 응?"

그러나 팜은 이미 혹한 듯싶었다.

"그거 괜찮네. 인간이란 단 하루만 같이 지내도 본성을 알 수 있거든."

"나하를 알면 너도 좋아하게 될 거다 개굴!"

구르 또한 대놓고 찬성이었다.

"나는 싫다. 북적거리는 건 싫어."

다행히 진은 반대였다. 물론 나하사도 결사반대였고.

"여기서 더 인원이 느는 건 절대 안 돼! 그리고 다른 걸 떠나서 저 녀석은 너무 눈에 띈다고!"

"눈에 안 띄면 되는 건가?"

팜은 간단한 듯 말했다.

그는 한 바퀴 돌더니 5미터도 넘을 것 같은 날개를 활짝 펼쳤다. 그리고는 공중으로 날아올라 한 바퀴 회전을 하며 외쳤다.

"변☆신!"

순간 검은 깃털들이 확, 하고 퍼졌다. 마치 사막섬에서 빨간 머리의 글래머 마족이 본모습을 드러낼 때처럼, 검은 깃털들이 사방에 떠 있었다.

"헛!?"

"아니, 저것은?!"

그리고 검은 깃털들 사이에서 나타난 것은,

"꼬끼오!"

닭이었다.

"꼬꼬댁 꼬 꼬끼오!"

그것도 암탉.

"……."

"……."

보통 닭만 한 크기의 팜이 푸드덕거리며 나하사 앞으로 다가왔다. 구르보다 조금 더 커다란 크기였다

"어떠냐."

"말하는 닭이었단 말이야!?"

"나는 닭이 아니다! 위대한 계족이다. 꼬끼오!"

왠지 기시감이 느껴지는데……. 닭을 개구리로 바꾸고 꼬끼오를 개굴로 바꾼 똑같은 말을 언제나 듣고 있었던 것 같다.

"야, 내가 무슨 걸어 다니는 동물 농장이냐? 당연히 싫……."

"왜? 괜찮지 않나?"

반대파였던 진이 갑자기 찬성으로 뒤돌아섰다.

"뭐? 왜?!"

나하사가 놀라며 물었다. 다른 이라면 몰라도 정 없는 진이라면 분명 계속 반대할 줄 알았다. 진이 조용히 그 이유를 말했다.

"꽤 미인이었군."

"……."

이유를 들으니 왠지 허탈해졌다.

"며칠만 함께해 봅시다."

"맞다 개굴. 조금만 같이 다니자 개굴!"

"흥! 어차피 나중에 더 있어 달라고 해도 안 있을 거야 꼬꼬."

네라와 구르와 팜이 연이어 종알거렸다.

나하사는 한숨을 쉬었다.

"그래, 알았어. 잠시만이야."

개구리와 닭이 펄쩍 뛰며 기뻐했다.

"와와! 역시 나하다 개굴!"

"동족 둘과 여행을 하게 되다니 꿈만 같군 꼬꼬댁!"

"나하는 돈도 아끼지 않아서 재미있을 거다 개굴."

"마침 인간들의 추수감사절 축제 기간이니 대일 영지에 가면 맛집 안내해 주지 꼬끼오."

개굴개굴 꼬꼬댁 꼬끼오 시끄럽기도 하다.

처음에는 혼자서 절실한 심정으로 시작한 고행인데 하나둘 멤버가 늘어나더니, 이제는 무슨 발랄한 파티가 함께 떠나는 흥미진진한 여행이 된 것 같다.

그래도 나하사는 웃었다. 시끌벅적한 지금이 싫지 않다는 걸 이제는 인정할 수 있었다.

숲을 벗어나 길이 나타나자 대일 영지로 향하는 사람들이 곳곳에 눈에 띄었다. 구르는 나하사의 로브 속으로 들어갔다. 그러나 암탉은 어디 숨을 곳이 없었다.

"여, 마법사 소년. 그 닭은 뭔가? 좋은 암탉이구나!"

"대일 영지에서 팔 생각이니? 내가 지금 살까?"

"그 암탉 참 실하기도 하다. 알 기똥차게 낳을 것 같구만!"

사람들이 지나가면서 나하사가 말 위에 함께 안고 탄 닭을 보고 저마다 한마디씩 했다. 어찌 된 게 구르를 안고 있을 때보다 더 말을 자주 듣는 것 같았다.

"돈도 많다며 마차는 타지 않는 거냐 꼬끼오?"

마침 호화로운 마차가 지나가자 팜이 조용히 물었다. 나하사 로브 안쪽 배에 딱 붙어 있던 구르가 답했다.

"나도 마차가 좋다 개굴. 거기선 모습을 드러내도 된다 개굴."

"그런데 왜 마차를 이용하지 않는 거지 꼬꼬댁?"

"잘 모르겠다 개굴. 그냥 왠지 계속 말만 탄다 개굴."

"뭐야, 그게. 그럼 물어봐야지 꼬꼬댁."

그리고 개구리와 닭이 함께 합창했다.

"왜 말만 타는 건가 개굴?"

"왜 마차는 안 타나 꼬꼬댁?"

나하사는 한숨을 쉬며 답했다.

"제발 그 개굴이니 꼬꼬댁이니 좀 안 붙여 주면 안 될까? 진짜 동물 농장에 온 것 같은 기분인데."

그러나 그 말은 두 동물을 오히려 자극시키고 말았다.

"나는 동물이 아니라 위대한 마족 개굴족의 왕 구르르무다 개굴!"

"나는 동물이 아니라 위대한 마족 계족의 팜이다 꼬꼬댁!"

"……네, 네……."

이러다 연자리도 나타나면 양서류, 조류, 어류 골고루 데리고 다니게 되는 거 아냐?

"그래서 왜 마차는 안 타는 건가 개굴?"

거 참 끈질긴 양서류다.

"마차는 크잖아. 우리는 대일 영지의 깊은 숲에 들어갈 거란 말이야. 게다가 마부가 없는 마차는 대여 후 반납해야 하고…… 간이 마구간에서 바로 이용할 수 있는 말이 제일 좋아."

"말 말고 더 편한 이동수단은 없나 개굴?"

"응, 지금으로선 말이 제일 좋아."

라고 나하사가 말을 끝내자마자 그들의 뒤에서 부우우웅 하는 기계음이 들렸다. 나하사 일행을 비롯한 다른 사람들이 일제히 고개를 돌렸다.

"오옷, 매직 오토바이다!"

"우리대륙에 세 대밖에 없다는 매직 오토바이야!"

바퀴가 두 개고 손잡이가 좌우로 달린 말보다 조금 작은 크기의 이동수단이었다. 원대륙의 것을 개량하여 마력석으로 움직일 수 있게 만든 것인데 우리대륙에는 세 대밖에 없는 것으로 알려져 있었다.

"누구지?"

"어느 분이실까!"

사람들이 궁금해했다. 나하사도 궁금했다. 부러움으로 인한 호기심이 아니라, 저 매직 오토바이를 가진 사람 중 한 명이 백양의 영웅 중 하나라는 것을 알기 때문에 생긴 절박한 호기심이었다.

매직 오토바이는 빠른 속도로 달려왔다. 그런데 그대로 지나쳐 가는 게 아니라, 우연인지 고의인지 나하사 일행 바로 옆에서 멈추었다. 사람들은 다들 멈춰 서서 신이동수단의 주인을 바라보았다. 그는 매직 오토바이를 세우고 내리더니 헬멧을 벗었다.

"아니, 저런……!"

"과, 광채 때문에 눈이 보이지 않아……!"

나타난 것은 엄청난 미남자였다.

결이 좋아 보이는 금발 머리와 여자가 아닌가 의심될 정도의 도자기 같은 피부. 길고 풍성한 속눈썹과 유려한 아미(蛾眉), 바다를 그대로 가져다 놓은 듯한 푸른 눈. 드워프 장인에게 최고급 도구를 주며 조각하라 해도 안 나올 것 같은 매끄러운 코와 얇고 붉은 입술선.

"아아……."

"눈이 멀 것 같아……."

사람들이 저마다 탄식하며 황홀경에 빠졌다.

그러나 물론 진의 미친 외모에 익숙해진 나하사에게는 감흥

따위 전혀 느껴지지 않았다. 오히려 나하사는 비극을 느끼고 있었다.

노와 더 그레이트잖아아아아아아!

우리대륙 최고의 미남자이자 모든 방면에 다재다능하여 현자(賢者)라 불리는 인간이 왜 여기 있는 거야!?

"어이, 거기 그대."

심지어 그 인간이 정확히 나하사 일행 쪽을 보고 다가오고 있다.

"아, 목소리도 어쩜……."

"옥구슬 굴러가는 소리라도 저렇게 아름다울 수 있을까……."

황홀해하는 사람들은 뒷전이었다. 나하사는 은근히 고삐를 잡고 말을 뒷걸음질시켰다.

"정말 아름다운 분이로군요! 이렇게 품격 있는 외모는 처음으로 봅니다!"

그러나 외모지상주의 네라는 오히려 말에서 내리더니 사랑에 빠진 눈을 하고선 미남자에게 바싹 다가갔다.

"내가 아름다운 게 뭐 하루 이틀 일인가……. 저기 저 소년 마법사는 심지어 뒤로 물러서는군. 하하, 걱정하지 마라. 가까이서 본다고 정말로 눈이 멀지는 않아."

노와 더 그레이트는 아량을 베풀듯 아주 인자하게 말하며 앞머리를 쓸었다. 금박 테두리의 소매 깃이 하얀 손목을 감싸고 있었다. 주위 배경으로 화려한 꽃들이 절로 날린다.

"물론 어떤 이는 나를 가까이서 한 번 본 후, 그 모습을 영원히 간직하겠다 하여 자기 눈을 뽑아 버린 일도 있었지만……."

"그럴 만합니다. 하지만 애석하기도 하군요. 눈을 계속 달고 있으면 살면서 두 번쯤은 더 볼 수 있었을 텐데."

네라가 노와 더 그레이트의 자뻑에 장단을 맞춰 주었다. 이대로 두면 둘이 아주 쿵짝 맞춰 놀 것 같은 예감에 나하사가 네라를 재촉했다.

"네라, 그만하고 말에 타. 얼른 가자."

"하하, 마법사. 너무 겁내지 마. 나를 계속 마주한다고 해서 정말로 눈이 타 버리진 않으니."

"……네, 보게 돼서 영광이었습니다. 그럼 저희는 이만."

네라가 말에 타든 안 타든 쌩하니 가 버리려는데 노와가 눈을 날카롭게 빛냈다.

"멈춰라."

"예?"

"그대들을 이렇게 보낼 순 없지."

헉……!

심상치 않은 발언에 나하사가 얼굴을 굳혔다.

노와는 대마법사 안 노르의 제자이다. 검도 다룰 줄 알고 고대 마법에도 능통하며, 한 번 본 것은 잊지 않고 모르는 것이 없다고 일컬어지는 현자이다. 학자(學者)라고도 불리는데 그것은 그가 배우는 자라서 붙여진 호칭이 아니라 그에게서 배워야 한다고 하여 붙여진 호칭이었다.

저 사람을 만만하게 보면 안 된다.

"나의 눈을 속일 순 없어. 저 사내……"

노와가 우아하게 손을 들어 정확하게 진을 가리켰다.

"인간이 아니지?"

"……!"

나하사는 표정 관리를 잊었다. 머리 위에서 구르도 개굴, 하고 울었다. 자기도 모르게 진을 돌아보았는데 진은 여전히 무표정한 얼굴이었다. 나하사는 간신히 입을 열었다.

"무슨 말을 하시는 건지 모르겠습니다."

그래 봤자 소용없었다. 이미 사람들은 술렁거리고 있었다.

"인간이 아니라니?"

"무슨 소리야!"

"설마 저 두건 쓴 남자가 마족인 건……?"

지켜보는 사람들이 한둘이 아닌데 이러면 곤란하다. 얼추 스물 남짓인데 다 재워 버릴까?

나하사가 진지하게 고민할 때였다.

"잡아떼어 봤자야. 저자는 보통 사람이 아니라고 나의 완벽한 육감이 말해 주는군."

노와가 말하며 진에게 한 걸음 다가갔다. 진은 아무 말 없이 무감정한 얼굴로 말 위에서 노와를 내려다보았다. 나하사가 서둘러 말에서 내렸다.

"보통 사람이 아니면 뭐라고요. 사람 맞습니다, 인간 맞아요!"

"하. 천하의 현자를 속이려 하다니."

노와가 헛웃음을 웃으며 앞머리를 살랑거렸다. 너무나 아름다운 광경에 사람들이 넋이 나갔다.

"저자는 보통 인간이 아니야. 그래, 저자는……."

"아니라니……."

"저자는, 엄청난 미남이야……!"

"글쎄, 아니라니까. ……네?"

나하사가 얼빵하게 눈을 동그랗게 떴다.

"뭐라고요?"

"비루한 두건으로 가려 놨지만 나의 눈은 속이지 못해."

노와 더 그레이트는 예리하게 눈을 치켜떴다.

"나와 비견될 만한 미남이군."

"……."

나하사는 안도인지 허무함인지 모를 한숨을 쉬었다. 그 얘기였단 말인가? 아니 헷갈리게 왜 인간이 아니라고 말해?

"솔직히 비교할 수는 없습니다. 진 님 쪽이 훨씬 아름다우십니다."

네라의 자극에 노와는 피식 웃었다. 자신감에서 나오는 행동이었다.

"그거야 놓고 비교해 보면 되겠지. 어이, 말에서 내려와라."

노와가 진에게 말했다. 나하사는 진이 늘 그렇듯 무시할 거라 생각했다. 그런데 의외로 진은 지체 없이 훌쩍 말에서 내려왔다. 둘이 함께 마주 보고 서니 진이 조금 더 키가 컸고 비율도 좀 더 좋았다.

"두건을 벗어 보아라."

그래도 노와는 자신감을 잃지 않고 재촉했다.

"안 돼!"

진이 두건 매듭에 손을 대려 해서 나하사가 얼른 말렸다. 안 돼, 더 이상 눈에 띌 순 없어!

"뭐? 왜 안 된다는 거냐?"

노와가 한쪽 눈썹을 올렸다. 그 아름다운 모습에 지켜보던 관중 중 두 명이 뒤로 쓰러져 실신했다.

"어째서 안 된다는 거지? 범죄자라도 되나?"

노와의 물음에 지레 찔린 나하사가 재빨리 고개를 저었다.

"아니, 그게 아니라요……."

"그럼 왜지?"

마땅한 이유를 찾던 나하사는 눈 딱 감고 답했다.

"저 녀석은 엄—청 잘생겼거든요. 여기 있는 사람들이 다 눈이 멀지도 몰라서, 사람 없는 곳에서만 두건을 벗어야 해요."

말하면서 손발이 오그라들 것 같았다.

노와가 조금 놀라며 물었다.

"뭐라고? 그 정도인가?"

"네, 진짜 장난이 아니거든요. 심지어 드래곤 로드마저 감동하게 하는 미모거든요."

"하하, 그건 조금 비약이 심하군."

진짠데.

"좋다, 그럼 이곳 말고 다른 곳에서 얼굴을 보기로 하지. 그대들은 대일 영지로 가는 길이겠지?"

"아뇨, 다른."

"네, 대일 영지로 가고 있습니다."

나하사가 부정하려는 걸 네라가 가로막으며 착실하게 답했다.

"저희는 대일 영지의 주요봉인소를 구경하러 가고 있습니다."

아, 저 네라 같은 자식……!

오랜만에 뒷목이 뻐근해져 와 나하사가 신음하며 붙잡았다.

"그렇군, 신전에 오면 나를 찾아라. 특별히 주요봉인소를 보여 주지."

노와가 말하면서 눈을 찡긋했다. 그 모습이 무척 느끼해서 나하사는 이번엔 팔뚝을 긁었다. 노와는 손수 늘 지참하고 다니는 종이와 펜을 꺼내 네라에게 사인을 해 주었다. 그러자 네라의 뒤로 노와 더 그레이트의 사인을 받으려는 사람들이 줄을 이었다. 나하사는 진을 다시 말에 태우고 슬쩍 뒤로 빠졌다.

"잠깐, 마법사 소년."

노와가 어떤 아주머니에게 사인해 주다 말고 나하사를 불렀다.

"그 닭은 뭐지? 먹을 건가?"

"하하, 대일 영지에서 팔려고요."

나하사는 싱그럽게 웃어주며 바동거리는 팜의 부리를 꽉 틀어 막았다.

"흐음…… 설마 암탉이 추가될 줄이야."

헉, 무슨 뜻이지?

"그럼 나중에 보자. 꼭 찾아와야 한다."

현자 노와는 그 말을 끝으로, 다시 길게 줄 선 사람들에게 사인을 해 주었다. 나하사는 속으로 안도의 한숨을 쉬었다. 어느새 말에 타 노와의 사인지를 소중히 품 안에 넣고, 안 출발하느냐는 눈으로 보고 있는 네라가 무척 얄미웠다.

처음부터 느끼긴 했지만 구르와 팜은 죽이 잘 맞았다. 그 말은 즉, 저 닭 마족의 정신연령이 다섯 살 미만이라는 뜻이다.

나하사가 다 씻고 욕실 문을 열려는 순간,

"인간만큼 이중 잣대가 강한 종족은 또 없다 개굴."

"맞아, 남이 하면 불륜이고 내가 하면 로맨스란 거지. 정말 가증스럽다 꼬끼오."

하며 개구리와 닭이 인간 뒷담을 까는 소리가 들렸다.

"이기적이고 위선적이다 개굴."

"게다가 약하기는 또 얼마나 약한지. 헬렌을 봐라 꼬꼬. 복수를 하려면 철저하게 해야지, 그게 뭐냐 꼬끼오."

약하다는 이야기가 나오자 구르도 할 말이 많은지 짧은 팔로 침대를 팡팡 두드렸다.

"나하도 마찬가지다 개굴! 진짜 얼마나 약한지 말도 못 한다 개굴. 매일 자면서 운다 개굴."

하, 매일? 고작 한두 번 눈물 조금 흘렸다고 매일?

나하사는 욕실 안에서 팔짱을 끼고 저놈의 개구리가 무슨 욕을 하는지 들었다.

"악몽을 꾸는 건 마음이 약하다는 증거다 꼬꼬."

"내 말이 그 말이다 개굴. 그래 놓고 자기는 악몽 아니라고 우긴다 개굴. 듣기로는 보고 싶은 여인이 꿈에 나온다고 했는데."

"그러면 그 보고 싶은 여인이랑 꿈에서 뭔 짓을 하기에 그렇게 우는……."

"……."

"……."

갑자기 두 마족이 약속한 듯 입을 다물었다. 나하사는 불길한 예감에 몸을 떨었다.

"하긴 왕성한 나이지 꼬꼬."

"음, 청춘이야 개굴."

저것들 무슨 생각을 하는 거야! 차라리 욕을 해!

은인과의 꿈을 멋대로 해석하는 마족들이 정말이지 너무 부끄럽다. 나하사는 머리를 탈탈 털며 나왔다. 네라는 보이지 않고 진은 거울 앞에 우아하게 앉아 책을 보고 있었다. 침대 위에 있던 구르가 묘한 눈빛으로 나하사를 보았다.

"다 컸구나, 우리 나하."

"시끄러워."

나하사는 구르의 머리통을 탁 때렸다. 구르가 침대 위를 데굴데굴 굴렀다. 그 모습을 보고 팜이 흥분했다.

"인간 주제 마족에게 손찌검을 하는 거냐! 무엄하다 꼬꼬댁!"

팜이 소리를 지를 때마다 깃털이 날렸다. 여관 주인이 무지 욕할 것 같다는 생각을 하며 머리를 털던 수건을 암탉에게 던졌다. 팜이 수건에 깔려 푸드덕거렸다.

"그런데 그 금발 인간, 우리 잡으러 온 인간 아닌가 개굴? 봉인 깰 수 있나 개굴?"

"노와는 그렇게 겁 안 내도 돼. 검술이나 마법 실력이나 어중간하거든. 똑똑하긴 하다지만."

노와가 들으면 천인공노할 말을 하며 나하사는 가방을 챙겼다. 나갈 채비를 하는 나하사의 모습에 구르가 나하사의 가방에 풀썩 뛰어들었다.

"나하야, 축제다 개굴!"

"구경하려면 해. 환각마법 걸어 줄게. 진이랑 팜이랑 같이 가."

나하사가 구르를 고이 들어서 침대 위로 올렸다. 그러자 구르가 다시 풀썩 가방에 뛰어들었다.

"나하도 즐겨라 개굴!"

"네네, 마왕 부활 후에 마음껏 즐길게. 지금은 좀 나와 줄래?"

"나하는 모든 걸 마왕님 부활 후로 미루는 나쁜 버릇이 있다 개굴."

그게 왜 나쁜 버릇이야?

"그게 왜 나쁜 버릇이지?"

책을 보고 있던 진이 나하사의 생각과 똑같은 말을 하며 끼어들었다.

"당연한 것 아닌가? 그것보다 중요한 게 어디 있다고."

"우리에게야 그렇지만, 나하는 인간이다 개굴."

"인간이든 마족이든 각자 중요한 것이 다른 건 당연한 일이지. 너무 자신의 관점만을 강요하지 마라."

나하사는 진이 웬일로 자기를 편들어 주나 하고 조금 놀라서 보았다.

진이 책을 덮고 몸을 일으켰다.

"자신에게 중요한 것은 양보할 수가 없는 거다. 이봐, 준비 다 됐으면 가자."

그리고는 말했다.

"당장 금테두리의 두건을 사야겠어. 일어나!"

그거였냐?!

대일 영지의 주요봉인소는 대일 신전에 있고, 대일 신전은 아주 깊은 숲 속에 있다. 이칼리노 신전이며(대일 영지 자체가 이칼리노에게 봉헌되었다) 대륙에 셋뿐인 제사장 중 한 명이 있어서 입장이 무척 까다롭다. 물론 나하사에게는 상관없는 일이었다. 산(山) 타는 게 조금 힘들고 어려울 뿐. 말로 들어갈 수 있는 곳에는 한계가 있었다. 산 중턱 마구간에 타고 온 말을 반납한 나하사 일행은 대일 신전 구경을 온 다른 등산객들을 따라 걷는 수밖에 없었다.

"저녁인데도 사람이 많다 개굴."

후드 속의 구르가 속삭였다. 나하사는 작게 고개를 끄덕였다.

"주요봉인소는 관광명소니까."

현자 노와 더 그레이트도 대륙에 세 대밖에 없는 매직 오토바이를 끌고 왔으니, 오늘은 역대 최고로 많은 사람이 몰리지 않을까 한다. 그러나 신전에 들어갈 수 있는 사람들은 한정되어 있었다. 요즘은 해제범 때문에 주요봉인소마다 경비를 철저히 하니 특히 더 까다로운 신분 검사를 할 것이다. 오히려 그 점이 나하사에겐 다행이었다. 신전 안에 사람들의 수가 적을 테니까.

"이봐. 그자가 자신을 찾으라 하지 않았나."

산을 오르면서도 한 점 흐트러짐 없는 금박 테두리 두건의 남자가 말했다.

"그자? 누구?"

"내게 시비를 걸었던 자 말이다."

의외였다. 진은 그동안 시비를 숱하게 받아 왔는데, 마기를 날리려고 한 적은 있어도 대부분은 무심하게 반응했다. 그런데 오늘은 아까 노와가 말에서 내리라고 하자 대번에 내린 것부터,

몇 시간이 지난 지금 갑자기 얘기를 꺼내는 것까지 의외의 모습을 보이고 있다. 왜 저러나 싶던 나하사가 아, 하고 깨달았다.

"걱정하지 마. 네가 훨씬 더 잘생겼어."

"뭐? 왜 갑자기 그런 당연한 소릴 하는 거지?"

진이 마치 '구르가 우유를 좋아한대 글쎄'라는 아주 당연한 말을 새삼스럽게 들은 것처럼 말꼬리를 올렸다. 외모로 경쟁의식을 느껴서 이러는 게 아니었나?

"아무튼 노와 없이도 주요봉인소 보면 되는 거지 뭐."

진은 고개를 끄덕이고 그 후로는 말이 없었다.

나하사도 말없이 헉헉대며 산을 올랐다. 산을 잘 타는 나하사라지만, 암탉을 품에 껴안고 개구리를 머리에 올린 채 험준한 삶을 오르는 건 참 힘들었다. 다른 여행객들도 마찬가지인지, 제각기 숨을 가쁘게 내쉬며 네 발로 기듯 산을 올랐다. 그나마 신전이 유명한 관광지라 나무마다 빛의 돌을 달아 놔 앞이 환한 것이 천만다행이었다.

"저기 보인다!"

"다 왔어!"

앞선 사람들이 소리치는 게 들렸다. 나하사는 땅만 보던 고개를 들었다. 진은 이미 저 앞에서 땀 한 방울 안 흘리고 비탈 아래를 내려다보고 있었다. 나하사도 막판 스퍼트를 가해 사람들 속에 끼었다.

드래곤 산맥 신전만큼이나 커다란 신전이었다.

드래곤 산맥 신전이 어둡고 음침하며 괴기스러웠다면, 대일 신전은 고풍스러우면서 어딘가 신비하고 몽환적인 분위기가 풍 겼다. 대륙에서 세 번째로 오래되었다고 전해지는 신전다웠다. 신전 앞 둥근 광장에는 사람들이 제법 몰려 있었는데, 대부분이 통과하지 못하고 카메라로 신전 외관 사진만 잔뜩 찍고 있었다.

"들어가기 싫은 생김새군 꼬꼬댁."

팜이 신전을 보며 중얼거렸다. 아마 구르와 진도 동감일 것이 다. 신전 자체가 이칼리노를 모시는 곳이라 여기저기 이칼리노 의 표식이 있었다. 팜이야 남겨진 마족으로 우리대륙에서 오랜 기간을 살아 이칼리노의 성스러운 기운에 익숙하겠지만, 구르 나 진은 어떨지 몰랐다.

광장으로 내려가서야 나하사는 자신이 옷을 잘못 입고 왔다는 것을 깨달았다. 대부분이 값비싼 옷을 입은 귀족이었던 것이다. 칙칙한 마법사 로브를 입은 작은 체구의 소년을 보고 사람들이 수군거렸다. 나하사는 구르로 인해 후드도 벗지 못하고 구석으 로 향했다.

"저놈은 뭐야?"

"어울리는 차림새가 아닌데."

"닭 좀 봐, 닭. 냄새나."

나하사는 일단 구석으로 간 다음 사람들 몰래 투명마법을 한 후 당당하게 신전으로 들어갈 생각이었다. 그런데 그전에 벌써 이목이 쏠리니 난감했다.

"꼬끼오! 꼬꼬댁, 꼬끼오!"

뭐가 불만인지 품 안의 팜이 세차게 울어댔다. 퍼드덕 날아내려 땅에 착지하더니 화가 난 엄마처럼 사람들 주위를 왔다 갔다 했다.

"꺅! 이 닭 뭐야!"

"더러워, 저리 가!"

물론 사람들은 코를 잡고 비명을 지르며 물러섰다.

"팜, 뭐하는 거야!"

나하사도 당황스러워 팜을 잡으려 했는데 암탉은 생각보다 빠르게 움직였다. 졸지에 사람들이 물러난 자리에서 짧은 두 다리로 종종종 빠르게 도망치는 닭과 그 닭을 잡으려는 소년의 개그쇼가 펼쳐졌다.

"거기 무슨 소란입니까?"

당연히 신전 경비병이 탐탁지 않은 얼굴을 하고 다가왔다.

"으앗, 죄송합니다. 제 닭이…… 야, 팜! 너 빨리 안 와!?"

"꼬꼬댁 꼬끼오!"

혹시나 싶어서 진을 보았으나 진은 팔짱 끼고 구경 중이었다. 입꼬리까지 올리고서. 네라는 어디 갔는지 초저녁부터 보이지 않고. 있어 봤자 도와줬을 리는 만무하지만.

나하사가 역시 이 암탉을 데리고 오는 게 아니었어, 후회하며 스탑stop을 써 버릴까 고민할 때였다.

어디선가 마력이 느껴졌다.

"스탑stop."

나하사의 목소리가 아니었다.

멈춰 버린 암탉 앞으로 구불거리는 금발의 사내가 다가왔다.

"자. 지금 잡아라, 소년."

"……."

나하사는 곤란에 처한 약자를 도와주었다는 자부심과 나는 이렇듯 평화를 사랑한다는 뜻이 담긴 인자한 미소를 짓고 있는 노와 더 그레이트를 울지 못해 웃는 얼굴로 보았다.

나하사는 구르에게 토끼 마법을 걸고 후드를 벗었다.

"토끼는 이해하겠는데 암탉을 산책시키는 건 처음 봐."

"그런가요……."

"아까의 그 분홍 머리 소녀는 어디 갔지?"

"글쎄요……."

"나와 사진을 찍을 영광을 주려고 했는데, 안타깝군."

"그러게요……."

나하사는 노와의 말에 대충 답을 하며 주위를 둘러보았다. 노와를 만난 것은 어찌 보면 다행이었다. 신전 안에 쉽게 들어올 수 있었던 것이다. 처음 만난 이들을, 단지 잘생긴 사람이 속해 있다는 이유로 대일 신전 출입을 허가해 주는 사람이라니 참 엉뚱하다 싶었다.

그건 그렇고…… 이 신전은 지금껏 나하사가 보아 온 신전 중 가장 아름다운 곳이었다. 미힐의 주요봉인소보다, 바다의 섬보다 훨씬.

"이곳엔 처음인가?"

나하사가 신전 벽면의 화려하고도 웅장한 새벽에만 부는 바람의 그림을 멍하니 바라보자 노와가 대뜸 물었다.

"네…… 이건 굉장히 오래된 작품인가 봐요. 새벽에만 부는 바람의 형태로 이칼리노를 그려 놓은 걸 보면."

"사실 그렇지도 않아. 이 벽의 끝에는 원인에게 저주를 내리는 이칼리노가 그려져 있거든."

"아…….."

인제 보니 나하사가 본 부분은 새벽에만 부는 바람이 흙과 물과 돌에 닿아 인간이 만들어지는 장면이었다. 아마도 벽의 앞쪽에서부터 이칼리노의 일대기를 그린 듯했다.

그렇게 신전에 바쳐진 명화와 조각들 구경을 하며 앞으로 나아가다 보니, 지하로 내려가는 계단과 지상으로 올라가는 계단이 나왔다. 주요봉인소는 지하에 있을 것이다.

"위로 올라가지. 내가 묵고 있는 곳으로 초대를 해 주마."

"네!?"

나하사가 표정 연기를 잊고 아주 기겁을 했다.

"홋, 그렇게 좋아할 거 없어."

흉하게 입을 쩍 벌리고 미간에 주름을 잔뜩 만든 나하사의 얼굴을 보고도 노와는 자기 멋대로 해석했다.

"저자가 쓰고 있는 수분크림에 대해 대화도 할 겸이야. 자, 가자."

나하사는 대번에 진을 앞에 내밀었다.

"저, 그러면 전 요 아래 구경을 하고 있어도 될까요? 진은 데려가세요."

"그자의 이름이 진인가? 어울리는군."

노와가 딴소리를 했는데 그게 너무 의외라 나하사는 놀랐다. 이 사람, 고대어를 아는구나!

"너도 와도 된다. 그렇게 부담 갖지 않아도 돼. 훗, 나와 오랜 시간 함께 있다고 해서 정말로 내 향기에 취하지는 않아."

노와는 다 안다는 표정으로 끄덕이고는 계단을 척척 올라갔다. 나하사는 품 안의 토끼와 짧은 다리로 종종종 걷는 암탉을 잠깐 보았다. 다들 말은 못하고 고개만 세차게 젓고 있었다. 그런데 그 와중에 진은 긴 다리로 성큼성큼 노와의 뒤를 따랐다.

아, 저 진 같은 게!

소리는 못 내고 나하사는 속으로만 욕했다. 결국 한숨을 쉬고 노와의 뒤를 따를 수밖에 없었다. 너무 지하 구경을 주장하면 수상해 보이고…… 진과 대화 삼매경에 빠졌을 때 살짝 나가면 되겠지 하는 생각이었다.

계단에 있던 경비병이 노와를 보고 구십 도로 허리를 꺾어 인사했다. 노와는 여상하게 인사를 받고는 붉은 양탄자를 따라 걸었다. 신전 2층은 벽면에 명화는 없었지만, 아주 깔끔하고 온화한 분위기의 전등이 달려 있어 역시 대일 신전이라는 느낌을 주었다. 복도에는 문이 오른쪽에 두 개, 왼쪽에 한 개 있었는데 노와는 왼쪽 문을 열고 들어갔다.

"내가 지금 묵고 있는 곳이야. 조금 간소하지만 신전이니까 이해해야지."

간소하다며 들어선 방은 너무 호화로워 말도 나오지 않았다.

바닥에 깔린 어두운 붉은색의 카펫은 너무나 부드러워 맨몸으로 뛰어들어도 될 것 같고, 높은 천장에는 아침 이슬 같은 보석들이 잔뜩 매달린 샹들리에가 반짝인다. 고전 명화에서 옮겨 놓은 듯한 작은 앤티크 테이블에는 소냐르의 상징인 물망초 한 송이가 청아하게 꽂혀 있으며, 안쪽 금색 장식의 칸막이에는 노와 자신의 초상화가 걸려 있었다.

이렇게 호화로운 방은 처음 보는 마다스 할렘 태생 소년에게 노와가 슬리퍼를 내밀었다. 진이 당당하게 슬리퍼를 신고 제일 먼저 안으로 들어가 제가 방 주인인 것처럼 의자에 앉아 차를 따랐다. 그동안 나하사는 얼떨떨하게 신발을 벗고 있었다.

"저 닭은 어떻게 한다……?"

노와가 아름다운 미간을 모았다가,

"이런, 닭 때문에 주름을 만들 뻔했군."

하며 얼른 손거울을 꺼내 살폈다. 손거울 또한 어찌나 화려한지 눈이 부셨다.

"저, 그러면 진하고만 대화를 나누세요. 아무래도 이 닭은 냄새가 심해서 이 방엔 못 들어갈 것 같아요."

냄새가 심하단 말에 팜이 요동을 쳤으나 나하사는 무시했다.

"아니다, 내가 초대를 했는데 그럴 순 없지. 대신 네가 안고 있어라."

"⋯⋯."

이 사람 대체 왜 이러는 거야?

나하사는 속으로 툴툴대며 구르는 머리 위에 올리고 팜은 안아 들었다. 토끼와 닭한테 둘러싸여 나하사는 생각했다. 이제 절대로 동물은 동료로 받지 않겠다고.

티 테이블에 어색하게 앉아 있는데, 노와는 진이 아니라 나하사에게 먼저 말을 걸었다.

"복장을 보아하니⋯⋯ 혹시 마법사 지망인가?"

"아뇨, 그건 아니고 그냥 편해서 입었어요."

노와는 차를 한 모금 마셨다.

"부정할 것 없어. 솔직해도 된다. 그럼 내가 네게 마법 하나 전수해 줄 수도 있으니까."

"하하⋯⋯."

이바노브 아시오의 황성마법사도 감지 못하는 고대마법을 쓰는 소년 마법사가 하하 웃었다.

"그래, 대일 신전에는 무슨 일이지?"

진이랑 외모 얘기가 하고 싶다면서 그건 왜 묻나.

나하사가 미심쩍어 대답을 하지 않자 노와는 자기 마음대로 판단한 듯 말했다.

"물론 주요봉인소 구경을 왔겠지. 사실 너한테만 하는 말인데, 이곳의 주요봉인소는 일반인에게 보여 주지 않아. 안타깝지?"

"네, 안타깝네요⋯⋯."

나하사가 대충 대답해 주자 노와가 씨익 웃었다.

"하지만 난 일반인이 아니란 말이야."

노와는 진을 보고서도 말했다.

"저쪽도 일반인이 아닌 듯하지만."

그 일반인의 기준은 외모냐!?

이 자리에 네라가 있었으면 둘이서 아름다운 외모에 대한 찬양을 잔뜩 했을 것이다. 나하사는 내심 네라가 없어서 다행이란 생각을 했다.

"두건으로 가리고 있지만 나는 알 수 있어. 저자는 분명 굉장한 외모의 소유자야. 니스와 황태자님 이후로 이 정도 외모는 처음이군."

니스너 실 누소즈가 언급되자 나하사는 움찔했다. 하긴 그 사람은 네라가 찬양할 만큼 굉장히 잘생기긴 했다. 이바노브 아시오의 황태자 또한 초상화 하나 나돌지 않는 사람이지만, 그 외모에 대한 소문만은 무성했다.

"이름도 참 어울리고 말이야. 사실 넌 모르겠지만 진이라는 건 검은색을 뜻하는 고대어지. 나는 고대어를 알고 있거든, 훗."

"……."

"그래, 네 이름은 무엇이냐?"

나하사는 이 질문이 정말 싫었다. 왜냐면 소년은 절대로 가명을 댈 수 없었기 때문이다.

"걱정하지 마. 내가 몸소 이름을 불러 준다고 해서 정말로 네가 꽃이 되어 버리진 않아."

"……나하사예요."

"바다라는 뜻이군! 둘 다 고대어의 이름이라니 대단한데?"

바다라는 뜻의 나하사는 진보다 조금 더 오래된 고대어였다. 나하사는 노와의 고대어 실력을 인정할 수밖에 없었다.

"혹시 토끼와 닭도 이름이 있나?"

"없습니다."

나하사가 깔끔하게 부정하자,

"개굴!"

"꼬끼오!"

하며 토끼와 닭이 외쳤다. 노와가 놀랐다.

"저 토끼 방금 개굴이라 하지 않았나?"

나하사가 살기를 담아 머리 위의 토끼를 쓰다듬었다.

"환청입니다."

"그 토끼 왠지 떨고 있는 것 같은데."

"착시 현상이에요."

"말 알아듣는 것 같지 않나?"

"그럴 리가요."

세 번 다 깨끗이 부정한 나하사가 문득 지금 무슨 대화 중인가 혼란에 빠졌다. 백양의 용사단과 대일 신전의 호화로운 방에서 티타임을 가질 때냐, 지금!

"저, 그러면 진과 계속 얘기 나누세요. 전 가 볼게요."

사실상 진은 말 한마디 안 하고 있지만. 나하사가 의자를 빼며 일어서려는데 노와가 먼저 벌떡 일어섰다.

"아무튼 내가 하고 싶은 말은!"

"네?"

"일반인이 아닌 그대들에게 은혜를 베풀겠다는 거지."

노와의 목소리가 조금 떨려서 나하사는 의아하게 그를 바라보았다.

노와는 칸막이 뒤로 가더니 무언가를 가지고 왔는데 황금색 보자기에 싸여 있는 둥글고 커다란 것이었다. 구르 크기 정도 되는 것을 테이블 위에 올리고 보자기를 걷어냈다.

"......!"

나하사가 숨을 멈추었다.

일반인에게는 공개하지 않는 대일 신전의 주요봉인소가 눈앞에 있었다.

"하하하. 아주 얼었군. 나는 사실 이거 수백 번도 더 봐서 지겹지만 말이야."

노와가 웃으며 말했는데 나하사의 귀에는 들리지 않았다.

투명한 수정구슬 내부에는 흙색의 물질이 담겨 있다. 저 물질 자체가 바로 마법진을 이루는 고대어다. 주요봉인소를 보니 저절로 해제 마법 수식을 머릿속에서 계산하지 않을 수가 없었다. 수정구슬 내부의 떠다니는 고대어를 눈으로만 훑고 적당한 해제 주문을 찾은 후에야 숨을 돌렸다. 사실 그건 아주 찰나의 시간이었다. 이 수정구슬의 마법진은 생각만큼 복잡하지 않았다.

"어때, 놀랍지?"

"네……."

이걸 가지고 있는 데다가 멋대로 보여 주는 당신이 더 놀랍다.

나하사가 노와 더 그레이트를 재워 버릴 준비를 했다. 사실 이미 마력은 움직이고 있었다. 노와가 한마디 말을 꺼내지 않았다면 나하사는 당장 그를 재웠을 것이다.

"해제할 수 있겠나?"

"……!?"

나하사가 벌떡 일어섰다. 노와는 우아하게 다리를 꼬고 앉아 찻잔을 들고 있었다.

"뭘 그리 놀라?"

"당신 뭐하는 사람이야!"

"나야 백양의 용사지."

대수롭지 않게 말하며 노와는 덧붙였다.

"마법사가 되고 싶은 소년에게 대일의 주요봉인소를 보여 주는 아주 마음 착한 백양의 용사."

나하사는 저 말의 의미를 이해할 수가 없었다. 해제범인 것을 아는 건가? 알고 있는 건가?

알고 있다면…… 왜 이것을 보여 주는 거지?

"어때? 어렵지? 못 풀겠지?"

노와가 실실 웃었다. 그런데 그 장난스러운 눈빛 너머의 것을 나하사는 읽었다. 읽고 싶지 않았으나 소년의 눈에는 그 감정이 보였다.

절박함.

나하사도 너무나 잘 알고 있는 감정이라서 절로 읽힐 수밖에 없었다.

"말해 봐, 나하사. 역시 마법사 지망일 뿐이라 모르겠나?"

노와가 대답을 재촉했다. 찻잔을 입에 대고 있던 진이 탁 내려놓았다.

"이중봉인이군."

"진!"

나하사는 진이 마법진을 알아볼 수 있다는 것과, 답을 말해 버렸다는 것에 놀라 소리쳤다. 그런데 노와는 고개를 저었다.

"그것까진 나도 알아. 그래, 다른 건 모르겠나? 해제할…… 방법 같은 건?"

진은 침묵했다. 토끼 구르가 테이블로 폴짝 내려왔다. 그리고는 뭔가 말하고 싶은 눈으로 나하사를 보았다. 나하사는 어쩐지 구르가 무엇을 말하는지 알 수 있을 것 같았……으면 좋겠지만 현실은 전혀 알 수 없었다.

"말해 봐. 나는 그냥 마법사 지망생한테 묻고 있을 뿐이야. 우연히 만난 마법사 지망생한테 묻고 있을 뿐이니까……."

나하사는 여전히 노와의 의중을 알 수 없어 불안했지만, 설령 놀아나는 것이라도 노와의 실력이 저보다 훨씬 아래인 걸 알기에 큰 부담은 없었다.

그래서 소년은 저 아름다운 남자의 절박함에 답해 주기로 했다.

"이건 공간 생성 마법진입니다."

"……!"

"해제는 할 필요 없어요. 그냥 진을 발동시킨 후 그때 생기는 공간의 마법진을 해제하는 형식이에요."

찻잔을 잡은 노와의 손이 떨렸다. 조심스레 테이블에 올린 후 노와가 심호흡을 했다.

"나도 해 봤어. 마력을 주입해 봤는데…… 진은 발동되지 않았어."

"일정 이상의 마력이 필요하겠죠."

"……넌?"

너의 마력이면 되냐는 뜻이었다.

이쯤 되면 명백하다. 저자는 내가 해제범인 걸 알고 있다. 나하사는 고민했다. 지금이라도 이자를 재울까?

"말해 봐, 나하사. 나는 그냥…… 마법사 지망생한테 묻고 있는 거야."

"……."

이 사람 대체 왜 이러는 거지?

왜 경비병과 신관을 불러 잡아가라고 하지 않고, 주요봉인소의 해제 방법을 묻고 있는 거지?

"나하사."

불린 소년의 이름은 두건을 쓴 마족에게서 나왔다. 어이, 이봐 등으로만 부르던 진이 소년의 이름을 불렀다.

"나는 이자가 무척 흥미롭군."

진은 생에 처음 보는 아주 희귀한 생물을 보는 듯한 눈으로 노와를 훑었다. 그건 아주 실례인 행동이었으나 노와는 미간만 잠깐 찌푸렸다 폈을 뿐이었다.

"이곳의 제사장은 지금 자리를 비웠어. 네 마력을 눈치챌 신관은 없을 거야."

지금 이 사람, 안심하고 해제하라고 말하는 건가?

"혹시 네 마력에 중급 마력석 열 개 정도를 보태면…… 가능한가?"

나하사는 작게 한숨을 쉬었다.

"그런 거 없어도 돼요."

소년은 자리에 앉아 버렸다.

노와 더 그레이트의 의도가 무엇인지는 알 수 없지만, 일단 그냥 그의 그물망에 걸려 주기로 했다.

나하사는 구르에게 걸린 환각마법까지 풀어 버렸다. 커다란 개구리의 모습이 적나라하게 보여졌다.

"……"

개구리가 커다란 눈으로 뭔가 갈망하는 듯 나하사를 보았다. 나하사가 피식 웃었다.

"말해도 돼, 구르."

"오옷, 되나 개굴!? 어서 저자를 해치우고 주요봉인소를 가지고 가자 개굴!"

고작 그 말이 하고 싶어서 계속 안절부절못한 거냐.

"이곳은 이칼리노의 기운이 너무 강하다 꼬끼오. 더 이상 있고 싶지 않다 꼬꼬."

팜도 거들었다. 사실 대일 신전은 우리대륙을 통틀어 이칼리노의 사랑을 받는 신전으로 순위권에 드는 곳이었다. 이칼리노는 악한 것을 싫어하는 신이니 마족에게는 힘들 것이다.

"조금만 참아라."

노와가 마족 둘을 보며 말했다.

"공간이 생성되면 신전의 기운은 없어질 테니까."

그 시선에도, 말투에도 마족을 향한 경멸은 없었다. 오히려 이칼리노의 성스러움에 힘들어하는 마족들에 대한 진심 어린 걱정이 있었다.

만약 그가 구르를 험하게 대했다면 나하사는 바로 그를 재웠을 터였다. 소년은 혼란스러웠다. 그러나 이게 미끼라 하더라도 어쨌든 소년은 주요봉인소를 해제해야만 했다.

"지금 이 봉인을 깰게요."

이중봉인 중 첫 번째를 깬다는 뜻이었다.

노와가 고개를 끄덕였다.

나하사는 수정구슬을 두 손으로 감싸고 주문을 외웠다.

"아에로 · 그 · 로데."

수정구슬 안에서 떠다니던 흙색의 물질, 고대어들이 움직임을 멈추었다.

"오이르 · 리 · 나이르 · 리."

그리고 지이이잉— 하는 긴 울림과 함께 파아앗, 일시에 고대어가 퍼졌다.

좁은 수정구슬을 벗어난 고대어는 방 안에 가득 찼다.

노와는 눈앞에 동동 떠 있던 '예' 자의 투명한 고대어를 살짝 건드려 보았다. 몽글몽글 움직였다가 다시 퍼지는 게 꼭 젤리 같았다. 노와는 방 안 가득 퍼진 이 고대어가 바로 마법진이라는 것을 깨달았다.

마법진이 방 안의 공중에 그려진 것이다.

"사모 · 지 · 엔 · 엔."

소년의 입에서 한 번 더 노와는 알 수 없는 주문이 나오고, 투명한 고대어들이 푸르게 빛나기 시작했다.

"발동하려면 시간이 좀 걸려요."

노와는 아름다운 광경에 멍해져서 물었다.

"얼마나……?"

"한 십 분 정도."

나하사가 의자에 앉았다. 이래도 되나 싶었다. 노와는 넋이 나간 얼굴로 푸른 마법진을 들여다보는 중이었다. 저자가 원하는 게 무엇인지 알 수가 없으니…….

"가만둬도 되나 개굴?"

구르가 속삭였다.

"나도 모르겠어."

"그냥 재워 버려라 개굴."

"재우긴 뭘 재워? 당장 해치워야지 꼬끼오."

팜이 기세등등 마기를 날리려고 해서 나하사가 작은 머리를 탁 쳤다.

"감히 날 때리다니 꼬꼬!"

"좀 가만있어. 너 쫓아낸다?"

"흥, 그, 그런 협박 하, 하나도 안 무섭다 꼬끼오."

팜은 절대 무서운 건 아니지만 발에 갑자기 쥐가 났다며 테이블 위에 다시 주저앉았다.

"인간은 다 죽여야 하는데……."

라는 마족다운 말을 소심하게 하는 닭은 퍽 귀엽기까지 했다.

그때였다.

똑똑— 누군가 방문을 노크하는 소리가 들렸다.

"……!"

나하사가 놀라 벌떡 일어났다. 저 밖에서 니스너 실 누소즈가 쳐들어오는 거 아냐!?

노와도 놀란 듯 소리쳤다.

"누, 누구다!"

누구다?

나하사는 자신보다 노와가 더 놀란 것 같아서 눈을 깜빡였다.

"크흠, 누구냐?"

노와가 헛기침을 하며 다시 물었다. 문밖에서는 누군가 공손하게 대답했다.

"노와 더 그레이트 님, 소냐르 마이아 영애와 칼 더 그레이트 님께서 도착하셨습니다."

노와는 알현실 문 앞에 있었다. 신전의 알현실은 신을 만나는 장소로 쓰인다. 신전에 온 신도는 반드시 알현실에서 이칼리노에게 인사를 드린다. 이 안에 노와의 오랜 친구가 있었다.

남은 시간은 별로 없다. 금방 인사만 하고 나와야 한다. 노와는 심호흡을 하고 문을 열었다.

작은 소녀와 이야기를 나누던 남자가 문 열리는 소리를 듣고 고개를 번쩍 들었다.

"이제 오나, 노와!"

"칼, 여전하군! 보고 싶었네!"

입가에 상처가 있는 건장한 체격의 남자는 달려와 노와를 반겼다. 노와도 마찬가지로 아주 반가워하며 그에게 달려갔다. 서로 부둥켜안는 두 남자를 보며 알현실 안 신관들이 흐뭇하게 웃었다.

한 5년 만에는 만나나 보지?

"아, 진짜 또 오버야! 5일 전에 만난 것들이!"

어린 여자아이의 외침으로 인해 그 흐뭇함은 산산조각이 났지만.

열 살이 갓 넘었을 것으로 보이는 여자아이는 풍성한 블루블랙의 머리칼을 찰랑이며 다가왔다. 고양이를 닮은 눈동자가 즐겁다는 듯 빛났다.

"여기서 이러지 말고 빨리 축제 가자, 축제!"

"너 내가 존댓말 쓰랬지?"

노와가 짐짓 목소리를 깔며 말했으나 여자아이는 조금도 겁내지 않았다.

"야, 어디서 공작 영애한테 목소리를 깔아?"

소냐르 제1공작의 하나밖에 없는 귀중한 딸, 마이아 소냐르온 소냐르에게 세상에 두려운 거라곤 오직 자기 아버지밖에 없었다.

"노와, 밥은 먹었어?"

마이아의 호위기사이자 노와의 친구인 칼이 어깨동무를 하며 물었다.

"음, 먹었지."

"나 오기 전에 먹었단 말이야? 우정이 다 식었는걸?"

"배고픈 걸 어떡해. 미모 유지를 위해서는 끼니를 제때 먹는 게 중요하다고."

"허이구. 네놈한테 미모 유지를 위해 안 중요한 게 어디 있겠어?"

칼이 하하, 웃었다. 노와는 오랜만에(5일도 그들에겐 오랜만이었다) 듣는 친우의 웃음소리가 무척 좋았다. 그러나 그는 지금 시간이 없었다. 마법진의 발동이 이제 몇 분 남지 않았다.

노와는 최대한 침착해 보이려 애쓰며 말했다.

"연회장에 식사를 차려 놨을 거야. 가서 먹고 있어."

"응? 같이 안 가나?"

"나는 먹었다니까."

노와는 일부러 밝게 웃었다.

"자, 나가자. 계단까지 같이 가지."

"아니, 아직 기도를 못 드려서……."

이제 막 도착해 아직 이칼리노에게 기도를 못 드린 모양이다. 대일 신전의 제사장이 현재 행방불명인 상태라, 누가 소냐르 제 1공작의 영애의 기도를 드릴지 신관들끼리 토론 중인 모양이다.

노와는 속으로 안도의 숨을 내쉬었다.

"그럼 기도드려야지. 나는 나가 있을게."

"그래……."

칼이 순순히 고개를 끄덕였다. 노와는 마이아에게 열심히 기도하라고 머리를 쓰다듬어 주고는 알현실을 나왔다. 나오자마자 그는 황급히 뛰었다. 알현실은 3층, 그의 방은 2층에 있었다.

노와가 나가자마자 칼과 마이아가 시선을 마주쳤다.

"저 녀석……."

"수상해!"

칼과 마이아는 같은 생각을 하고 있었다. 오늘의 노와 더 그레이트는 수상하다. 항시 능글맞게 여유 있는 모습의 그가 왠지 초조한 기색이었다. 자꾸만 알현실 문밖을 바라보며.

"그렇죠? 마이아 님이 보기에도 수상하죠?"

"응응. 뭔가 숨기고 있는 게 분명해!"

칼과 마이아가 마주 보며 씨익 웃었다.

그리고 누가 먼저랄 것 없이 알현실 밖으로 달려 나갔다.

급히 코너를 꺾어 계단을 내려가는 노와 더 그레이트의 뒷모습이 보였다.

"헉… 헉……."

노와가 거친 숨을 내쉬었다. 허겁지겁 달려왔는데 다행히 마법진은 아직 발동되지 않은 듯했다. 마법사 소년과 그 일행이 그대로 방 안에 있었다.

"아슬아슬하게 왔네요. 이제 1분 남았어요."

노와는 이제 곧 풀릴 봉인에 심장이 뛰어 정신을 차릴 수 없었는데, 나하사는 무척이나 여유롭고 평온해 보였다.

노와는 흐르는 식은땀을 닦으며 의자에 앉았다. 그러나 그는 곧 의자에서 굴러떨어질 수밖에 없었다.

"노와! 안에 무엇을 숨겨 두셨나!"

하는 웃음 섞인 소리와 함께,

"자, 어디……!"

방문이 벌컥 열리고 오랜 친구 칼 더 그레이트가 모습을 나타낸 것이다.

"어, 뭐야? 이 파란 건? 그 닭은 또 뭐고?"

"칼, 당장 나가!"

"뭐 인마? 누구한테 큰 소리야, 이게! ……개구리?"

칼이 테이블 위의 구르를 발견했다.

커다란 개구리. 이어서 두건을 쓴 남자와 마법사 로브를 입고 있는 소년 하나.

노와가 다급히 앞을 가렸으나 이미 칼은 모두 보았다.

"저 소년은……."

바다의 섬에서 마이아와 자신의 목숨을 구했던 마법사 소년.

그리고 전 대륙에 악명이 자자한…….

"칼, 위험해. 당장 나가!"

노와가 칼의 몸을 밀었다.

"뭐가 위험해? 무슨 말이야?"

마이아 소냐르의 목소리가 들렸다.

"쓸데없이 덩치만 커 가지곤…… 야, 앞가리지 말고 얼른 들어가!"

덩치 큰 칼의 뒤에서 마이아가 칼의 등을 고사리손으로 쳤다.

그때 방 안의 푸른 마법진이 발동되기 시작했다.

노와는 당황스러움이 지나쳐 절망마저 느꼈다.

"칼, 마이아를 데리고 이 방을 나가! 여기 있으면 안 돼! 위험해!"

노와가 절박하게 소리쳤다. 그러나 칼은 친구의 어깨를 밀며 오히려 안으로 들어왔다.

"위험하다고?"

칼은 꼭 화가 난 것처럼 한쪽 눈썹을 올리고 있었다.

"위험하니까 나보고 나가라고?"

"그래! 어서!"

"나는 네 친구다!"

칼이 소리쳤다. 그의 눈에는 섭섭함이 담겨 있었다.

"친구를 위험할지도 모르는 곳에 두고 도망치라는 거냐. 그것도 저 해제범에 마족과 함께? 네놈 같으면 그럴 수 있나!"

"……!"

노와의 이성은, 칼이 섭섭해하더라도 그를 이 방에서 내보내야 한다고 말하고 있었다. 그러나 그는 이 오랜 친구의 진심 어린 외침에, 아무 생각도 할 수 없었다. 순간적으로 머릿속이 하얗게 비었다.

그 순간 마법진이 완전히 발동되었다.

파란빛이 시야에 가득 찼다. 눈부신 파란빛에 노와는 눈을 감았다. 그리고 다시 떴을 때, 그는 완전히 새로운 공간에 있었다.

제4장

편견과 편견

3미터를 조금 넘는 폭. 좌우에는 암녹색 덩굴이 벽을 이루고 있다. 바닥은 자갈 하나 없는 고운 흙바닥이었고 위를 올려다보면 회색 천장이 보이는데, 하늘이 아니라 천장이라 단언하는 것은 덩굴 벽이 그 천장에 닿아 있었기 때문이다. 사방이 꽉 막힌 듯한 공간은 답답함과 삭막함을 느끼게 했다.

"미로다 개굴."

구르가 흙바닥으로 뛰어내리며 말했다. 개구리의 말이 맞았다. 하늘을 날아서도 갈 수 없는 미로가 그들 앞에 나타났다. 공간 생성에는 시간제한이 있었다. 일정한 시간이 지나면 공간과 함께 그 안의 것들도 소멸하니 시간 전에 미로를 풀어야 했다.

노와는 괴롭게 긴 숨을 내쉬었다.

어떻게든 칼을 두고 왔어야 했는데.

그런 노와의 생각을 아는지 모르는지, 칼이 노와의 어깨에 툭 손을 올렸다.

"미로라면 간단하지. 한쪽 벽만 따라가면 되는 거 아닌가."

"……."

"우리 아가씨가 미로를 참 잘 푸는데. 데리고 올 걸 그랬군."

칼이 농담 삼아 말했다. 노와가 피식, 웃었다. 그런데,

"왜 웃어?"

짜랑짜랑한 여자아이의 목소리.

"야, 너 왜 칼 말에 웃어? 칼이 뭐 웃긴 얘기라도 했냐!"

칼의 등 뒤에서 마이아 소냐르가 쏘옥 하고 나타났다.

"마이아 님!"

칼이 황망하여 외쳤다. 설마 마이아까지 오게 될 줄이야! 소냐르 제1공작의 하나뿐인 딸, 마이아 소냐르는 소냐르에서 가장 사랑을 받는 귀족이기도 했고 사실상 미래의 소냐르 통치자이기도 했다. 이런 아이를 위험에 빠뜨리게 되다니!

"나만 빼고 오려고 했다니 진짜 짜증 나, 칼. 내가 미로를 얼마나 좋아하는데!"

상황의 심각성을 모르는 마이아는 허리에 두 손을 얹고 어린아이처럼(실제 어린아이지만) 흥미진진한 얼굴을 했다.

노와와 칼이 시선을 마주쳤다. 낭패감이 가득한 시선을.

"대화는 좀 걸으면서 하면 안 될까요?"

문득 여물지 않은 성장기 소년의 목소리가 들렸다.

"일단 미로는 풀어야 하니까요. 아니면 여기서 계속 수다 떨고 있든지요. 우리는 갈 테니까……"

자 가자 구르, 하면서 해제범은 개구리를 안아 들고 터벅터벅 걸었다. 그 뒤를 암탉과 두건 쓴 남자도 따랐다.

"그 목소리……."

어쩔 수 없이 칼과 노와도 따르려는데 마이아가 멍하니 중얼 거리더니,

"야, 너……!"

등을 돌리고 가는 로브 입은 소년에게 달려갔다.

여름, 바다의 섬.

주요봉인소 관광 때 아버지 몰래 칼만 데리고 갔던 그곳. 살수를 만나고 칼은 위험에 빠졌다. 칼은 텔레포트 스크롤로 어서 이동하라고 했지만, 마이아는 그를 남겨 두고 갈 수 없었다. 영락없이 죽을 줄 알았던 바로 그때, 저 소년이 나타났다.

세 살 정도 더 많아 보이는 어린 소년. 단 한 마디의 주문으로 살수들을 잠재운 마법사. 의심하면서도 스크롤을 내밀자 지체 없이 스크롤의 마법을 변형해 주었다. 약혼하자고 말했는데 귓등으로도 안 듣고 감히 강제로 잠재우기도 하고, 찾아오라고 말했는데 오히려 이쪽이 찾게 하고. 지금까지 한 번도 겪은 적 없던 건방진 마법사였지만 마이아는 소년을 미워할 수 없었다. 분명 머리 위에 커다란 개구리를 올려놓은 우스꽝스러운 모습이었어도, 절대 웃을 수 없었듯이.

'나는 여기에서 할 일이 있어.'

그 대수롭지 않은 말 한마디에 묻어난 쓸쓸함 때문에.

뒤돌아서는 소년을 붙잡자 돌아선 그 눈에 보인 공허함 때문에.

마이아는 저 소년이 해제범이란 악명을 달고, 엘프 육십을 학

살했다는 소문이 돌아도 ……잊을 수 없었다. 그 눈을. 그 공허함을. 마이아는 그의 이름을 불렀다.

"나하사……!"

소년이 천천히 몸을 돌려세웠다.

마이아는 더 이상 커질 수 없을 것처럼 눈을 크게 떴다.

"……헉."

마이아는 뭔가 엄청 놀란 듯 숨을 들이마시고 눈을 깜박이더니, 뒷걸음질 쳐서 칼에게 돌아왔다. 그리고는 귓속말로(나하사에게도 다 들렸다) 말했다.

"칼, 쟤가 진짜 나하사야?"

"……네, 맞습니다."

"그 근육은? 키도 칼만큼 컸는데 어떻게 된 거야? 코도 분명 더 높았었는데 눈도 더 깊었었는데? 왜 이렇게 갑자기 미모가 죽은 거지?"

마이아가 진심으로 의아한 듯 물었다. 근육질 냉미남으로 마이아의 머릿속에서 개조되어 있던 환상과는 너무 다른 현실에 놀란 것이다.

"봉인을 풀다가 저주라도 받았나 보죠."

"저런……!"

마이아가 안쓰럽게 신음했다. 그리고 마이아는 다시 다다다 소년에게 달려가더니 말했다.

"난 자기가 어떤 생김새든 자기 편이야."

머, 인마?

소년이 표정을 일그러뜨리건 말건 마이아는 자기 얘기만 했다.

"너무 걱정하지 마. 저주가 풀리면 원래대로 돌아갈 수 있을 거야."

마이아는 결연하게 말했다.

"혹시 안 풀리더라도 내가 평생 함께 살아 줄 테니까……!"

"……야."

"그런 먹다 만 찐…… 아, 아니 실수야. 갓 구워진 오…… 헉! 아니, 농담이야. 지금도 잘생겼어. 저, 정말이야."

아무래도 어렸을 때부터 대륙 최고의 꽃미남 노와 더 그레이트를 보고 자란 마이아에게 현재의 나하사의 외모는 먹다 만 찐빵이나 갓 구워진 오징어 정도로 보이는 듯했다. 나하사는 가차 없이 뒤돌았고 마이아는 뒤를 졸졸 따랐다.

곧 마이아는 미로에는 자신 있다며 앞장을 서고는 나하사에게 시도 때도 없이 말을 걸었다.

"여보를 여기서 만나게 될 줄 몰랐어, 여보."

"……."

"정말 보고 싶었어, 여보. 왜 아무 말이 없어, 여보?"

"으악, 그놈의 여보란 소리 좀 그만해!"

결국 나하사가 참지 못하고 소릴 질렀다.

"내가 왜 니 여보야? 미쳤냐?"

"네가 어떤 심한 말을 해도 넌 나의 피앙세야. 나의 목숨을 구해 준 그날부터……."

마이아가 나하사의 가슴에 매달려 애교를 부렸다. 나하사는 어여쁜 소녀의 애교에 애정을 느끼기는 개뿔, 닭살이 후두둑 돋았다.

"떨어져!"

마이아를 밀쳐내고 얼른 구르를 껴안았다. 구르는 품에서 몸을 가늘게 떨고 있었는데 아무래도 웃겨 죽으려는 것 같았다.

"너 자꾸 왜 그래? 혹시 나 말고 다른 여자가 있는 거야?"

마이아가 눈을 뾰족하게 떴다. 나하사의 머릿속에 순간 인어족 여왕님이 스쳐 지나갔지만 곧 세차게 고개를 저었다.

"아니, 그런 건 아니지만……."

"그럼 뭐!"

마이아는 당당했다.

"나는 소냐르 제1공작의 후계자라고. 얼굴도 예쁘지, 나이도 어리지. 넌 그냥 감사해 하면서 날 모시란 말이야!"

나하사는 고개를 설레설레 저었다. 왜 성격이 멧돼지 같다는 말은 안 하냐?

"혼인을 했었던 건 몰랐군."

하고 진이 불난 집에 부채질을 했다.

"그런 거 안 했어. 쟤가 좀 이상한 거야."

"너무해, 여보. 내가 얼마나 자기만을 기다렸는데…… 아무리 주위에서 욕해도 얼마나 자기를 편들었는데!"

"누가 편들어 달래? 또 재워 버린다?"

한 번 진짜 자 버린 경험이 있는 마이아가 대번에 고양이 눈을
뾰족하게 떴다.

"야, 너 진짜 그럴래? 내가 대륙평화협회에서 널 얼마나 편들
어 줬는지 알아?"

"그러니까 누가 편들어 달랬냐고요."

"아씨, 진짜 그만 좀 튕겨. 왜 이렇게 까다로워?"

마이아가 어린 소녀의 입에서 나올 말과는 전혀 어울리지 않
는 말을 했다. 꼭 예쁜 아가씨에게 시비 거는 능글맞은 아저씨
같았다.

"아따, 그 인간 꼬맹이 거하게 시끄럽구만 꼬끼오."

진짜 아저씨 같은 말투로 암탉 팜이 말했다.

"입 좀 다물어라 꼬꼬. 이 상황이 장난인 줄 아나 꼬끼오."

"……"

그러자 놀랍게도 마이아가 정말 입을 다물었다.

"흠, 내 위엄에 쫄았군 꼬꼬."

"잘했다 개굴. 너무 시끄러웠다 개굴."

팜과 구르가 주거니 받거니 했다. 마이아는 눈을 깜빡였다.

"닭이랑 개구리가 말을 해?"

물론 그 말에 가만있을 닭과 개구리가 아니었다.

"나는 닭이 아니다, 긍지 높은 계족 팜이다 꼬꼬!"

"나는 개구리가 아니다 개굴. 긍지 높은 개굴족의 왕이다 개굴!"

커다란 눈을 천천히 깜빡이며 닭과 개구리를 번갈아 보는 마이아의 옆에 칼이 섰다.

"마족입니다. 말을 섞지 마세요."

"아⋯⋯."

마이아는 지금까지 마족을 본 적이 없었다. 늘 말만 들어왔을 뿐, 이렇게 실제로 마주한 적은 단 한 번도 없었다. 마이아는 생각했다. 저 암탉과 커다란 개구리가 바로 마족이구나. 인간의 적이고 영원한 악. 쓰레기보다 못한 존재⋯⋯ 모두 멸해야 하는 존재.

마족.

실제로 보니까 느낌이 아주 이상했다. 그렇게 쓰레기로 느껴지지 않았다. 인간 아이를 보면 사지를 자르고 내장을 끄집어 그것을 먹고 피를 마신다고 했는데. 저 개구리와 닭은 그런 짓을 하려 들지 않았다. 그래서 마이아는 당황스러웠다. 마족은 나빠야만 하는데 나빠 보이지 않아서. 마이아는 일부러 더욱 크게 소리쳤다.

"우리 여보한테 마족 같은 쓰레기들이 붙어 있다니. 당장 자기한테서 떨어져!"

"감히 누구보고 쓰레기라는 거냐 개굴. 그리고 나하는 내가 없으면 외로워서 죽어 버린다 개굴."

"흥, 하도 옆에 있어 달라고 부탁을 해서 온 마족한테 무슨 말이냐 꼬끼오."

"이… 2대 1이라니 치사하잖아 이 마족들아!"

"수적 열세도 극복할 줄 알아야 하는 거다, 이 인간 꼬마야 꼬끼오."

"칼, 뭐하는 거야. 어서 이 마족 쓰레기들을 다 해치워 버려!"

"……."

칼은 저 암탉 마족과 개구리 마족과 우리 아가씨의 정신연령이 비슷한 건가 하고 깊은 한탄에 빠졌다.

"구르, 그만해."

머리 위에서 개굴개굴하니 시끄러운지 소년이 말했다. 그러자 개구리는 바로 입을 다물었다. 다만 암탉 마족은 계속 마이아와 소리를 버럭버럭 지르며 싸웠다. 마이아는 칼이 돕지 않더라도 열심히 마족을 욕하고 헐뜯는 인간 아이로서의 역할에 충실했다. 칼은 슬쩍 친구를 보았다. 노와는 심각한 얼굴로 미로의 사방을 둘러보며 걷고 있었다.

"협박당한 건가?"

칼이 조심스레, 아주 조용히 물었다.

"저들이 너의 능력을 이용하려고 협박해서 끌려온 거야?"

칼은 이 미로가 대일 신전 주요봉인소의 1차 봉인이 풀려서 생긴 것이라는 걸 몰랐다. 그가 아는 것은, 아무리 전에 목숨을 구해 줬어도 결국은 해제범에 불과한 저들이 자신의 오랜 친구

노와와 함께 푸른 마법진으로 위험한 곳에 가려고 했다, 이것이 전부였다.

"노와, 말해 봐."

칼이 다시 한 번 그를 불렀다.

"……."

그러나 노와는 말이 없었다. 노와는 대개 가볍고 능글맞은 녀석이지만, 가끔 이렇게 무겁게 입을 닫고 있을 때는 무슨 짓을 해도 입을 열지 않는다는 것을 칼은 잘 알고 있었다. 그리고 이 묵묵부답으로 하나 더 알게 되었다.

노와는 지금 해제범과 적이 아니라는 것을. 협박당해서 저들과 함께 움직이는 게 아니라는 걸.

칼은 조금 고민하다가, 에라 모르겠다 하는 심정으로 입을 열었다.

"너는 너무 똑똑해서…… 예전부터 나 같은 아둔한 사람은 이해하지 못할 일을 많이 저질렀지."

"……."

"그리고 예전부터 그랬듯이…… 난 널 믿을 뿐이야."

칼은 덧붙였다.

"네가 어떤 사람이든, 난 너의 친구니까."

귀가 약간 붉어진 칼은 자기가 한 말에 자기가 부끄러워서 일부러 성큼성큼 앞서 걸었다. 그래서 칼은 보지 못했다.

"……."

네가 어떤 사람이든 너의 친구라는 말에 오히려 더욱 괴로운 표정을 지은 노와의 얼굴을.

마이아는 미로를 잘 찾는 편이었다. 운이 좋은 건지 감이 좋은 건지, 지금까지 막힌 곳이 나온 적은 한 번도 없었다. 나하사의 옆에 딱 붙어서 여보여보거렸는데 처음에는 질색하던 나하사도 이제는 그래그래 했다. 사실 나하사는 거의 침묵했고 마이아와 구르와 팜, 셋이 끊임없이 투닥거렸다. 진은 멀찍이 서서 미로 정원을 산책하듯 걸었는데 가끔 노와를 바라보고는 했다. 그 시선에는 흥미로운 것을 보는 듯한 느낌이 담겨 있었다.

"나 아니었으면 니네는 다 여기서 엄청 헤맸어, 이 쓰레기들아."

"한 번만 더 쓰레기라고 하면 혀를 잘라 버리겠다 꼬끼오."

"웃기네. 잘라 봐, 잘라 봐. 말할 때마다 닭 냄새 나는 게!"

"도발하는 거냐 꼬꼬. 무슨 먹다 만 땅콩 껍질처럼 생긴 인간 꼬마 주제에 꼬끼오!"

12살 평생, 단 한 번도 외모에 대한 놀림을 받은 적 없는 마이아 소냐르가 팜의 말에 충격을 받았다. 먹다 만 땅콩…… 그것도 그냥 땅콩도 아니고 땅콩 껍질이라니!

말을 잃은 마이아를 대신해 노와가 나서 주었다. 잠깐 심각하던 노와는 곧 한없이 가벼워져서 마이아의 싸움을 거들어 주고는 했다.

"그렇다 해도 어린 소녀에게 말이 너무 심하군. 마이아 영애가 비록 멧돼지 같은 면이 있긴 하지만 그래도 여자긴 여자야."

"누가 멧돼지야!"

마이아가 꽥 소리를 질렀다. 사실 노와가 돕는다는 게 다 저런 식이라 도와주는 건지 욕하는 건지 헷갈렸다.

"바로 그런 면이 멧돼지지. 내게 그렇게 소리를 지를 수 있는 사람은 몇 안 될 거야."

"흥, 자뻑만 심해 가지곤. 넌 칼이랑 쎄쎄쎄나 해!"

마이아는 차갑게 말하고는 바로 고개를 돌렸다. 열두 살 어린 아이 놀리는 게 무척 재미있는 노와는 계속 마이아를 건드렸다.

"꼬맹아, 너 성격 안 고치면 시집 못 간다?"

"내가 시집을 가든 못 가든 네가 뭔 상관이야. 성질 뻗쳐서 증말!"

"어허, 누구한테 너라는 거야? 노와 님이라고 불러라, 멧돼지."

"아씨 진짜! 너 자꾸 이러면 미로 안 찾아 준다!?"

바로 그때였다.

소음 속에서도 산책하듯 평온하게 걷던 진이 갑자기 걸음을 멈추었다.

"진, 왜 그래?"

"막다른 길이군."

나하사는 진의 말에 앞을 보았다. 안개에 둘러싸여 있는데 진에게는 저 끝이 보이나?

"나하야, 저 앞에서 무언가 오고 있다 개굴!"

구르가 외치며 뛰어내렸다.

"키메라 같다. 준비해라 개굴."

아무래도 마족의 시력은 인간보다 좋으니 구르의 말을 들어서 나쁠 게 없었다. 시시껄렁하게 마이아를 놀리던 노와와 둘의 싸움을 지겹다는 눈으로 보던 칼도 걸음을 멈추었다.

"흥, 키메라 따위 내가 해치워 주지 꼬끼오."

"야, 닭. 넌 뒤에 숨어 있어. 우리 칼이 싸우는 거 구경이나 해."

"인간 멧돼지 주제에 무엄하게 뭐라는 거냐 꼬꼬!"

"마족 주제에 나한테 소리치지 마! 씨, 노와 니가 자꾸 그러니까 저 마족도 멧돼지라고 하잖아!"

팜과 마이아가 티격태격하는 동안 키메라가 가까이 다가왔다. 그것은 거대지렁이처럼 생긴 키메라였는데 도감에 없는 것으로 돌연변이에 가까웠다. 돌연변이는 앞에서만 달려온 게 아니라 일행의 앞뒤로 통로를 막으며 다가왔다. 녹색 즙 같은 것을 내뱉었는데, 그 즙에 닿은 흙바닥과 덩굴이 타는 소리를 내며 녹아 가는 게 보였다.

칼과 노와가 동시에 검을 빼 들었다. 현자 노와는 무엇보다 그 지식으로 유명하지만, 검술과 마력도 타의 추종을 불허했다.

크아아악, 괴성을 내지르는 돌연변이를 향해 칼과 노와가 달려들었다. 둘은 오랜 친구이고 또한 전쟁 지역에서 서로의 등 뒤를 지켜 주었던 전우이기도 했다. 말 그대로 눈빛만 보아도 알 수 있는 사이. 찰떡같은 호흡을 자랑하는 둘에게 돌연변이 키메라는 상대가 되지 않았다.

"흐압!"

칼이 노와에게 달려드는 키메라의 머리를 베었고,

"흐앗!"

노와가 칼에게 달려드는 키메라의 손발을 베었다.

둘은 질풍처럼 돌연변이 키메라를 베어 나갔다. 박자가 얼마나 잘 맞는지 마치 한 몸에서 난 두 팔이 싸우는 것 같았다. 나하사와 구르는 그냥 구경만 했다.

"후……."

어느새 키메라를 모두 쓰러뜨린 두 사내가 숨을 몰아쉬며 등을 마주 댔다.

"훗…… 네 녀석의 뒤로 돌 때 옆구리가 비는 버릇은 여전하군."

"훗, 그러는 네놈이야말로 둘을 상대할 때 검의 방향이 바뀌는 버릇이 여전하군."

입가에 흉이 있는 구릿빛 피부의 건장한 사내와 결 좋은 금발에 조각 같은 외모의 사내가 마주 보며 씨익 웃었다. 그건 모험소설에나 나올 법한 아름다운 우정의 광경이었다.

으악, 닭살 돋아! 청춘 소설 찍냐!?

나하사는 손뼉이라도 쳐야 하나 고민했다.

"칼, 키메라들이 다시 일어나!"

그때 마이아가 소리쳤다.

"아닛!?"

칼과 노와가 기겁하며 주위를 둘러보았다. 그들이 찌르고 베어 죽인 지렁이 키메라의 조각들이 꿈틀거리며 움직인 것이다. 그것들은 녹색 즙을 내뱉으며 다가왔다.

"내게 맡겨."

노와가 마법 주문을 외웠다.

"파이어fire!"

불덩어리가 지렁이 키메라들을 감싸며 타올랐다. 재가 되어버린 키메라는 더 이상 분열하지 못했다.

"파이어fire!"

노와가 재차 주문을 외웠다. 불마법은 확실히 효과가 있었으나, 둘의 검에 의해 조각조각 나 분열해 버린 키메라의 수는 너무 많았다. 노와의 실력은 저들 모두에게 한꺼번에 마법을 쓸 정도는 안 되었다. 그건 마력도 마력이지만 상당한 집중력이 필요했다.

"어서 피해야겠어!"

칼이 외치며 마이아를 안아 들었다. 그런데 머리에 개구리를 올려놓고 구경만 하던 해제범이 오히려 한발 앞으로 나섰다.

소년 마법사가 작게 말했다.

"파이어fire."

그리고 칼과 노와는,

"......!"

"......!"

사방의 분열한 지렁이 키메라들이 한 마리도 빠짐없이 불타오르는 광경을 보았다. 아군에게는 그 어떤 피해도 주지 않고, 흙바닥과 덩굴에 그을리지도 않고, 모든 지렁이 키메라가 타올라 곧 재만 남았다.

"지렁이 구이 먹게 좀 남겨 놓지 개굴."

"나중에 우유 줄게, 그거나 먹어. 지렁이를 왜 먹냐?"

"지렁이가 얼마나 맛있는데. 반찬으로 가끔 내줘라 개굴."

"반찬은 무조건 매운 게 짱이야. 나가면 고추튀김 해 먹자. 요즘에 통 못 먹은 거 같아."

두 남자를 경악하게 한 소년 마법사가 머리 위 개구리와 함께 내일 아침 반찬 타령을 하며 그들을 지나쳐 돌아섰다. 철없는 마이아가 '역시 우리 자기는 졸라 짱 쎄다'고 깍깍거리면서 뒤를 따랐고, 닭은 인간 주제에 꽤 하네 하며 종종종 걸었고, 두건 쓴 남자는 우아하게 먼지를 털었다. 죽마고우 칼과 노와만 벙쪄서 방금 본 섬뜩한 장면을 되새길 뿐이었다.

공간은 생각보다 넓었고 미로는 생각보다 복잡했다. 이 공간에 갇힌 지 시간이 꽤 지난 것 같은데, 그들은 아직도 미로를 헤

매고 있었다. 다들 지쳤는지 이제 거의 조용했으나 가끔,

"배고파, 칼."

"좀만 참으세요."

"나하야, 배고프다 개굴."

"좀만 참아."

라든가,

"졸려, 칼."

"……업어 드릴게요."

"나하야, 졸리다 개굴."

"……안아 줄게."

같은 대화를 하곤 했다.

일행은 하염없이 걸었다. 그들이 대일 신전에서 만난 게 밤이었으니 지금은 새벽. 어린 마이아가 졸린다고 칭얼대는 게 당연했다. 마족 구르가 이러는 건 그냥 심술로밖에 안 보였지만.

"미로가 이상해. 나는 본래 아무리 복잡한 미로도 삼십 분이면 다 푼단 말이야!"

마이아가 변명하듯이 외쳤다.

"흥, 인간이 하는 게 다 그렇지 뭐 꼬꼬."

"뭐야? 이 쓰레기 마족이!"

"자꾸 쓰레기 쓰레기 하지 마라 꼬끼오. 지들은 얼마나 잘났다고."

팜의 대꾸에 마이아가 벌떡 일어났다.

"네놈들은 우리대륙에서 우리한테 빌붙어 사는 기생충들이
야!"

마이아는 어린아이였다. 온실 속 화초처럼 자란 아이는 마족
에게서 직접적으로도 간접적으로도 해를 입은 적이 없었다. 심
지어 마족을 본 것도 오늘이 처음이었다. 그런데도 마족을 욕하
고 경멸했고, 그것은 아주 당연한 일이었다. 사백 년도 더 전에
이바노브 아시오가 마족을 평등하게 대한다는 공식 발표를 했
음에도, 사람들은 마족은 당연하게 차별했다.

"우리라고 이런 썩어 빠진 곳에서 살고 싶은 줄 아냐 꼬꼬."
팜이 건조하게 말했다.

"멋대로 우리의 왕을 봉인한 것은 인간들이다 꼬끼오. 돌아갈
곳을 빼앗아 놓고 대체 어쩌라는 거냐 꼬꼬."

너무나 오래 간직하고 있어 이제는 거의 포기해 버린 절망과
오갈 데 없는 설움, 보상받을 길 없는 원망이 뒤섞인 목소리였
다.

그 아픔을 읽지 못하는 어린 마이아는 우리의 눈에 띄지도 말
고 숨어서 살라고 소리만 쳤다. 나하사는 품 안의 구르를 쓰다
듬었다. 구르는 눈을 감고 있었다.

"마이아 님, 그쯤 해 둬요."
호위기사 칼이 보다 못해 마이아를 말렸다.

"왜? 내가 못 할 말 했어?"

"물론 다 맞는 말이지만…… 품위 있는 언행을 보여야죠. 공

작님께 이를 겁니다?"

"뭐어? 칼, 치사해!"

아무리 천방지축 꼬마아이라도 자기 아버지만큼은 무서운지 입술을 삐죽 내밀며 입을 다물었다. 곧 마이아는 나하사로 타깃을 바꿨다.

"울 자기는 어떻게 그렇게 쎄? 아까 쫌 멋있었어."

"......"

"역시 내 부군이 될 자격이 충분해, 여보."

"......"

"......"

나하사는 아까부터 마이아의 말은 계속 무시하고 있었다. 결국 마이아가 꽥 소리 질렀다.

"아, 진짜! 오랜만에 만났는데 왜 이렇게 차갑냐?"

나하사가 우뚝, 걸음을 멈추었다.

"넌 마족에 대해 아는 게 뭐야?"

"어?"

"마족에 대해 뭘 아는데? 뭘 알아서 그렇게 당당하게 욕하는데?"

나하사는 당황해 하는 소녀를 넘어 그 뒤의 호위기사 칼을 똑바로 바라보았다.

구르가 봉인되었던 기간은 백 년이라 했다. 그래서 나하사는 생각할 수밖에 없었다. 백 년이 있기 전까지, 어떻게 살았을까 하는. 부인과 자식들을 두고 온 마계를 그리며, 이렇게 마족을 증오하는 신과 인간들의 세상에서.

인간 친구를 위해 목숨을 버리려 했던 이 개구리는, 어떻게 살아왔을까.

"……."

마이아도 칼 더 그레이트도 당황스러워하기만 했다. 그 당황은 정곡을 찔려서가 아니라, 너무나 당연하고 새삼스러운 것에 의문을 표하는 것이 이상했기 때문이라는 것을 나하사는 알 수 있었다.

구르가 살며시 눈을 떴다. 걱정하는 눈빛이었다.

"야, 너는 왜 인간인데 마족 편을 들어!"

뒤늦게 정신 차린 마이아가 소리쳤다. 나하사는 가만히 대답했다.

"친구 편을 드는 것뿐이야."

"마족과 인간이 친구라니……."

이해할 수 없다며 칼이 혀를 찼다.

"당신이 이해하든 못하든 그런 건 상관없습니다. 나는 인간보다 마족 친구가 더 많으니까 내 앞에서 더 이상 마족 욕하지 마세요."

나하사는 싸늘하게 말하고 뒤돌아섰다. 화난 암탉도 종종종 빠르게 뒤따라갔다.

칼은 좋아하는 사람에게 차가운 말을 들어 억울해하는 마이아를 달래며 머리를 긁적였다.

"여길 나갈 때까지만이라도 참을 걸 그랬나. 그렇다 해도 저 반응은 뭐야. 안 그래, 노와?"

"……."

"노와?"

미남 친구가 웬일로 말없이 미간을 찌푸리고 있자 칼이 의아 해서 그를 불렀다.

"왜 그래, 어디 안 좋아?"

"……아니, 아니야."

노와는 무겁게 매달린 것을 떨치듯 어깨를 흔들었다. 그리고 는 짐짓 밝게 웃어 보였다.

"얼른 따라가자. 자존심 상해도 해제범을 따라가지 않으면 안 돼. 알지?"

"그야……."

노와가 털어 버리라며 칼의 등을 툭툭 쳤다. 칼은 노와의 등 뒤를 보며 미간을 찌푸렸다. 걸음마 시절부터 함께했던 친구. 그 웃음이 거짓인지 진실인지 정도는 구분할 수 있다. 그러나 왜 노와가 지금 이 상황에서 자신에게 거짓 웃음을 짓는 건지는 알 수 없었다.

칼은, 본래도 특이하여 속내를 알 수 없는 녀석이었지만 오늘 의 노와는 더더욱 이상하다고 생각했다.

마이아가 졸음을 참지 못하고 칼의 등에 업혔다. 마이아보다 고작 몇 살 많아 보이는 해제범은 아직 멀쩡해 보였다. 그들은 한참을 걷고 또 걸었다.

노와는 슬슬 초조해졌다. 자신보다 강한 저 마법사 소년이 아직 여유 있어 보이니 그리 위험한 일은 없겠지만······.

"좀 쉬었다 가자 개굴."

소년의 품 안에서 졸고 있던 마족 개구리가 말했다.

"대체 뭐 하러 걷고 있는지 모르겠군."

하고 두건 쓴 남자도 말했다. 해제범 일당은 정말로 여기서 쉬려는 듯 미로의 덩굴 벽에 기대어 털썩 주저앉았다. 노와는 기가 막혔다.

아니, 미로는 점점 복잡해져 가고 통로는 안 보이고 공간의 소멸 시간이 얼마나 남았는지도 모르는 이 상황에서!

"어떻게······!"

노와가 도저히 믿기지 않는다는 듯 외쳤다.

"이런 더러운 바닥에 주저앉을 수 있지!"

하면서 그는 자신의 고귀한 몸에 먼지를 묻힐 수 없다고 중얼거리며 손수건을 꺼내 바닥에 깔았다.

그 모습을 보고 마족 진이 가만있을 리가 없었다.

"손수건을 내놔라."

"······."

진이 나하사에게 마치 맡겨 둔 것을 되찾듯 당당하게 손수건을 요구했다. 나하사가 언제나 손수건 한 장을 지니고 다닌다는 것을 알기 때문이다. 은인이 준 아주 소중한 손수건이 진의 궁뎅이 아래에 깔리는 걸 도저히 볼 수 없는 나하사가 손수건을 건네고 고개를 돌렸다.

진은 보란 듯 노와의 앞에 손수건을 깔고 앉았다.

"……."

"……."

은근 진에게 라이벌 의식을 느끼던 노와가 진을 힐끔 보았다.

"그 두건 좀 풀지그래?"

"……."

진은 노와의 말은 들은 척도 하지 않았다.

"나하사, 저자가 정말 그렇게 잘생겼어?"

나하사는 노와가 자기 이름을 친근하게 부르는 게 마음에 안 들었으나 그냥 친절히 대답해 주었다.

"이계도 감동하게 한 외모래요."

"하하하!"

노와가 정말 웃긴 얘기를 들은 것처럼 웃었다.

"물론 두건 아래로 보이는 얼굴은 꽤나 봐줄 만하지만…… 글쎄, 훗."

과연 나에 비할까?

라는 뒷말이 절로 읽혔다.

"노와, 그쯤 해 둬. 도대체 네놈의 자뻑은 도통 변하질 않는군. 예전에는 분명 이 정도까진 아니었는데."

칼 더 그레이트가 웃으며 말했다. 노와도 웃었다.

"네가 말하는 그 예전이 대체 언제야?"

"열 살이지, 열 살. 그때 잠시 헤어졌었는데 다시 만난 네놈이 얼마나 자뻑이 심한지. 난 네가 다른 인격이 되어 돌아온 줄 알았어."

"아, 그런가. 그때였나……."

노와가 조금 말꼬리를 늘였다. 웃옷을 벗어 펼치고 그 위에 마이아를 눕히느라 칼은 노와의 낯빛이 살짝 어두워진 것을 눈치채지 못했다.

"대체 무슨 일이 있었기에 그렇게 된 건가 싶었다. 지금이야 네놈의 자뻑이 안 나오면 오히려 너답지가 않지만."

"하하……."

"저 두건 쓴 해제범 일원이 얼마나 잘생겼는지는 모르지만 장담하지. 분명 네놈의 발톱의 때만큼도 못 따라올 거야."

칼은 나름 조용하게 말한다고 했지만 마족인 진의 귀에는 다 들렸다. 심지어 나하사에게도.

"무슨 그런 말을!"

노와가 정색했다. 분명 당연하게 여길 줄 알았던 친우가 정색하며 부정하니 칼이 당황했다. 노와는 근엄한 얼굴로 말했다.

"나는 발톱에 때 같은 것 없어, 가끔 순백의 꽃잎이 낄 뿐이야!"

"……."

"……."

"……그래, 내가 실언을 했군."

하여튼 노와 더 그레이트란.

칼은 한숨 섞인 웃음을 짓고는 노와의 옆에 앉았다. 맞은편 덩굴 벽에 해제범 일당이 앉아 있었다. 칼은 소년을 보았다. 아마도 염색일 검은 머리와 녹색 눈, 조금 예쁘장하게 생긴 외모.

또한, 극악무도한 학살자. 대륙에 혼란을 꾀하는 흑마법사.

저 소년은 마이아와 자신의 목숨을 구했다. 무엇도 대가로 원하지 않고. 목숨을 구해 줬을 뿐만 아니라 텔레포트 스크롤까지 수정해 주고 사라졌다.

그러나 저 소년은 드래곤 산맥의 절대보호봉인소를 깨고 육십이 넘는 엘프를 학살한 장본인이기도 하다.

무엇을 믿어야 할까.

"대체 이곳에 언제까지 있어야 하나 꼬끼오."

조용한 와중에 암탉 마족이 부리로 덩굴을 쪼며 말했다.

"괜히 따라왔다 꼬꼬. 무능력한 인간 같으니라고."

"나하는 무능력하지 않다 개굴. 분명 이곳 봉인도 멋지게 빠방하고 풀어 줄 거다 개굴."

"흥. 이딴 쪼그만 게 능력이 있으면 얼마나 있겠어 꼬꼬."

암탉의 말에 자극받은 개구리가 마법사 소년의 머리 위에서 뛰어 내려왔다.

"아무리 동족이라도 나하에 대해 함부로 말하는 건 참을 수 없다 개굴!"

"뭐? 못 참으면 어쩔 건데? 그러면 어쩔 건데 꼬끼오!"

암탉과 개구리가 신경전을 하며 마기까지 내뿜기 시작했다. 칼이 마이아 앞을 막으며 검 손잡이를 잡았다.

"좀 말려 보시오!"

칼이 해제범 소년에게 소리쳤다. 그러나 소년은 흙바닥만 주시하고 있을 뿐이었다. 칼은 자신의 친우, 노와를 보았지만 노와는 마족들의 싸움을 보며 이상한 말만 중얼거리고 있었다.

"왜 인간을 편드는 거지? 저들은 정말 친구인가?"

칼은 생각했다. 방금 노와의 말은 정말 이상한 말이었다.

왜냐면 마족과 인간은 친구가 될 수 없었기 때문이다. 절대로.

"아, 진짜…… 시끄러워서 잠도 못 자겠잖아! 이 쓰레……!"

자다 깨면 특히 더 성질이 더러워지는 마이아가 마족 둘에게 시비를 걸려고 하기에 칼이 재빨리 공작 영애의 입을 틀어막았다. 오늘따라 이 아가씨의 입을 평소의 두 배는 더 틀어막고 있다.

다행히 마이아에게 관심이 없던 마족 둘은 자기들끼리의 싸움을 계속했다.

"이 기회에 서열을 제대로 해야겠다 개굴. 너는 나하와 나, 시커먼스, 네라 다음으로 5등급이다 개굴!"

"흥, 누구 멋대로 꼬꼬! 구르르무, 너는 지금 시커먼스가 쓰고 있는 유치뽕짝 도금 테두리 두건만도 못하다 꼬끼오!"

"헉……."

암탉의 발언에 개구리가 숨을 들이켰다. 개구리는 커다란 눈을 데굴데굴 굴리며 두건 쓴 남자의 눈치를 살폈다. 칼은 두건 쓴 남자가,

"……무슨…… 테두리라고……?"

건조하고 조용한 목소리로 중얼거리듯 말하고서 아주 천천히 일어나는 것을 보았다. 그의 뒤로 검은 그림자가 으스스하게 일렁였다.

칼은 위기감을 느꼈다. 두건 쓴 남자의 기운이 너무 심상치가 않은 것이다. 노와도 생각하는 걸 멈추고 벌떡 일어나 경계 태세를 갖추었다. 칼은 이러다가 마기에 이끌린 마물이나 키메라라도 나타나는 건 아닌가 싶었다.

딱 그 생각을 할 때였다.

—크르르릉!

칼의 뒤쪽에서 짐승의 울음소리가 들렸다.

아니, 짐승이라기보다는 혐오스럽고 끔찍한…….

"마물이야!"

"꺄아아아악!"

마물의 울음소리였다.

칼이 기대어 있던 덩굴 벽을 뚫고 노란 발톱의 마수 한 마리가 튀어나왔다. 말의 머리에 사자의 몸통, 뱀의 꼬리를 한 집채만

한 크기의 징그러운 마수였다. 혀는 파랗고, 커다랗고 노란 눈이 세 개 달려 있었으며 족히 30센티미터 정도는 되어 보이는 발톱에 온몸의 털은 각도에 따라 색이 변하는 게 독이 있음이 분명해 보였다.

"칼, 칼!"

마이아가 울며 칼을 찾았다. 칼도 마이아를 끌어안으려 했다.

—크아아앙!

"위험해, 윈드wind!"

마수가 칼에게 발톱을 휘두르며 덤벼들자 노와가 바람을 일으켰다.

"크윽!"

칼이 바람으로 건너편 덩굴 벽에 굴러가, 다행히 발톱에 뚫리는 것은 면했다. 그러나 그는 안도하기는커녕 오히려 심장이 멈출 뻔했다. 제1공작의 영애가 덩굴 벽에 꼭 붙어 주저앉아 꼼짝도 못하고 있었던 것이다.

"꺄아아아악!"

마이아는 두 손으로 머리를 감싸 무릎에 묻으며 비명을 질렀다.

—크아아앙!

끔찍한 마물의 울음소리가 지척에서 흘러나왔다.

천방지축에 오만방자한 소녀의 눈에서 눈물이 흘러나왔다. 아플 거야, 그래도 죽지는 않겠지. 죽진 않겠지……! 각오하고 고통을 기다리려는데 이상하게 시간이 흘러도 조금의 아픔도 느껴지지 않았다.

"……?"

마이아가 눈을 깜빡이며 살짝 고개를 들어 보았다.

"마물 주제에 건방지군."

누군가 그녀에게 등을 보이고 서 있었다. 처음에는 칼인가 했다. 아니면 노와, 그것도 아니면 나하사일 거라 생각했다. 그런데 눈물을 닦고 자세히 보니…….

칼보다도 훨씬 커다란 체구.

온몸을 덮은 검붉은 깃털.

흉측한 모습으로 끊어져 있는 꼬리…….

저 꼬리는 본 적이 있다. 마이아는 눈을 크게 뜨고 중얼거렸다.

"……닭?"

두 품에 꼭 안길 크기였던 암탉.

마족 쓰레기인 그 암탉이 저런 꼬리를 하고 있었다.

"내가 왜 인간을 위해……."

검붉은 깃털의 무언가는 한숨을 쉬듯 중얼거렸다. 그리고는 접고 있던 한쪽 날개를 폈다.

등 근육이 움직이듯 날개가 서서히 펼쳐져 소녀의 시야를 가득 메웠다. 날개는 검붉은 깃털을 몇 개 떨어뜨리며 그 키보다도 훨씬 넓고 커다랗게 펼쳐졌다.

소녀는 심장이 두근거렸다. 괴기스러우면서도 어딘가 웅장한 광경.

"사라져라, 마물이여."

무언가가 낮게 말했다. 끼이이이— 쇠 긁는 소리를 내며 마물이 사라졌다.

마이아는 무릎걸음으로 앞으로 기어 나왔다.

"너 설마……!"

설마 그 마족 닭이냐고 물으려던 마이아가 말을 멈추었다.

눈앞의 거대한 새 마족의 어깨에서 검은 마기가 새어 나오고 있었던 것이다.

"왜……?!"

마이아는 손으로 자신의 입을 막았다. 소녀는 이 마족이 자신을 감싸 주었다는 것을 알았다.

"도리어 내가 묻고 싶군. 왜 그랬는지."

"……!"

"따라오는 게 아니었어……."

거대한 마족의 몸이 줄어들었다.

이윽고 마이아가 익히 알고 있던 암탉의 모습으로 변했다. 암탉은 검은 피를 토하며 종종종 해제범에게 향했다.

"어서 이곳을 나가야 한다 꼬끼오."

"……응, 그래."

해제범은 칭찬을 하듯 눈을 접고 웃으며 암탉을 쓰다듬었다.

개구리는 상처가 그리 심하진 않다고 말했다. 두건 쓴 사내는 말이 없었는데 기분이 나빠 보였다. 노와는 암탉을 보며 하……하고, 안타까운 한숨을 내뱉었다.

칼 더 그레이트가 마이아의 앞에 한쪽 무릎을 꿇고 앉아 다친 곳은 없는지 살폈다.

"빚이 곱절이 되었군요."

마족에게 진 빚이라도, 아가씨의 목숨을 구할 수 있어서 다행이라고 칼이 말했다. 그러나 칼은 마족에게 고맙다는 말은 하지 않았다.

마이아는 얼떨떨했다.

마족과 인간은 적인데. 마족은 절대 악인데.

절대 악이어야만 하는데…….

아주 어렸을 때부터 너무나 당연히 마족을 적이라고 교육받던 소녀에게,

이 일은 평생 잊지 못할 사건이 되었다.

"이제 나가자."

가방에서 붕대를 꺼내 대충 암탉의 상처를 여며 준 해제범이 손을 탁탁 털고선 말했다.

"방법을 알았나 개굴?"

"응."

소년의 가벼운 끄덕임에 노와와 칼이 놀랐다.

"알았다고? 미로의 출구를!?"

"방금 여기, 바닥에 앉은 다음에 알았어요."

해제범 소년의 말에 노와와 칼이 동시에 바닥을 보았다. 칼은 바닥이 뭐? 그냥 평범한 흙바닥인데, 했지만 마법에도 능통한 노와의 눈에는 보였다.

"여기에 마법진이 있었군……!"

흙바닥에 마법진을 그려 놓은 게 아니었다. 흙바닥 자체가 마법진 구실을 하고 있었다. 노와가 깔고 앉았던 손수건을 들어 보았다. 손수건에 묻은 흙 알갱이들. 가만히 보고 있으려니 알갱이들이 살아 있는 것처럼 움직여 흙바닥으로 돌아간다. 마법진 관성의 법칙이다.

"그럼 이 마법진을 해석해야겠군."

노와가 복잡한 심경으로 말했다. 고대문자가 새겨져 있지 않은 마법진을 무슨 수로 분석하지? 그런데 해제범 소년이 고개를 끄덕이더니 엉덩이를 탁탁 털고 일어섰다.

"이미 했어요."

"뭐?"

"방금 방법을 알았다고 했잖아요."

"……."

순간 노와와 칼의 눈에 해제범 소년이 이칼리노로 보였다.

"이 미로는 움직이고 있지만, 살아 있는 게 아니에요. 살아 있는 건 우리죠."

해제범이 덩굴 벽을 몇 번 더듬었다.

"살아 있는 우리의 마음에 따라 움직이는 거예요."

그리고서 해제범이 손을 날렵하게 모아 덩굴 벽 안으로 집어넣었다. 그러자 소년의 손 주위의 덩굴들이 서서히 물러서면서, 소년의 손 주위에 공간을 만들어 주었다.

칼은 지금 쟤가 차력쇼하나? 하는 시선으로 보았다. 그때 옆에서 노와가,

"그렇군…… 그런 거였어."

하며 모든 것을 이해했다는 얼굴로 고개를 끄덕였다.

"이제 알겠다 개굴. 간단한 방법이다 개굴!"

"흥, 진작 좀 깨달을 것이지 꼬꼬. 자, 그럼 어서 나가자 꼬끼오."

개구리와 암탉까지 묵은 변 내보내듯 시원하게 말했다.

"……."

칼은 차마 자기만 이해하지 못했다는 말은 하지 못했다. 대신 그는 멍하니 있던 마이아를 이용했다.

"마이아 님, 알아들으셨습니까?"

"어…… 어?"

물론 마이아는 암탉 마족이 은인이 된 사건으로 넋부랑자가 되어 있었다. 칼이 하하하, 웃었다.

"하하, 미안하지만 소년. 다시 설명해 줘야겠소. 마이아 아가씨의 수.준.에. 맞.게."

"……."

칼은 해제범이 모든 것을 알고 있다는 눈으로 보아서 잠깐 움찔했지만, 곧 친절하게 다시 설명해 줘서 안심했다.

"자, 설명해 줄게. 지금 우리가 있는 곳은 미로로 보이지만 사실은 단지 미로 모양의 마법진에 불과해. 중요한 건 마법진 위에 있다는 거지. 이 마법진은 위에서 살아 움직이는 생명체의 뜻에 따라 움직이는 거대하고 교묘한 환각 마법진이야."

"응응, 알겠어."

마이아가 말했다. 다행히 여기까지는 칼도 알아들을 수 있었다.

"우리는 지금 환각 속에 있다는 거지?"

"그래, 맞아. 우리의 상상력이 발동시킨 환각이지. 미로의 막다른 곳에서 키메라와 마물이 튀어나온 건 막다른 곳에 다다르면 페널티가 있지 않을까… 하는 우리의 생각 때문에 나온 거고, 이 미로의 출구를 찾지 못한 건 우리가 이 미로가 아주 복잡한 미로일 거라고 생각하고 있었기 때문이야. 지금 인원이 많기 때문에 더욱더 견고한 환각이 발휘된 거지."

아……. 칼은 이제 확실히 알았다.

그렇다는 건 즉, 우리 자신이 '미로의 출구를 찾았다'고 생각하면 당장 출구가 눈앞에 보인다는 말이다.

"네 녀석의 그 과대망상증 때문에 쓸데없이 힘만 뺐잖아."

노와가 칼을 툭 치며 말했다. 칼은 부정할 수 없어서 쓰게 웃었다. 물론 각자의 상상력 모두를 통합한 결과가 이 미로겠지만, 칼은 특히 망상증이 심해서 지렁이 키메라나 출구 없는 미로는 대부분 자신의 탓임을 인정하지 않을 수 없었다. 그 마물이 튀어나올 때도 마침 딱 지금쯤 마물이 튀어나올 것 같다고 생각하고 있었고.

"좋아, 그럼 어서 나가자 개굴. 흰 우유가 먹고 싶다 개굴!"

"야! 내 치료가 우선이지, 니가 그러고도 동족이냐 꼬끼오?"

개구리와 암탉이 티격태격 주고받는 대화를 들으며, 칼은 눈을 감고 통로를 생각했다.

통로가 있을 것이다.

눈앞에, 덩굴 속에 통로가 있을 것이다. 대일 신전, 노와의 방으로 가는 통로가……

"생겼어!"

마이아의 외침에 칼이 눈을 번쩍 떴다.

정말 통로가 눈앞에 있었다. 덩굴 벽 중간에 마치 이계로 가는 차원의 문처럼 생긴 타원형의 형체가 있었다. 그리고 그 형체 속에 대일 신전 측이 노와에게 마련해 주었다는 호화로운 방이 보였다. 푹신해 보이는 카펫과 품격 있는 테이블 위의 물망초가 꽂힌 화분까지. 방은 이 미로와는 다르게 아주 평화로워 보였다.

"헛 참, 이렇게 간단한 걸 그동안 헤매고 있었다니."

너무 싱거워서 허무할 정도다. 칼이 마이아의 손을 잡고 한 걸음 내디뎠다.

"가자, 노와."

"……."

"노와!"

통로를 찾은 기쁨 덕에 넋을 잃은 건가 하여 큰 소리로 친우를 불렀다.

"나가자!"

"……아, 아니야……."

노와는 어딘가 넋 빠진 얼굴로 해제범 일당을 보았다.

"이게 끝일 리가 없어! 이게 아니야, 더 있어야 해!"

"……노와?!"

칼은 깜짝 놀라서 친우를 바라보았다. 언제나 자신만만하고 당당함이 넘쳐흐르던 얼굴에 초조한 기색이 역력했다. 절대 자기 얼굴에 흥 지는 일은 하지 않는 노와가, 지금은 입술까지 잘근잘근 깨물고 있었다.

"이럴 리가 없어!"

"노와……."

좀 진정하란 말이 하고 싶었으나 노와의 흉흉한 기세에 쉽게 나오지 않았다. 가끔 노와는 이렇게 섬뜩하고 무거운 기운을 내뿜을 때가 있었다.

"맞아요, 이게 끝일 리가 없어요."

해제범, 소년 마법사가 그 기세에 위축되지도 않는지 천천히 말했다.

"이 통로는 단지 미로를 나가는 것뿐. 봉인은 아직 풀리지 않았죠."

"……!"

칼이 눈을 크게 떴다. 봉인이라고? 설마…… 이곳의 주요봉인을 말하는 건 아니겠지? 해제범은 분명 봉인을 깨고 다니는 자들이다. 드래곤 산맥의 절대보호봉인소도 깬 악독한 일당. 생각해 보면 저들이 대일 신전까지 와서 주요봉인소를 해제하지 않는다는 건 있을 수 없었다. 그렇다면 노와는 저들에게 협박당해주요봉인을 깨는 것을 돕고 있는 건가?

그러나 그렇다고 해도 칼은 지금의 노와의 반응은 이해할 수 없었다.

마치…… 자기가 더욱 봉인을 해제하고 싶어 하는 것 같지 않은가.

"그래… 그래, 끝이 아니지. 더 있어….""

노와의 목소리에 안도가 가득 담겨 있었다.

"당신이 무엇을 원하는지는 모르겠지만, 그걸 얻으려면 우리도 알아야 해요."

곧 이어진 해제범의 말에 노와의 안색이 굳었다.

"아주 쉬워요. 무엇인지 말만 해 주면, 덩굴 벽에 통로가 생긴 것처럼…… '그것'도 생길 거예요."

해제범이 조근조근 말해 왔다. 그러나 그 말은 노와에게는 아주 무겁게 들리는 듯했다.

칼은 머릿속의 의심을 떨쳐냈다. 이 녀석은 옛날부터 범인은 이해할 수 없는 행각을 많이 해 왔다. 그리고 설마 녀석이 주요 봉인을 해제하려는 것이라 하더라도,

그래도 노와는 그의 친구였다. 가장 힘든 시기를 함께 보낸 아주 소중한 친구.

"노와…… 뭔데 그래? 말해."

칼은 자신의 진심이 오랜 친구에게 닿을 수 있기를 빌며 말했다.

"나는 네가 무엇을 원하든 간에, 무조건 네 힘이 되어 주겠어."

설령 대일 영지의 주요봉인소를 깬다 하더라도, 친구로 남겠다는 말이었다.

검밖에 모르는 사내의 순진한 신뢰가 가득 담긴 눈.

칼의 눈을 가만히 들여다보던 노와가 웃었다.

슬픈 웃음이었다.

"원하는 건…… 없어. 잠깐 내가 착각을 했나 봐. 나가자."

그리고는 언제 슬퍼했냐는 듯 밝게 웃었다.

"노와……."

칼이 안타까운 심정에 친구를 불렀다. 그러나 노와는 오히려 칼을 위로하듯 어깨를 감쌌다.

"아무것도 모르면서 무조건 힘이 되어 주겠다니. 그러니까 뇌

가 근육으로 이루어졌다는 소릴 듣는 거야."

"……뭐? 이 녀석이! 그게 여기서 왜 나와?"

"하여튼 조금만 분위기 잡으면 홀러덩 넘어가 버려서. 이런 순진한 놈을 누가 데려갈지 몰라."

"이게 진짜!"

노와가 크게 웃었다. 진심으로 유쾌한 듯했다.

"자, 나가자. 밤새우는 건 피부에 안 좋아. 벌써 거칠어진 것 같군. 어서 팩을 해야겠어."

노와는 칼의 등을 장난스럽게 떠밀었다.

"정말 못 말리겠군. 갑시다, 마이아 님."

"응……."

마이아가 하얀 붕대를 감은 암탉 마족을 돌아보았다가 눈 마주칠라 황급히 고개를 돌렸다. 소녀는 훌쩍 타원형의 문을 뛰어 넘었다. 호화롭고 따뜻한 방 안의 마이아는 자신이 방금 빠져나온 허공을 보더니 불안하게 외쳤다.

"칼! 어서 나와, 여기서는 그쪽이 보이지 않아!"

아무래도 이 타원형의 문은 매직거울처럼 한쪽만 보이는 듯했다. 칼은 피식 웃었다.

"하여튼 애라니까. 나 먼저 간다, 노와."

"그래."

칼 더 그레이트는 친우가 웃는 것을 보고, 기지개를 켜며 차원의 문을 훌쩍 넘었다.

그는 방금 자신이 뛰어나온 공간을 보았다. 이곳에서 볼 땐 타원의 형체도 무엇도 없는 그냥 빈 곳이었다. 이제 여기서 노와가 등장할 거란 말이지…… 꽤나 괴상하겠는데?

칼은 노와의 신체가 아무것도 없는 공간에서 서서히 나타날 것을 기대하며 친우를 기다렸다.

그런데,

"……노와?"

공간에서는 무엇도 나타나지 않았다.

"…노와!"

칼은 그제야 자신이 오랜 친우에게 속았다는 것을 깨달았다.

원망과 배신감과 걱정이 담긴 목소리로 노와를 외쳤으나, 그의 목소리는 허공을 울릴 뿐이었다.

노와는 해제범 일당과 한 공간에 남았다. 그는 아무 말이 없었다.

"왜 나가지 않죠? 그럼 우리 먼저 가겠습니다."

나하사가 아무것도 모르는 척 총총 차원의 문 앞에 다다랐다. 당연히 노와가 그 앞을 막았다. 백양의 용사단, 학자(學者) 노와 더 그레이트가 악랄한 흑마법사에게 고개를 숙였다.

"날…… 도와줘."

"……."

나하사는 이럴 거라 예상했다.

아마 이자는 대일 영지 입구에서 우리를 만났을 때부터, 주요 봉인소 해제를 함께하기로 계획했던 것이다. 그가 원하는 것을 얻기 위해. 이 주요봉인소에 무엇이 봉인되어 있는지 알 수는 없지만, 그것을 얻기 위해서 해제범을 기다리고 있었던 것이다. 자신으로서는 봉인을 풀지 못하니까.

"나의 마력으로는 이 공간을 유지하지 못해. ……여기 남아 있어 줘."

노와는 부탁하는 자세를 알고 있었다. 해제범의 앞에 고개를 숙이는 백양의 용사를 본 나하사의 마음이 동했다.

"말해 봐라 개굴! 돕겠다 개굴."

나하사가 답하기도 전에 인간적인 마족 구르르무가 냉큼 선수를 쳤다.

"뭐야? 누구 맘대로 돕느냐 마느냐야 꼬끼오!"

"어차피 도울 거면서 괜히 튕기지 마라 개굴."

"흥, 누가 인간 따위 도울 줄 알고 꼬꼬!"

나하사가 이마를 짚었다. 이 두 마족은 사이가 좋은 건지 나쁜 건지 모르겠다. 죽이 잘 맞을 땐 엄청 잘 맞으면서 가끔 이런 유치한 싸움을 벌이고. 정신연령이 비슷해서 그러나?

"몰라, 난 인간 같은 건 돕지 않을 거다 꼬꼬. 잘 있어라 꼬끼오!"

하며 팜이 막 차원의 문에 뛰어들려고 할 때였다.

"인간이 아니다."

듣기 좋은 저음의 목소리.

노와의 것이 아니다. 덩굴 벽에 기대어 폼 잡고 있던 마족의 목소리다.

"저자…… 인간이 아니야."

진이 금발 곱슬머리의 화려한 사내를 가리켰다.

"꾸에에에엑! 인간이 아니라고 개굴!?"

구르가 대경하며 튀어 올랐다. 팜도 놀라기는 마찬가지였다. 나하사 또한 놀랄 수밖에 없었다.

노와 더 그레이트가 인간이 아니라고?

아름다운 푸른 눈의 남자가 씁쓸하게 웃었다.

"그래…… 난 인간이 아니야. 이제 도와줄 수 있지?"

노와는 자신의 이름을 부르짖고 있는 차원의 문 건너편의 사내를 못 본 체하며 등을 돌렸다. 나하사는 노와의 푸른 눈이 일렁이는 것을 보았다.

"이곳에 무엇이 봉인되어 있는지 아는 겁니까?"

"조사를 했으니까."

그렇다면 이곳은 마왕의 봉인이 아니겠구나… 실망하던 나하사는 순간 눈을 빛냈다.

어쩌면 노와는 다른 곳의 봉인도 알고 있을지도 모른다.

"내가 이 봉인을 깰 때까지만 이곳에 있어 줘."

사실 나하사는 노와가 부탁하지 않더라도 그럴 생각이었다. 그러나 소년은 일부러 냉소적으로 웃었다.

"내가 왜요? 나한테 이득도 없는데."

"원하는 건 다 주지. 마력석? 고대서적? 아니면 돈? 무엇을 원하지?"

"그런 건 필요 없습니다. 난……."

나하사는 조금 도박하는 기분으로 말했다.

"다른 주요봉인소에는 무엇이 봉인되어 있는지 알고 싶어요."

"좋아."

노와의 대답은 지체 없었다.

"알려 주지. 봉인을 깨고, 이곳을 나가면 알려 주겠어."

"……."

너무 고민 없이 바로 수락해서 나하사는 오히려 미심쩍었다. 그건 진도 마찬가지였는지,

"그 말을 어떻게 믿지?"

무심하게 입을 열었다. 나하사가 이어 말했다.

"나가서 마음이 바뀔지도 모르는 거잖아요. 믿을 수 있는 증거를 제시해 주세요."

"……믿을 수 있는 증거, 라고."

나하사는 노와의 핏기가 가신 얼굴을 보았다. 금발의 미남은 일그러진 표정을 해도 탄성이 나올 만큼 아름다웠다. 노와는 눈을 감더니 크게 심호흡하고는 결심한 듯 눈을 떴다. 푸른 눈이 나하사를 똑바로 보았다. 그 눈동자는 떨리고 있었다.

두려움으로 가득 차서.

"난 말이야. 아주 어렸을 때부터 특출난 사람이었어."

그리고 이어진 자기 자랑.

"걷고 뛰는 게 또래보다 빠른 거야 말할 것도 없고. 타고난 마력도 완력도 체력도, 외모와 신체 조건도 모두 월등했지."

"……."

"사람들은 날 천재라고 불렀고 나도 그렇게 생각했어. 한 번 본 것은 잊지 않고, 마법도 검술도 노력하지 않아도 능통하고. 온갖 분야에 재능을 보였지. 난 여덟 살 때 이미 '작은 현자'라는 별칭을 달았어. 그때 나는 이미 성인만 한 깊이 있는 생각을 했어."

노와는 천천히 눈을 감았다 떴다.

"그래서였는지, 아버지가 내게 예정보다 빠르게 '진실'을 알려 주기로 한 거야. 너무나 뛰어난 나머지 충분히 감당할 수 있으리라 생각한 거지."

노와는 쓸쓸히 덧붙였다.

이 천재적인 아이라면 분명, 모든 것을 이해해 줄 것이다 하고 말이야.

"태어나서 처음 본 어머니는 하얀색 긴 머리에 검은 눈, 창백한 피부를 가진……."

"……."

"마족이었어."

혼종.

우리대륙에 무수한 돌연변이 종 중 하나.

서로 다른 종족끼리 서로 정을 통하여 피가 섞여 태어난 종이 바로 '혼종'이다. 그러나 사실상 우리대륙에서 혼종이란 단어의 의미는 단 한 가지로 국한된다.

마족과 인간.

그 사이에서 태어난 것은 마족도 인간도 아닌 혼종이라는 독자적인 카테고리에 속한다.

마족이나 인간이나 본능에 약한 생물이라 두 존재가 몸을 섞는 것은 마왕 봉인 이전부터 이따금 있었다. 그리고 당연히 두 존재 사이에서 생명이 잉태되는 일은 없었다. 그러나 마왕 봉인 후 마족은 인간들의 세상에서 인간과 같은 생활을 하며 살아왔다. 마족은 인간인 척하고 인간과 통하기도 했고, 부유한 인간은 아름다운 마족을 사들여 관계를 맺기도 했다. 그들 사이에서 매우 희박한 확률로 태어나는 것이 바로 혼종이다.

당연하게도 인간에게 혼종은 쓰레기의 찌꺼기에 불과했다. 마족과 친하기라도 하면 화형을 당하는 세상에서, 아무리 이바노브 아시오에서 '마족과 인간은 평등하다'는 공표를 해도 아무 소용이 없는 마족에 대한 증오심이 가득한 인간들의 세상에서, 혼종은 당연히 인간들 사이에 낄 수가 없었다. 마족에게 있어서도 혼종은 힘이 약한 돌연변이에 불과했다. 마족은 인간처럼 혼종을 아주 환멸하지는 않았으나, 어느 종족보다 구속력이 강한 그들의 종족 테두리 안에 들여보내 주지는 않았다.

혼종은 마족에게서도 인간에게서도 배척받는 외롭고 괴로운 삶을 이어 나간다. 그리고 그들은 어느 누구 할 것 없이 비참한 죽음을 맞이한다. 평생 마족에게도 인간에게도 섞이지 않고 혼자서 평화롭게 살아간다 해도 그 끝에는, 인간에게 섞인 천족의 피와 마족에게 섞인 마신의 피가 서로 어울리지 못해서 낳은 고통 속의 죽음만이 있을 뿐이다.

대부분의 고위마족이 그렇듯, 혼종 또한 인간과 다름없는 생김새를 하고 있기 때문에 가끔 마기를 갈무리해 인간들 사이에서 생활하는 혼종도 있었다. 바로 지금 눈앞의 노와 더 그레이트처럼.

그래도 설마하니 백양의 영웅 중에 혼종이 있었다니.

"놀랐군."

"……당연하죠."

떨떠름한 대답에 노와가 입꼬리를 말아 올렸다. 그는 차원의 문밖에서, 빨리 오라고 닦달하는 오랜 친구를 보았다.

"저 녀석은 더 놀라겠지."

"……"

"아주 기절을 할지도 몰라. 순진한 놈이니까."

노와의 눈에 선명한 아픔이 엿보였다.

"그럼 혹시 이곳에 봉인되어 있는 건……."

나하사가 예전에 한 번 본 적이 있는 이름을 되새겼다.

"피의 약입니까?"

전설에만 등장하는 약, 피의 약.

"그래, 기록에 의하면 말이야."

나하사는 놀라웠다. 피의 약이 정말로 존재했다니.

그것이 무엇인지 모르는 구르가 물어왔다.

"그게 뭔가 개굴? 만병통치약 같은 건가 개굴?"

"아니, 반대야. 그건 독약이야."

나하사의 단언에 가만히 있던 팜이 꼬꼬댁하며 날아올랐다.

"흥, 누군가를 죽이려고 독약을 원하는 거군 꼬꼬! 누구한테 먹일 생각이지?"

그러자 노와는 미소와 함께 답했다.

"나."

"……꼬끼오?"

"내가 먹을 생각이지. 그 약은 인간이 아닌 종족을 인간으로 만들어 주거든."

노와의 미소는 분명 현기증 날 정도로 아름다웠다. 그러나 나하사는 그 미소가 무척 쓸쓸하다고 느꼈다.

피의 약은 아주 오래전 한 마족이 만들었다. 짧은 시간만이라도 인간이 되고 싶었던 어떤 마족이. 증거도 증인도 없이 기록상으로만 전해지지만, 이 약을 먹은 모든 종족은 짧게는 한 달, 길게는 석 달 정도 인간이 된다고 한다. 그 기간은 결코 백 일을 넘지 않는다. 필수적으로 따라오는 치명적인 부작용이 있기 때문이다.

'죽음'이라는.

"피의 약은 인간으로 만들어 주는 약이 아니에요. '인간인 상태로 죽게 하는' 약이지."

소년의 말에 현자의 웃음이 더욱 짙어졌다. 노와도 분명 알고 있는 것이다. 피의 약을 먹은 이는 백 일을 못 가 숨진다는 것을.

"그건 아무도 모르는 거잖아. 기록으로만 전해질 뿐이니까."

"……"

"상관없어. 죽는다고 이 미모가 어딜 가겠어?"

노와의 장난스러운 말에 나하사는 깨달았다. 이자는 죽음을 각오하고 있는 것이다. 아니, 어쩌면 '인간인 상태의 죽음' 그 자체를 원하고 있는지도 모른다.

"지금은 내가 혼종인 게 들키지 않았지만, 언젠가는 나도 마족처럼 성장이 멈출 거야. 그러면 바로 알려지겠지."

나하사가 계속 심각한 얼굴을 하고 있자, 노와도 장난스러운 낯빛을 지우고 진지하게 말했다.

"내가 스스로 목숨을 끊는다 해도 인간처럼 시체가 썩지도 않으니, 들키는 건 마찬가지야."

"……"

"그렇다면 난, 성장이 멈추면 어디 먼 곳에서 혼자 죽어야 해."

수많은 혼종들이 그랬던 것처럼…….

노와는 아득하게 말했다.

"그건 외롭잖아. 너무…… 외로운 일이잖아."

"……."

나하사는 아무 말도 할 수 없었다.

피의 약. 만약 기록이 사실이라면, 그 약이야말로 정말 외로운 약이라고 나하사는 생각했다. 혼종이 아닌 자신은 알 수 없지만, 그래도 그렇게 죽는 것 말고 다른 방법이 있지 않을까 하고. 혼종만이 느끼는 괴로움을 알지 못하는 자신으로서는 함부로 말할 순 없지만.

그건, 자살이나 마찬가지다.

나하사는 안타까웠다. 그러나 다른 대체할 방법이 없어서, 다른 방법이 생각이 나지 않아서… 그래서 더욱 안타까웠다.

"혼종 구역이 있다고 들었다 꼬끼오."

인간에게 도움은 주지 않겠다던 팜이 말했다.

"우린 혼종들을 그렇게 심하게 차별하지 않는다 꼬꼬. 인간들이 대하는 것보단 나을 거야. 우리에게 와라 꼬끼오."

"그래…… 그렇다더군. 차라리 내가 처음부터 너희 속에서 살았으면 좋았을 텐데, 했던 적이 있었지. 어렸을 땐 말이야."

노와는 공간의 문밖을 보고 있었다.

한 걸음만 내디디면 만날 수 있는 친구가 있다. 그러나 노와는 그 한 걸음을 내디딜 수가 없었다. 그는 그 한 걸음을 내딛는 것이 언제나 어려웠다. 언제나.

"저 인간에게 혼종인 것을 들킬 바에야 죽는 게 낫다는 건가."

침묵하던 진이 말했다. 진의 목소리는 건조하여 어떤 감정도 읽히지 않았다.

"어쩔 수 없잖아."

반면 노와의 음성에서는 감정이 그대로 읽혔다.

아주 오래전에 모든 것을 포기해 버린 안타까움과 슬픔이.

"너도 들었잖아. 너희 모두 들었잖아. 칼은, 그 녀석은 마족을 혐오하는……"

"……"

"마족과 인간의 우정을 이해하지 못하는, 아주 평범한… 인간이란 말이다……."

아주 평범한…….

인간.

허공에서 노와가 나타나자 거의 울 듯하던 칼 더 그레이트가 바람처럼 달려오더니 친구의 등을 세차게 내리쳤다. 그는 곧바로 친구의 어깨를 껴안으며 욕지거리를 내뱉었는데, 그 품이 너무 따뜻해서 노와에게는 욕으로 들리지 않았다. 칼이 안에서 무슨 일이 있었냐고 물었으나 노와는 아무 일도 없었다고 말했다. 노와의 뒤를 이어 해제범 일당도 나타났다.

"……."

노와와 나하사의 눈이 마주쳤다. 누가 먼저랄 것 없이 곧 고개를 돌렸다.

"팜, 괜찮아?"

팜은 마기를 계속 흘리고 있었다. 위험한 상태는 아니지만, 계속 내버려 둔다면 위험해질 게 뻔했다.

"크림 신전에 가야겠네."

"싫다 꼬끼오. 신에게 치유를 받긴 싫다 꼬꼬."

팜은 자기가 저절로 나을 거라고 생떼를 부렸다. 마족의 자기 회복력은 무척 뛰어나기 때문에 나하사도 팜이 굳이 원하지 않는다면 크림 신전까지 데리고 가고 싶지는 않았다. 소냐르는 도시 대부분이 이칼리노에게 봉헌된 나라라서 크림 신전은 수도의 왕성에밖에 없다. 소냐르의 수도까지 가는 건 귀찮았다. 수도에는 주요봉인소도 없는데. 물론 다친 게 구르였다면 당장에 떠났겠지만.

"제때 치유를 안 받으면 안 돼, 이 바보 닭아!"

계속 초조해 보이던 마이아가 기다렸다는 듯 다가왔다.

"우린 어차피 왕성으로 돌아갈 테니까 같이 가자."

"뭐?"

"네?"

마이아의 폭탄 발언에 나하사와 칼이 동시에 놀랐다.

"마이아 님, 아가씨, 무슨 말입니까? 마족과 함께 왕성에 가겠다고요?"

"응, 기도드리고 미사하고 개회식 때 참석만 하면 우리 일은
끝나잖아. 반나절도 안 걸려."

"축제 구경은요? 무도회는요? 올해 초부터 만든 드레스를 가
져오지 않으셨습니까?"

칼의 말에 마이아는 잠깐 시무룩해졌지만, 그래도 말을 번복
하지는 않았다.

"칼, 이 마족은 내 목숨을 구했잖아."

"......"

"나는 은혜는 갚는 사람이야. 아빠랑 어머니가 그렇게 가르쳤
단 말이야."

"......"

칼의 옆에서 노와가 조그맣게 중얼거렸다.

"어머니 얘기가 나왔으면 말 다했군."

칼도 동감이었다. 어찌 됐건, 저 마족이 마이아 소냐르 대신
다쳤고 마이아는 그런 마족을 치유해 주겠다는 건데 어떻게 반
박을 하겠는가. 아무리 마족을 혐오하는 평범한 인간인 칼이라
해도, 열두 살 어린아이에게 마족이 목숨을 구해 줘도 고마워해
선 안 된다는 말은 할 수 없었다.

"잘 됐네, 팜. 저들이랑 같이 가."

수도에도 가기 싫고 암탉 마족을 데리고 다니기도 싫은 나하
사가 냉큼 떠넘겼다.

"내가 싫다는데 왜 니들끼리 정하냐 꼬꼬!"

"나하, 수도에 같이 가면 안 되나 개굴?"

구르는 아무래도 오랜만에 만난 동족과 헤어지기 싫어 보였다. 하긴, 또 언제 동족을 만날까. 저렇게 정신연령 비슷한 동족을.

"그럼 구르 너도 따라가든지."

"······."

"······."

"팜, 잘 가라 개굴. 언젠가 다시 만나자 개굴."

구르의 말에 나하사가 웃었다. 동족이 아닌 자기를 선택했다는 게 열여덟 소년의 마음을 기쁘게 했다.

팜이 날개를 퍼덕이며 반항했다.

"난 안 갈 거다 꼬끼오!"

"팜, 고집부리지 말고 그냥 가."

"안 가겠다는데 왜······!"

팜이 신음을 하며 주저앉았다. 부상당한 주제에 너무 활개를 친 탓이다. 사실 나하사는 팜의 마음도 이해가 갔다. 신에게 치유를 받는 것도 자존심이 상하지만, 인간들과 함께하는 두려움이 큰 탓도 있을 것이다. 인간들이 치유를 해 준다고 데려가서 소멸을 시켜버릴지도 모르니까. 나하사가 노와를 보았다. 소년의 뜻을 읽은 노와는 고개를 끄덕였다.

"함께 가지."

노와가 밤을 새워도 떡지지 않은 찰랑찰랑한 머리칼을 넘겼다.

"내 이름을 걸고, 네가 불이익당할 일 없게 하지. ······팜."

"······!"

노와가 마족인 팜의 이름을 불렀다. 칼은 부드럽게 웃는 친우의 얼굴을 놀란 얼굴로 보았다. 마족 그 각자의 개체를 인정하지 않는 인간들이기에 마족의 이름을 말하는 일은 드물었다. 인간들에겐 오로지 암탉처럼 생긴 마족, 개구리처럼 생긴 마족일 뿐이었다. 그런데 노와는 팜이라고, 이름을 말한 것이다.

인정해 준 것이다, 마족을.

"나도, 마이아 소냐르 온 소냐르의 이름을 걸고 널 치유해 줄게!"

"마이아 님!"

칼이 뒷목을 잡았다. 마이아 이 천방지축 꼬맹이가······.

"그런데 넌 같이 안 가? 왜?"

마이아가 나하사를 올려다보았다. 당장에라도 옷깃을 잡고 떼쓸 것 같았다.

"난 바빠. 해야 할 게 있어."

"······하기 싫은데 억지로 하는 거야?"

마이아가 순진하게 물어 왔다. 소년은 한 박자 늦게 답했다. 놀라서.

"······아니야, 그런 거."

"그럼 왜……."

마이아는 뒷말을 잇지 못했다. 왜 그런 눈을 하고 있냐는, 왜 그런 쓸쓸한 눈을 하고 있냐는 물음은.

소용이 없을 것 같았다.

말이 없는 소녀를 두고 나하사가 가방을 챙겨 나가려는데 팜이 날개를 푸드덕거렸다.

"잠깐, 잠깐. 할 얘기가 있다 꼬꼬."

"응?"

"정보가 필요하지 않냐 꼬끼오?"

팜이 조그맣게 말했다. 2천 년간 마족들이 조사한 마왕 봉인에 대한 자료. 나하사는 눈을 빛냈다.

"말해 줄 거야?"

"아직은 널 제대로 믿을 수 없지만, 나의 동족들을 믿기로 했어 꼬꼬."

팜이 누구를 믿든 안 믿든 그건 상관없었다. 중요한 건 그 정보를 준다는 사실뿐이다. 칼과 노와, 마이아가 무슨 얘기를 하는 거지? 란 얼굴로 이쪽을 보고 있었다.

"미에리·완·바."

나하사는 고대마법을 외웠다. 투명하고 얇은 막이 형성되었다. 이쪽에서 하는 대화가 저쪽에 들리지 않게 하는 마법. 나하사는 이제 안심하라며 눈으로 팜을 재촉했다. 팜이 순순히 말해 왔다.

"하오아이와 북국, 전쟁 지역과 우리해의 소용돌이에 우리들의 본거지가 있어 꼬꼬."

관광지로 유명한 하오아이, 드래곤이 산다는 북국, 밈과 아엘의 전쟁 지역, 우리해의 소용돌이.

하오아이 빼고는 모두 주요봉인소가 있는 곳이었다. 그 중 북국의 봉인은 절대보호봉인소.

팜이 낮은 목소리로 진지하게 말했다.

"가장 깊고 어두운 곳을 찾아 꼬꼬. 우리만의 암호가 있으니 그걸 대야 해 꼬끼오."

"암호? 뭔데?"

암탉이 제법 진중한 얼굴을 하고서 테이블로 날아 올라갔다. 그리고는,

"앗—싸! 우리는— 이 시대의 진정한 마족! 아자, 아자, 아자!"

"……"

"반드—쒸 인간 굼—벵이\들에게 본때를 보여— 주\자/, 아자! 힘·을·내·요!"

"……"

팜은 부상당한 몸으로 투혼을 발휘하며 날개를 허리에 접었다.

"이건 안무와 함께 외쳐야 해 꼬꼬."

"……"

"우·유·빛·깔·마·왕·님!"

한쪽 발을 내밀며 우, 날개를 펼치며 유, 한 바퀴 돌며 빛, 사랑의 화살을 쏘며 깔, 머리 위로 하트를 그리며 마, 궁뎅이를 내밀며 왕, 앞으로 한 바퀴 굴러 멋있게 날개를 펼치며 님.

"다 외웠냐 꼬꼬?"

"……."

"다시 해 줄까 꼬꼬?"

"아니, 아니야. 괜찮아."

할까 보냐, 그런 거!

나하사는 혼자 힘으로 마왕을 부활시키기로 굳게 다짐했다.

"좋은 안무로군. 누가 짠 것이지?"

진은 진심으로 감탄하며 턱을 쓸었다.

"난 한 번에 외웠다 개굴. 나하야, 까먹으면 내가 보여 주겠다 개굴."

구르가 의기양양하게 말했다.

너희는 그런 안무에 만족하니……?

나하사가 마법을 해제했다. 노와와 칼과 마이아에게서 호기심 가득한 시선이 쏟아졌다. 저들은 팜의 안무를 그대로 보았을 것이다. 뭐라고 생각했을까. 재롱 잔치? 장기 자랑?

"이만 갈게요. 팜을 잘 부탁합니다."

나하사가 가방을 챙겼다. 노와와 눈인사를 했다. 노와는 희미하게 웃었지만 나하사는 웃을 수 없었다. 언젠가 저 미남자에게 닥칠 일 때문에.

"어서 가라. 해가 뜨면 경비병을 부를 거야."

"……."

나하사는 입술을 달싹이다 물었다.

"어떻게 내게 도움을 구할 생각을 했죠? 나는 엘프 육십을 학살했는데."

자신을 죽이려 들지도 모르는데.

노와는 부드럽게 미소 지었다.

"어리석은 사람들이야 공표하는 대로 믿는 수밖에 없겠지만, 네가 학살자가 아니라는 건 알 만한 사람은 다 알고 있어."

"……."

"먼 님이 스승님의 친우이신 분이라 그 공표를 그대로 믿는 척하는 것뿐이야. 너는 지금까지 한 명도, 누구도 죽이지 않았어. 알고 있다."

나하사는 노와의 말에 고마워할 수가 없었다. 왜냐면 틸라 영지에서 소년은 아이의 어머니를 죽였기 때문에.

"해바라기가 널 참 좋게 보더군. 그 녀석은 사람 볼 줄 아는 녀석이야. 난 녀석을 좋아하지. 그래서 녀석의 판단을 믿기로 했어."

해바라기가 누군가 잠깐 고민했다가 건강한 피부색의 크림의 여신관을 칭하는 것임을 알았다. 좋아한다면서 이름도 헷갈리냐? 나하사는 사루비아를 떠올렸다가 살짝 귀를 붉혔다. 가장 먼저 그 풍만한 상체가 떠오르는 걸 보면 나하사도 나름 남자애였다.

"다음에 만날 때는 적으로 보죠."

"내가 할 말을 대신해 주니 고맙군."

"……."

나하사는 노와에게 무언가 더 말을 건네고 싶었으나 그냥 입을 다물었다. 칼이 탐탁지 않은 얼굴로 고개를 살짝 숙였고(예전 바다의 섬에서 마이아의 목숨을 구한 데 대한 감사의 표현이었다) 마이아는 어딘가 간절한 표정으로,

"나중에 꼭 만나."

라고 말했다.

나하사는 소녀가 귀여워서 머리를 쓰다듬어 주었다. 마이아의 얼굴이 확 붉어졌다.

"팜, 나중에 보자 개굴!"

"구르르무, 꼭, 꼭 날 데리러 와야 한다 꼬꼬!"

구르와 팜이 열렬하게 포옹을 하며 헤어졌다. 진은 동족과 헤어지는데도 감흥이 없는지 이미 문밖에 서 있었다.

나하사는 괜히 방 안을 한 번 더 훑거나 하지 않고 그대로 몸을 돌리고 나왔다.

복도는 조용했다. 동족과 헤어진 구르가 의기소침해 보여서 나하사는 위로의 의미를 담아 쓰다듬어 주었다. 개구리는 목을 울리는 소리를 내며 나하사의 품으로 파고들었다.

"잠깐."

그때 진이 우뚝 섰다.

"잊을 뻔했군."

"뭘?"

"대결."

"어? 야, 야, 진!"

진이 성큼성큼 걸어 방금 나왔던 문을 벌컥 열었다.

피곤한 표정의 칼과 노와가 깜짝 놀라며 이쪽을 보았다. 진은 그 중 아름다운 금발 벽안의 남자를 똑바로 바라보았다.

그리고 두건의 매듭을 풀었다.

"무슨? ……헉!"

"그런……!"

갓 세상에 나온 듯한 흠집 하나 없는 매끄러운 피부. 저 밤하늘을 한 자락 걷어붙인 듯한 머리칼, 심해보다 아득할 것 같은 검은 눈동자. 종이를 벨 것 같은 콧날에 완벽하게 떨어지는 인중과 입술선.

"……맙소사……."

노와의 인간 같지 않은 얼굴에 익숙해진 칼의 입에서 신음과 비슷한 탄성이 나왔다.

그건 노와도 마찬가지였다.

"큭…… 인정하지."

노와는 역시 세상은 넓다고 생각하며 웃었다.

"내가 졌다."

"······너도 인간치고는 제법이었어."

노와가 혼종임을 알고 있는 진이 나름의 배려로 말했다. 그리고 두 아름다운 남자는 서로 마주 보며 미소 지었다. 아마 꽃미남들끼리만 통하는 무언가가 있나 보다.

진은 진심이 어렸기에 한층 더 아름다워진 미소를 하고 방을 나왔다. 그리고 한결 편해진 걸음으로 복도를 걸었다.

"나 쟤 짜증 나······."

"마찬가지다 개굴······."

그 뒤에서는 나하사와 구르가 짜게 식어 있었다.

제5장

하오아이의 고독

배가 줄어들었다. 본래는 하루에 한 시간 단위로 배가 출발했고 두 시간 단위로 비행선이 다녔으나, 대일 신전의 봉인을 깨고 사흘이 지난 지금은 배는 하루에 두 번, 비행선은 하루에 한 번 운영되었다. 그래도 나하사는 비싼 값을 주고 세 시간 후 출발하는 배의 표를 겨우 구했다.

일행은 항구 바로 앞 여관방에서 시간을 때우고 있었다.

나하사는 진에게 새로 산 별무늬 두건을 건네주고 구르에게는 우유를 따라 주며, 자신은 고추튀김을 입에 물었다. 구르가 입가에 우유를 잔뜩 묻히며 말했다.

"역시 그 틸 머시기에서 먹었던 우유가 제일 맛있었다 개굴."

우유에 한해서는 대륙 최고의 미식가였다. 나하사는 고추를 우물거리며 멍하니 중얼거렸다.

"고추장맛 우유 괜찮을 거 같아……."

"끄엑, 무슨 그런 무서운 말을 하나 개굴. 신성한 우유에게 무슨 짓을 하려는 거냐 개굴!"

"뭐야? 너 고추장이 무슨 이상한 거라도 되는 듯이 말한다?"

"우유랑 합치면 이상한 게 된다 개굴. 고추장맛 우유라니 그냥 고추장에다가 물 타서 마셔라 개굴!"

"이 개구리야, 맛있는 것끼리 합치면 엄청난 음식이 탄생한다고. 떡볶이 몰라? 고추장과 떡의 환상적인 궁합."

"떡이랑 우유랑 같나 개굴! 앞으로 나하는 내 우유에 손대지 마라 개굴. 우유의 순결이 위험하다 개굴!"

"미안한데 네 우유는 다 내 손을 거쳐서 너한테 가는 거거든?"

물주 나하사가 비웃으며 하는 말에 구르가 발끈했다. 개구리는 폴짝폴짝 뛰어 두건의 가봉 부분을 세심하게 관찰하던 진에게 향했다.

"시커먼스! 앞으로 내 우유는 후배인 네놈이 조달하도록 해라 개굴!"

"……."

물론 진은 깔끔하게 무시했다.

그는 쓰고 있던 두건을 벗고, 새로 사 온 별무늬 남색 두건을 쓰고는 거울 앞에 섰다.

"……."

그리고는 어떤가? 하는 얼굴로 구르와 나하사를 지그시 보았으나, 물론 개구리와 인간 친구는 사이좋게 미남마족을 무시했다.

구르는 저 잘생긴 얼굴을 보자 문득 그저께 일이 생각났다.

"그 노와 어쩌구라는 반마족의 말이 진짜일 것 같나 개굴?"

반(半)마족은 마족 측에서 혼종을 부르는 호칭이었다.

"설마 거짓말이야 했겠어? 우린 그의 비밀을 알고 있는데."

이미 혼종임을 밝히기 전부터 주요봉인을 해제해 달라는 노와의 부탁은 들어주기로 생각하고 있었으나, 나하사는 시치미를 떼고서 이쪽의 요구를 들어주면 주요봉인 해제 후 그쪽한테 주겠다고 협박했다. 노와는 그 협박이 통한 건지(사실 두려워하는 기색은 없었지만) 순순히 끄덕였다. 본래 주요봉인소 스무 곳 중 무엇이 봉인되어 있는지 아는 곳은 단 세 곳뿐이라고 알려져 있다. 그러나 노와는 그 기록에는 절대보호봉인소를 포함해 열 곳의 봉인이 기록되어 있다고 말했다.

"다 알면서 안 말해 준 것 같다 개굴."

구르가 날카롭게 추측했다. 그 봉인들을 알려 달라고 하자 그 기록은 무척 오래된 고대문자로 그것도 암호까지 곁들어져 있어 노와는 피의 약 봉인만 간신히 해석했을 뿐이라고 했다.

"응, 아마 몇 개 정도는 해석했을 텐데……."

"알려 주지 않으면 봉인 깨 주지 않겠다고 하지 그랬나 개굴."

"에이, 그럴 것까지야 있어? 어차피 마왕이 봉인된 곳은 죽었다 깨어나도 말해 주지 않았을 텐데 뭘."

결국 노와는 그 기록이 있는 곳만 알려 주었다. 나하사는 우선 팜이 말한 마족의 은거지에 갔다가 봉인도 좀 더 해제한 후에 노와가 말한 곳에 갈 생각이었다.

왜냐하면 노와가 말한 기록이 있는 곳은 역대 모든 영웅을 배출한 바로 그, 이바노브 아시오 학교의 황실도서관이기 때문이다.

만반의 준비를 하고 가야 할 것이다.

"만약 거기 없으면 혼종인 거 다 말해 버릴 거야."

나하사가 장난스럽게 말했다. 노와 본인이 들으면 살 떨려 할 농담을.

"그 우락부락한 인간은 그자가 어떻든 외면하지는 않을 것 같았다 개굴."

"내 생각도 그래."

칼 더 그레이트는 노와가 주요봉인소를 해제한 것을 알았음에도 입을 다물어 주었다. 그 정도라면 혼종인 그도 받아 주지 않을까? 나하사는 노와도 어쩌면 마음 한쪽으로는 칼을 믿고 있을지도 모른다고 생각했다. 그러나 혹시나 하는 그 두려움이 노와로 하여금 피의 약을 택하게 한 것이겠지.

우리의 우정은 인간과 마족이 태어나면서부터 존재해 온 두 종족 사이의 편견을 뛰어넘지 못하리라는 두려움.

"그럼 그 반마족은 이제 인간이 되는 건가 개굴?"

"아직은 아닐 거야. 하지만 한 십 년쯤 지나서 혼자 성장이 멈추면 그걸 먹겠지."

그리고 인간이 되어 죽어서, 한 인간의 죽음으로 기록에 남을 것이다.

그 생각을 하니 나하사는 마음이 싸해질 수밖에 없었다. 누군가의 자살을 도운 게 아닌가 하는 생각이 들었다. 아니…… 아마 그게 맞을 것이다. 자살을 도운 게 맞을 것이다.

"이봐."

두건을 벗은 진이 비단 같은 머리칼을 찰랑대며 침대에 걸터앉았다.

"그 반마족을 아예 마족으로 변하게 할 약은 없는 건가? 몰래 먹이는 거 어때?"

진은 그 반마족이 들으면 바로 목을 매달지도 모르는 무시무시한 계획을 내놓았다. 나하사가 한심하게 진을 보았다.

"노와 그 사람이 인간 되려고 용사단 신분으로 주요봉인소까지 깼는데 넌 그게 할 말이냐?"

"후회할 것이다. 인간보다 마족이 훨씬 우월한 종족이다."

"인간이나 마족이나 거기서 거기지, 우월할 게 뭐 있냐?"

"하지만 보아라. 반마족인 그자보다 나의 외모가 훨씬 우월하지 않던가?"

"……."

그 얘기였냐……. 잘생겼다 잘생겼다 떠받들어 주니까 자기가 진짜 세상에서 제일 잘생긴 줄 아는 모양이다.

그런데 실제로 제일 잘생기긴 해서 뭐라 할 말은 없다.

"어, 잠깐 개굴!"

나하사와 함께 짜식하고 있던 구르가 갑자기 외쳤다.

"이상하다 개굴…… 뭔가 이상하다 개굴!"

"왜 그래? 진정해."

"뭔가 빼먹고 있는 것 같다 개굴!"

"뭘 빼먹어?"

구르가 커다란 눈을 깜박였다.

"우리 뭔가 잊고 있지 않나 개굴? 시커먼스의 저 말에 대꾸하는 사람이 없다는 게 조금 이상하지 않나 개굴!?"

"……? 무슨 말을 하는 거야?"

구르가 테이블 위를 폴짝폴짝 점프했다.

"이상하다 개굴! 분명 뭔가를 잊고 있다 개굴!"

구르의 말에 나하사는 곰곰이 생각해 보았다. 뭘 잊었더라? 고추장은 든든하게 구비했고, 진의 엉덩이 아래에 깔았었던 손수건도 제대로 챙겨 와서 다시 빨았고, 겨울 대비 두꺼운 로브도 새로 샀고…….

구르는 짧은 팔로 턱……으로 보이는 부분을 쓸면서 심각하게 말했다.

"분명 이때쯤 시커먼스 근처를 맴돌면서 속 뒤집어질 소리를 하는 게 있었던 것 같○……."

"헉!"

그러자 머릿속을 스쳐 지나가는 한 줄기 분홍빛깔에 나하사가 구르의 입을 재빨리 틀어막았다.

"야, 하지 마. 말하지 마. 생각도 하지 마."

호랑이도 제 말 하면 나타난다는 소문이 있다고! 잊고 있는 동안은 평화로웠는데 이 개구리는 왜……!

그러나 나하사의 노력은 결국 헛수고로 돌아갔다. 구르의 말이 있자마자,

"꺄아아아아아─!"

하는 어린 여자아이의 비명과 함께 분홍색의 무언가가 여관방 창문 밖을 스쳐 지나가고,

"헉! 사람이 하늘에서 떨어졌어!"

"신관, 빨리 신관을 불러!"

나하사와 구르가 창 아래를 내려다보니, 창문 아래에는 우왕좌왕하는 항구의 사람들이 있었다. 그리고 그 가운데에서 멀쩡하게 옷을 털며 일어난, 존재감이 진의 엉덩이 아래에 깔린 손수건만큼도 없는 분홍머리의 소녀가 정확히 나하사가 서 있는 창문을 올려다보면서 외쳤다.

"안녕하십니까, 네라입니다. 제가 돌아왔습니다!"

하오아이는 우리대륙 남서쪽에 있는 조그만 섬으로 1년 365일 늘 축제 중인 관광지이다. 죽기 전에 한 번쯤은 가 봐야 한다는 말이 있을 정도로 유명한 관광명소인데, 특히 유명한 것이 전망대에 올라 멀지 않은 곳에 있는 화산섬의 잿빛 하늘이다. 하오아이의 남서쪽에 있는 화산섬은 기록상으로 벌써 오백 년

째 용암이 치솟고 있다. 그 어딘가에 주요봉인이 있는데, 신전도 세워지지 않았고 지키는 자도 아무도 없다. 지진과 화산재 속에서 봉인을 지킨다는 건 어불성설이었다. 어차피 아무도 해제하려 하지 않을 테니까. 생명이 살 수 없는, 모든 것이 회색 재로 뒤덮인 섬. 우리대륙 사람들은 하오아이의 가장 높은 곳에서 그 죽음의 섬으로부터 치솟는 용암을 구경하려고 500도르를 내는 것을 주저하지 않았다.

"제가 갑자기 사라져서 얼마나 놀랐습니까? 무척 보고 싶었겠지요."

기대에 부푼 사람들과 함께 배에서 내리는데, 네라가 나하사 옆에 붙어 한시도 쉬지 않고 입을 놀렸다.

"사실은 개인적인 사정이라 말하지 않으려 했지만 예의상 설명해 드리겠습니다."

안 궁금한데.

"대일 신전에는 아는 사람이 너무 많아서 갈 수가 없었습니다."

아무도 대답하지 않았는데 네라가 얼굴을 굳히며 조그맣게 말한다. 입가에는 쉿, 하는 손가락과 함께.

"더 이상은 정말 비밀입니다. 아무리 졸라도 말해 드릴 수 없습니다."

그러나 나하사는 첩보소설 주인공처럼 챙 모자를 쓰고 주위를 살피는 분홍색 머리 소녀에게 아무 관심이 없었다.

나하사는 어리둥절하여 중얼거렸다.

"두꺼… 개구리?"

하오아이. 전 대륙에서 각양각색의 사람들이 모이는 이 축제의 섬.

배에서 내리자마자 소년의 눈에 보인 것은, 바위만 한 녹색 개구리였다. 살아 있는 건 아니고, 수공예품인 듯한 개구리.

개구리는 요즘 러브 남매의 마스코트이거나 해제범의 상징이거나 둘 중 하나였다. 러브 남매의 개구리는 아주 앙증맞고 귀여우며 배에 'love love'라고 쓰여 있고, 저렇게 우락부락한 두꺼비처럼 생긴 못생긴 개구리는…….

"어머, 여기 두꺼비가 있네. 이거 하얀 극단 건데? 오늘 『백양, SAVE THE WORLD』 하려나 봐!"

대여섯 살 정도의 어린아이를 데리고 온 한 아주머니가 꺅꺅거리며 두꺼비 옆에서 사진을 찍었다.

"부인, 저희 민들레 극단의 『해제범과 땡칠이』도 보러 오세요."

"저희 파란 하늘 극단의 『라스트 백양』도 재미있습니다!"

개구리 모형, 인형 등을 머리 위에 올리거나 품에 안은 사내들이 배에서 갓 내린 관광객들에게 전단을 나눠 주며 돌아다녔다. 심지어는 진짜 살아 있는 개구리를 데리고 다니는 사내들도 있었다. 그리고 그 사내들은 하나같이 마법사 로브를 입고 있었다.

"푸하하하! 인간들은 모두 어리석어! 다 죽여 버리겠어!"

높은 여자 목소리였다. 사람들이 빙 둘러싼 시끌벅적한 곳. 나하사가 사람들 사이에 쏘옥 껴서 보니까 붉은 곱슬머리의 글래머가 커다란 두꺼비와 마법사 로브 입은 사내와 함께 허리에 손을 얹고 웃고 있었다.

아, 그러고 보니 사막섬의 그 붉은 머리 마족이 함께 수배지에 올랐었지.

"어서 저들을 모두 해치워 버려라, 흑마법사!"

두꺼비 탈을 쓴 사람이 마법사 로브에게 명령했다. 이제 나하사는 완전히 구르의 수하로 굳어진 모양이었다. 체구가 작아서 그런가.

"마족들의 세상을 위하여—!"

하면서 마법사 로브가 익스플로전을 외치자, 그들 주위로 조그만 폭죽이 파바방 터졌다.

깨알 같은 불꽃에 아이들과 관광객이 하하호호 웃으며 좋아했다.

"이때 마족의 침략을 막으려는 신의 용사들이 있었으니."

관중 속에서 내레이션을 하며 하얀 천을 두른 사람이 등장했다.

"이후의 이야기는 작은 숲 극단을 찾아 주세요, 오늘 4시부터 공연합니다!"

내레이터와 함께 두꺼비 탈, 마법사 로브, 붉은 머리가 활짝 웃으며 허리를 숙여 인사했다. 그들은 또 다른 곳에 홍보를 가면서 전단을 나눠 줬는데 나하사도 전단을 하나 받았다.

"여기 개구리는 되게 귀엽네."

초롱초롱한 눈망울의 청개구리를 보면서 무심코 말하자 구르가 개굴! 소리를 지르더니 얼굴로 내려왔다.

"흥, 어떤 개구린지 좀 보자 개굴."

"……"

나하사는 얼굴에 붙은 커다란 개구리를 손으로 잡아 대롱대롱 들었다. 여기서는 구르도 모습을 보여도 될 것 같았다.

"비리비리해 가지고 이딴 게 뭐가 귀엽나 개굴. 한입 거리도 안 되게 생겼다 개굴."

구르는 전단의 개구리를 보고 퉤, 침을 뱉었다. 뻬딱한 태도가 왜 이리 귀여운지 모르겠다. 나하사는 웃으며 구르를 품에 안았다.

"앗, 그런데 말도 해도 되나 개굴?"

이미 하고 있으면서…….

"너무 크게는 하지 마."

나하사는 가장 깊고 어두운 곳으로 가라는 팜의 말을 떠올리고, 우선은 이 항구를 벗어나기 위해 빠르게 걸었다. 잘생긴 소년이 머리 위에 개구리를 올리고 지나가자 사람들이 오오, 꽤 괜찮은 연기자에 고퀄리티의 두꺼비군! 하며 감탄했다.

"왜 아직도 내가 없는 건가?"

"왜 저도 없는 겁니까?"

진과 네라가 불만인 듯 말했다. 다행인 줄은 모르고서.

"날개 협곡에서 마주쳤던 거 말을 안 했나 봐."

날개 협곡의 일을 생각하면 아주 께름칙했다. 적발의 무속검사가 무슨 생각을 하고 있는지 모르겠다. 어쨌든 수배지에 진과 네라의 얼굴이 없으니 이쪽은 편할 뿐이다.

"이대로 있을 순 없습니다. 진 님, 우리도 우리의 존재를 알려야 합니다."

"음."

"당장 그따위 두건 벗어 던지시고 진 님의 위용을 만천하에 떨쳐 마족의 외모가 얼마나……!"

"야! 미쳤어!?"

나하사가 네라의 입을 틀어막았다. 더불어 진짜 두건의 매듭을 풀려 하는 진의 손 위로 구르가 튀어 올랐다.

"넌 그냥 영원히 돌아오지 말지 그랬냐!"

"나하 좀 그만 신경 쓰게 해라 개굴!"

나하사와 구르가 동시에 버럭 소리를 질렀다. 나하사는 편들어주는 구르가 고마워서 개구리를 껴안으려다가 그대로 멈췄다.

"이야, 대단한데? 저 녀석 살아 있는 개구리야."

"게다가 복화술까지 하나 봐."

웅성거리던 주변 사람 중 한 명이 나하사에게 외쳤다.

"거긴 무슨 극단이에요? 구경 갈게요!"

"……."

나하사가 더욱 빠른 걸음으로 인파를 빠져나갔다. 어디로 가는지도 모르고서 그냥 저 시선에서 벗어나기 위해.

뒤도 안 돌아보고 경보하던 나하사가 마침내 헉헉거리며 멈춰섰다.

"체력이 이것밖에 안 됩니까?"

숨차서 허리를 굽힌 나하사 뒤에서 네라가 놀려댔다. 나하사는 욱신거리는 관자놀이를 꾹꾹 눌렀다. 가뜩이나 뱃멀미 때문에 머리 아파 죽겠는데.

"나하야, 어서 방 잡아라 개굴. 좀 쉬어야겠다 개굴."

"우선 팜이 말한 곳 좀 찾은 다음."

아무래도 마족들의 본거지이니 찾기 어려울 것이다. 나하사는 일을 미루는 스타일이 아니었다. 특히 마왕의 부활에 관련된 일이라면.

"팜?"

네라의 한쪽 눈썹이 비스듬히 올라갔다.

"진 님이 마음에 들어 하셨던 그 냄새 나는 암탉 말입니까?"

"진이 마음에 들어 했었어? 그러면 너도 팜 따라가지 그랬냐."

나하사가 진을 보며 말했다. 진은 아니꼽게 팔짱을 꼈다.

"먼저 내게 건 마법부터 해제해라."

"……."

나하사는 조용히 입을 다물었다. 아직은 그 마법을 해제할 마음이 없었다.

"그 닭이 말한 곳이 어딥니까? 설마 친가(親家)? 벌써 그 암탉의 친가까지 방문하게 된 겁니까?"

이 와중에 네라는 점점 앞서 나갔다.

"친가라고 할 수도 있나. 아무튼……."

나하사는 이칼리노의 신관인 네라에게 마족의 본거지에 간다고 말하기가 약간 껄끄러웠다.

"할렘을 찾아야 할 텐데."

할렘은 어디에나 있다. 분명 이 화려한 섬에도 있을 것이다. 나하사는 주위를 둘러보았다. 앞뒤 안 보고 경보했더니 여기가 어딘지 모르겠다. 사람들 많고 건물도 많고, 저 멀리 광장도 보이고. 아주 번화가란 것밖에 모르겠다. 우선 섬 지도를 좀 사야겠다.

"어서 오세요!"

잡화점에 들어가 친절한 점원의 안내를 받으며 꽤 두꺼운 지도를 샀다.

"이것도 함께 가져가세요. 이번 주의 공연 안내 순서예요."

점원은 잔뜩 쌓여 있는 무료 배포지도 한 장씩 나하사와 네라와 진에게 건넸다. 나하사는 잡화점을 나오며 배포지를 보았다. 한 장이었는데 앞뒤로 이번 주에 있을 아이돌 음유시인의 공연이나 유랑 극단의 무대, 불꽃놀이 시작 시각 등등이 나와 있었다. 나하사는 쓰게 웃었다.

"인간들이란."

진이 차갑게 말했다. 아무래도 진도 같은 생각을 하는 듯했다. 봉인이 그렇게 깨지고 있는데, 참 평화롭기도 하다는 생각.

한 번 쓱 보고 배포지를 버리려는데, 나하사의 눈에 띄는 문구가 있었다.

"시크릿 보이 3시 30분…… 시크릿 보이?"

소년은 구르가 서큐버스의 손톱으로 크게 다쳤을 때, 힐본세와이힐에서 만난 아이돌 음유시인을 떠올렸다. 분명 검은 옷을 입고 검은 복면을 한 또래의 소년이었다. 해제범에 대해 다른 보통 사람들과는 다른 의견을 가지고 있어서 놀랐던 기억이 있다.

나하사가 가만히 있자 구르가 얼른 물었다.

"왜 그러나 개굴? 보고 싶나 개굴?"

"아니, 보고 싶다기보다는……."

"세시 반이면 지금 하고 있을 것 아닌가 개굴. 보러 가자 개굴!"

구르가 폴짝폴짝 뛰었다.

"그래 뭐……."

나하사는 마지못한 듯 구르를 안고 시크릿 보이의 무대 쪽으로 발걸음을 돌렸다. 사실 나하사는 이렇게 재촉해 주는 구르가 고마웠다. 한 번 만난 적 있는 또래 소년이니 무대가 보고 싶긴

했지만, 구르가 재촉하지 않았다면 바로 마족 은거지나 찾으러
갔을 것이다.

지금 세시 사십분. 예상대로 무대에서는 시크릿 보이의 공연
이 한창이었다. 나하사는 환호하는 객석 맨 뒤에 서서 무대를
구경했다. 시크릿 보이는 전에 잠깐 마주쳤을 때와 달라진 게
없었다. 두 눈과 콧등만 살짝 보이고, 다른 곳은 모두 검은 천으
로 칭칭 가렸다.
　노래 중간에는 양손에 검을 들고 검무를 추었다. 나하사는 딱
히 검술에도 춤에도 조예가 없고 볼 줄도 모르는 순 마법사지
만, 소년이 보기에도 저 시크릿 보이의 검무는 환상적일 정도로
멋있었다.
　"촉이 옵니다."
　"뭐?"
　"잘생겼을 것 같은 촉이 옵니다."
　네라가 희번덕 눈을 빛냈다.
　"가까이서 보고 싶습니다."
　나하사가 피식 웃었다.
　"가서 보고 와."
　"무대가 끝난 후 소개해 주십쇼."
　"내가 무슨 수로 소개해?"
　"아는 사람 아닙니까?"

"아니야, 그런 거."

나하사가 고개를 설레설레 저었다. 시크릿 보이는 날 기억도 못 할걸. 그리고 보니 용사단이었던 하늘색 머리 불량아도 있었다. 이름이 뭐였더라…… 황궁마법사 안 노르의 이름밖에는 기억이 나지 않았다.

"그럼 왜 자꾸 이쪽을 봅니까?"

"어?"

나하사가 깜짝 놀라 무대를 보았다.

검무를 추고 있는 시크릿 보이…… 양손에 든 은색 검을 위로 던지고는 공중제비를 세 바퀴 돈 후, 멋있게 착 잡아낸다.

"대단하다 개굴. 마법 쓰는 거 아닌가 개굴?"

"저 정도쯤이야 나도 할 수 있다."

구르의 감탄에 진이 비웃으며 말했다. 나하사는 네라의 말을 들은 후라 그런지, 시크릿 보이가 검을 잡아챈 후 이쪽을 본 것만 같아 둘의 말이 들리지 않았다.

시크릿 보이가 검을 발판 삼아 공중으로 높게 날아오르더니 삼 회전 후 착지했다. 순간 나하사는 눈이 마주친 것 같았다.

"지금도! 보십쇼. 분명 이쪽을 봤습니다."

"그러게……."

"당신과 아는 사이가 아니라면 분명 날 본 거겠군요. 무대가 끝나길 기다려야겠습니다. 저 아이는 나한테 반한 게 틀림없습니다."

차라리 네라의 말이 맞았으면 좋겠다.

나하사는 시크릿 보이의 공연이 아직 끝나지 않았으나 가차 없이 뒤를 돌았다. 괜히 찝찝하게 더 있을 필요가 없었다.

"벌써 갑니까? 더 봅시다!"

"넌 더 봐."

네라는 아쉬워하면서도 따라 나왔다. 나하사가 공연장을 나오는 와중에도 시크릿 보이의 공연을 보러 온 사람들이 속속 몰려들고 있었다. 인기가 아주 많은 듯했다.

"좀 더 구경하지 그랬나 개굴."

구르도 아쉬워했다. 그러나 그건 정말 자기가 아쉬워서가 아니라 나하사의 아쉬움을 읽고 하는 말이었다. 나하사는 지금 자신이 왜 이리 아쉬운 느낌이 드는지 스스로도 알 수 없어서 대답하지 않았다.

몰려드는 사람들과는 역방향으로 걸었다.

"저기요! 극단 단원님!"

웬 꼬맹이 목소리가 들려왔다. 나하사는 그냥 걷기만 했다.

"저기요! 고퀄리티 개구리 마법사 로브!"

나하사는 물론 걷기만 했다.

그러자 꼬맹이가 크게 소리쳤다.

"나하사!"

"헉?!"

"개굴!?"

나하사와 구르가 동시에 놀라서 번쩍 뒤를 돌아보았다. 갈색 머리의 열 살 남짓한 꼬마아이가 숨을 몰아쉬며 헐레벌떡 뛰어오고 있었다.

"너 뭐야? 이름 어떻게 알았어?"

"아뇨, 저기 헥… 그게 누가…… 헉."

나하사는 아이가 숨 고르기를 조금 기다려 주었다.

"누가 내 이름을 알려 줬다고?"

"네, 이거 전해 주라면서요."

나하사는 아이가 건네는 종이를 받아 들었다. 펼쳐 보지는 않고 아이에게 물었다.

"누가? 어디 있어?"

"저쪽에요."

아이가 인파 속을 손가락으로 가리켰다. 나하사는 미간에 주름을 만들며 그곳을 보았다. 바쁘게 움직이는 사람들 속에 갈색머리 사내가 이쪽을 보고 서 있었다. 오색 천으로 옷을 감싼 크루모만의 전통 복장의 사내.

"저 사람은……!"

나하사가 눈을 크게 떴다. 저 콧수염은!

……누구지?

어디서 본 것 같기는 한데 누군지는 기억이 나지 않아서 머뭇거리는 사이, 콧수염은 인파 속으로 사라져 버렸다.

"저기요, 전 전해 줬어요. 갈게요!"

꼬마아이가 손을 살랑살랑 흔들고 사라졌다.

나하사는 종이를 펼치며 고개를 갸웃했다.

"구르, 방금 저 사람 기억나?"

"본 적 있는 콧수염이긴 하다 개굴."

"네라, 넌 알겠어?"

"저는 잘생긴 사람이 아니면 기억하지 않습니다."

나하사는 아무도 모르나, 하고 한숨을 쉬며 종이를 마저 펼쳤다. 그러자 옆에서 아주 기분 나쁜 듯한 저음이 들렸다.

"왜 내겐 안 물어보지?"

"어차피 모르잖아."

나하사의 단정에 진은 역시 인간들이란, 하며 차갑게 비웃었다.

"그자는 드워프 마을로 가기 전에 보았던 토마스라는 인간이다."

"아!"

맞아. 분명 그런 이름이었던 것 같다!

나하사가 아주 의외라는 눈으로 진을 보았다. 진은 조금 의기양양해져서 턱을 올렸다. 콧대가 조금 높아진 것도 같다.

"그 아저씨가 나한테 왜 쪽지를 주지?"

"결투장이다 개굴."

"몇 시에 어디서 만나자는 말 안 쓰여 있습니까?"

구르와 네라가 본인보다 더 열띤 호기심으로 얼른 펴 보라며 재촉했다. 나하사는 종이를 펼쳤다. 하얀 종이에는 시간도 장소도, 심지어 어느 문자도 쓰여 있지 않았다.

다만 초록 나뭇잎을 부리에 물고 하늘을 나는 푸른 깃털의 새 한 마리가 그려져 있을 뿐이었다.

하오아이의 중심부를 조금 벗어나면 마차 전용 도로가 있다. 마치 날개 협곡의 드워프 마을을 생각나게 하는 깔끔한 도로로, 관광객들은 더욱 편리하고 안전하게 하오아이의 전 지역을 마차에 탄 채 구경할 수 있다.

나하사도 마차를 불렀다.

"극단 분들이십니까? 어디로 가시겠습니까?"

"외곽 지역으로 가 주세요."

"어디 구경할 건데?"

두건 쓴 키 큰 남자를 보면서 물었는데 마법사 로브의 소년이 답하자, 마부 아저씨는 바로 말을 낮추었다.

"뭐 보러 갈 거니? 바로 데려다 줄게."

나하사에게는 아주 쓸데없는 친절함이었다. 마족의 은거지에 좀 데려다 줄래요? 할 수도 없고.

"그냥 외곽으로 가 주세요."

"자세히 말해 주면 좋을 텐데."

마부 아저씨가 마부석에 올라탔다. 네라가 냉큼 먼저 마차 안에 들어가더니 손수건을 의자 위에 깔았다.

"진 님, 앉으십시오."

"……."

진은 당연한 듯 깔고 뭉갠다. 더없이 자연스러운 광경이라 이젠 뭐 이상하단 생각도 안 든다.

마차가 출발했다. 생각보다 흔들거림은 없었다. 그러나 드워프의 도시에서 탔던 전력을 이용한 마차만큼 매끄럽지는 않았다.

마차가 이동하는 동안 나하사는 과연 팜이 보여 준 그 부끄러운 율동과 오글거리는 구호를 정말 외쳐야 하는 건가 심각하게 고민했다.

"구르야, 너는 봉인되기 전에 다른 마족들하고 같이 안 살았어?"

나하사는 구르는 팜처럼 본거지 같은 게 없었나 해서 문득 생각이 나 물은 거였는데, 구르는 그 질문에 좋아하며 날뛰었다.

"나하가 드디어 내게 궁금한 게 생긴 건가 개굴!"

드디어 이 무심한 인간의 아이가 자기에게 관심을 두기 시작했다며 좋아하는 개구리를 보니 나하사는 새삼 내가 그렇게 차가웠나 하고 반성했다.

"우린 마족 중에서도 동족 의식이 강한 마물이라 우리끼리만 살았다 개굴."

"안 만나러 가도 돼? 만나고 싶지 않아?"

구르는 나하사의 무릎 위로 엉금엉금 기어왔다.

"왕으로서 그들을 볼 면목이 없다 개굴."

"……."

나하사가 새삼 구르를 보았다. 왕……. 개굴족의 왕이라고 소리치는 걸 늘상 듣고 있긴 한데 이번만큼은 진짜 왕답게 느껴졌다.

"마왕님이 부활하면 어차피 자연히 보게 될 것이다 개굴."

"응……."

개구리를 쓰다듬으며 나직이 답했다.

한편, 반대쪽에서는 네라와 진이 동문서답을 하고 있었다.

"진 님, 하오아이는 신혼 여행지로도 인기가 많다고 합니다."

"신혼 여행지라면 마계의 불구덩이가 최고였지."

"알겠습니다! 저, 네라 G! 진 님을 위해서 그깟 불구덩이쯤 못 뛰어들겠습니까?"

"가시숲도 괜찮았고. 나무집에 앉아 인간의 내장과 혈관이 가시로 짓이겨지는 걸 본 기억이 나는군."

진은 정말 즐거운 회상을 하는 듯 미소 지었다.

"배에서 내장을 끄집어내 눈앞에 보여 주자 그 인간이 짓던 표정이 참으로 재미있었어. 내 자식들이 무척 좋아했지."

이쯤 되니 네라도 받아줄 수가 없는지 조용히 외면했다.

나하사와 구르도 각기 다른 방향을 보았다. 저 마족이 괜히 어색해지게 만들고 있어!

"내 자식들이 보고 싶군. 어서 마왕이 부활해야 한다."

그 말에 나하사는 약간 놀랐다. 부성애란 게 있었나?

"저기요, 외곽 다 와 갑니다. 어디로 갈까요?"

마침 타이밍 좋게 마부가 말을 걸었다. 진은 냉큼 등받이의 마부와 소통할 수 있는 창을 열었다.

"가장 깊고 어두운 곳으로 간다."

"……"

나하사가 한심하다는 눈빛으로 수많은 자식을 둔 아버지 진을 보았다. 마부는 대답이 없더니 곧 마차를 멈추었다. 그러더니 진지하게 말한다.

"정말입니까?"

"그래."

"정말 가장 깊고 어두운 곳으로 가시는 겁니까?"

"그렇다."

마부의 심상치 않은 물음에 나하사가 입을 열었다.

"저기 그냥……."

막 바다에다가 던져 놓는 건 아니겠지 싶어서 그냥 외곽 지역의 사람 없는 곳 아무 데나 내려 달라고 하기 위해 입을 열 때였다.

"알겠습니다. 손님들의 건투를 빕니다!"

마부는 결연한 목소리로 말하고는 다시 말을 채찍질했다.

웬 건투? 나하사는 의아했지만 그냥 넘겼다. 뱃멀미가 아직 가시지 않은 데다가 마차가 흔들거려 소년은 눈을 감았다.

"좀 주무십시오. 깨우겠습니다."

"그래, 좀 자라 개굴."

네라와 구르가 연달아 종용했다. 나하사는 꼭 깨워야 해, 하고
서는 잠깐 눈을 붙였다.

그리고 도착했다는 마부의 외침에 눈을 뜨고 일어나 마차 문
을 열어 보니, 아주 커다랗고 짙은 색 건물이 하나 있었다. 주점
으로 보였다.

"……"

"……"

나하사와 구르는 눈을 깜박이며 대륙공용어가 적힌 커다란 간
판을 보았다.

가장 깊고 어두운 곳
하오아이 섬 마족의 본거지에 어서 오세요♡

마족 혹은 흑마법사만 입장 가능이라고 크고 붉은 글씨로 주
의사항이 적혀 있었다. 나하사는 흑마법사라 문제가 없었다.

"진 님, 저를 안아 주십시오."

네라가 수줍게 볼을 붉히며 말했다.

"진 님의 체취를 묻히면 저들을 속일 수 있을 겁니다. 어서 그
너른 품에 저를 꼬옥 껴안아 주십시오."

진은 자기보다 한참은 어린 소녀를 차갑게 보았다.

"그 정도는 스스로 해라."

그리곤 성큼성큼 마족의 본거지로 발걸음을 옮겼다. 나하사는 네라에게 위로하듯 말을 건넸다.

"그냥 넌 밖에 있어. 우리만 들어갔다 올게."

물론 속으로는 앗싸, 다행이다를 외치고 있었다.

"아닙니다. 제가 수습하겠습니다."

"어?"

네라가 너무 아무렇지 않게 수습하겠다고 말해서 나하사는 깜짝 놀랐다. 일반 신도들 말고 정말 신을 모시는 신관이나 사제 중에서는 신성력이 일정 이상 되면 그 신성력을 숨길 수 있다고 들은 적이 있다. 마족이 마족의 기운을 숨기듯이. 네라가 치유 마법을 하는 것은 알고 있었으나 설마 감출 수 있을 정도의 급인 줄은 몰랐다.

"여기서도 마기가 느껴진다 개굴."

구르가 나하사의 품 안에서 발을 동동거렸다. 나하사는 네라의 일은 늘 그랬듯 외면하기로 하고, 우선 눈앞에 닥친 일을 해결하기로 했다. 주점 입구는 꽉 닫혀 있었는데 나하사가 다가가자 갑자기 문이 열렸다.

"으악!"

"아, 좀!"

그 문 안에서 마법사 로브를 입은 두 명의 인간이 뛰쳐나왔다. 아니, 뛰쳐나왔다기보다는 쫓겨난 듯이 보였다.

"에이, 들어가기 존나 어렵네!"

그중 카메라를 든 사내가 바닥에 침을 퉤 뱉었다.

"시험이 저렇게 어려워서야…… 젠장! 오늘도 실패군."

사내들은 욕설을 내뱉으며 로브를 벗어던졌다. 아무래도 흑마법사인 척하고 마족들의 본거지에 잠입하려 했던 모양이다. 카메라를 든 것으로 보아 기자라는 직종의 사람들인 듯했다.

나하사는 사내들이 들어가기가 어렵다고 욕하며 떠나는 모습을 보았다. 하긴 어려울 것이다. 누가 마족의 은거지 암호가 '우유 빛깔 마왕님'일 거라 생각이나 하겠는가.

나하사는 크흠, 목을 가다듬고 문을 두드렸다.

"누구요."

문이 열리면서 마족이 나왔다. 인간과 같은 형체였다. 원래 눈이 있어야 할 곳에는 하나밖에 없고 양 볼에 두 눈이 달린 것만 빼면.

"오, 우리 동족이 아닌가!"

진과 구르를 보자마자 귀찮다는 표정이었던 마족의 얼굴이 순식간에 반가움으로 바뀌었다.

"오옷, 동족이다 개굴! 삼안족 아닌가 개굴?"

"개굴? 개굴족인가. 어서 들어와라, 개굴족이 좋아하는 우유도 잔뜩 있으니!"

삼안 마족 마족과 구르가 반가워하며 아는 척했다. 진은 이미 쓰윽 마족을 지나쳤다. 봉인된 기간은 구르보다 훨씬 길면서도 기억이 없어서 그런가, 진은 딱히 자신의 동족을 만나도 반가이 여기는 기색은 보이지 않았다.

"잠깐, 그런데…… 그대들은 마족이 아니군?"

"아, 내 친구들이다 개굴. 나하는 흑마법사다 개굴."

구르가 안심하라며 나하사를 소개했다. 나하사도 얼른 인사했다.

"전 흑마법사입니다. 당장 마법을 보여 줄 수 있습니다."

"음, 저 분홍머리도?"

"네라는……."

나하사는 제발 이 삼안 마족이 네라가 이칼리노 신관인 걸 알아채길 바라며 입을 다물었다.

"뭐, 다 확인할 방법이 있지. 시험을 보겠다."

삼안 마족이 말했다.

"가끔 호기심 많은 인간이 들어오려 할 때가 있어서 그런 거니까 기분 나빠하진 마."

"네, 그럼요. 하하하."

"자, 그럼 시험을 보겠다."

나하사는 이제 드디어 그 떠올리기도 싫은 안무를 해야 하는 건가 싶어서 긴장했다.

삼안 마족은 팔짱을 끼고서는 위풍당당하게 소리쳤다.

"니스너 실 누소즈 개새끼!라고 해 봐!"

"……."

"아니면 이칼리노 개새끼!도 된다."

"……."

마족이란 뭘까? 뭔가의 번데기가 아닐까?

"니스너 실 누소즈는 개새끼입니다."

나하사가 간단히 말했다. 삼안 마족은 동지여, 어서 오게! 하면서 나하사를 들여보냈다. 네라는 심각하게 고민하고 있었다.

"그 미남에게 상스러운 말을 할 수는 없군요. 혹시 크림 개새끼는 안 됩니까?"

"안 된다!"

크림은 비록 신이지만, 그래도 마족을 포용해 주는 신이다. 삼안 마족이 눈을 날카롭게 떴다. 저 매의 눈으로 네라가 마족을 싫어하는 이칼리노의 신관인 걸 알게 되면 좋겠다고 나하사는 속으로 생각했다.

"음…… 어쩔 수 없군요. 아무리 그래도 저의 신념까지 버릴 수는 없습니다."

그리고 네라는 단호하게 외쳤다.

"이칼리노 개새끼!"

우와…… 쩐다……. 잘생겨서 욕할 수 없다고 모시는 신에게 욕을 내뱉었어…….

우유 빛깔 마왕님을 외치지 않아서 정말 다행이라 생각하며 주점 안으로 들어갔다. 진득한 마기에 나하사는 잠깐 정신을 못

차렸다.

"나하야, 괜찮나 개굴?"

그러나 구르의 목소리를 듣자 조금 편해졌다.

"응, 괜찮아."

아마도 드래곤 산맥에서처럼 구르가 자신의 힘으로 마기를 조금 가려 준 듯싶었다.

주점은 여타 인간들의 주점과 다를 바 없이 소란스러웠다. 그러나 인간들의 주점처럼 생기 있지는 않았다. 마족들은 모두가 어딘가 다치거나 신체 일부분이 잘려 있었고, 굉장히 지쳐 보였다.

"처음 보는 마족들이군."

"인간들은 흑마법사인가?"

처음 보는 사람들에게 호기심을 보이며 마족 몇 명이 다가왔다.

"아주 어린 흑마법사로군……."

더 어려 보이고 거기다가 여자아이인 네라보다 나하사에게 더욱 시선이 몰렸다.

"우리의 냄새가 아주 짙은걸."

작대기처럼 얇은 마족이 흐느적거리며 다가왔다. 입술도 코도 눈도 갸름하고 가냘팠다.

나하사는 알 수 있었다. 이 마족들은 지금 나하사를 위협하고 있었다. 아무리 인간들 수십이 둘러싸도 눈 하나 깜빡하지 않는 나하사라지만, 주점 안에 가득한 마족들을 보고서는 도저히 아무렇지 않을 수가 없었다.

"흑마법사의 실력이 보고 싶은데……."

작대기 마족이 마기를 내뿜어서 나하사가 살짝 뒤로 물러섰다.

솔직히 소년은 살짝 쫄았다.

"이 인간의 아이는 내 친구다 개굴."

나하사 품 안의 구르가 힘을 실어 말했다.

커다란 개구리를 보고서 작대기 마족이 작은 눈을 깜빡였다. 여기저기서 작게 웅성거림이 일었다.

"개구리?"

"설마 해제범의……?"

개구리가 해제범의 상징으로 통하는 건 마족들의 세계에서도 마찬가지였다.

"개굴족인가!"

하고 외치며 테이블에 앉아 있던 뼈가 몸 밖으로 튀어나온 마족이 벌떡 일어섰다.

"나는 저자를 안다. 개굴족의 왕이 아닌가!"

그 마족의 말을 시작으로 웅성거림이 더욱 커졌다.

구르를 아는 마족이 있다니. 조금 놀랐다. 심지어는 구르르무라고 개굴족의 왕의 이름을 정확하게 아는 마족도 있었다.

"이 인간의 아이를 건드리면 개굴족을 적으로 돌리게 될 것이다 개굴."

구르가 되게 허세 부리며 말했다. 그리고는 나 이런 마족이야, 하는 눈빛으로 나하사를 보았다. 나하사는 이 개구리가 마냥 귀여워 웃었다.

"구르르무의 친우에게 무례한 행동을 할 수는 없지."

작대기 마족이 물러났다. 나하사가 보기에는 이런 커다란 개구리보다 저 가냘픈 작대기가 훨씬 강할 것 같은데 의외였다.

"옆 분은 누구신가?"

마족들이 호기심을 보였다. 두건 쓴 마족에게선 상당히 심상찮은 위압감이 흘러나왔다. 네라가 대신 답했다.

"이분은 진 님이십니다."

"진?"

그런 이름은 들어 본 적이 없다며 마족들이 갸웃했다.

"마물족은 아닌 것 같은데."

"남겨진 마족이긴 한가?"

마족들은 진에게 물었다.

"그대는 누구요?"

진은 낮은 목소리로 답했다.

"나도 날 모르겠다."

"……"

"나는 누구지?"

진은 자기의 정체성을 처음 보는 마족한테 물어보는 만행을 저질렀다. 썰렁해진 분위기 수습을 위해 나하사가 하하, 웃었다.

"진은 드래곤 산맥의 절대보호봉인소에 풀려난 마족이라 기억이 없어요."

이 한마디의 여파는 컸다.

"드래곤 산맥!?"

"어쩐지 심상치 않더라니 드래곤 산맥의 마족이었던 건가, 저 개굴족도 그렇고 설마……!"

"맞다 개굴. 우리가 바로 그 해제범이다 개굴."

구르가 의기양양하게 말해서 일대에 소란이 일었다.

나하사는 분위기가 조금 가라앉기를 기다렸는데 마족들의 흥분은 좀처럼 가라앉지 않았다.

마족들은 인간들처럼 해제범을 학살자로 몰아가지는 않았으나, 그렇다고 해제범을 편들지도 않았다. 계족 팜처럼, 그들에게 있어 해제범은 그저 인간들의 골칫덩이로서 마족들의 회한을 조금이나마 풀어 주는 존재에 불과했다.

그런데 그 해제범이 마족들의 본거지에 찾아왔다는 건, 마족들로 하여금 여러 가지 추측을 하게 했다.

"마기가 너무 강합니다."

네라가 조그맣게 말했다. 아무래도 신을 모시는 네라에게는 이곳이 힘들 것이다.

"저기요, 제가 좀 할 말이 있는데……."

나하사는 네라에게 그럼 나가라고 말하는 대신 마족들에게 바로 본론을 꺼냈다. 나하사도 마기를 견딜 수 없었다. 특히 해제범인 걸 알고 난 후 퍼져 나오는 더욱 진한 마기는.

"잠깐만, 그대들이 정말 해제범이라면."

"맞다니까 개굴."

"우리의 상대가 아닌 것 같군."

문을 열어 주었던 삼안 마족이 말했다. 심각한 얼굴을 하고 있었다.

"안으로 들어가지."

그는 드래곤 산맥의 절대보호봉인소에서 풀려난 두건 쓴 마족을 보고 있었다. 정작 진은 '내가 누구지?' 같은 한심한 말이나 했는데도, 드래곤 산맥에 봉인되어 있었다는 것은 인간에게나 마족에게나 큰 영향을 주었다.

삼안 마족은 주점 안쪽의 조그만 문을 가리켰다.

"그분을 만나라. ……옛날 마계 공작이셨던 분. 이블레아 카틀로프 님을."

이블레아 카틀로프를 만나러 가는 동안 구르가 약간의 설명을 해 주었다. 마왕이 있었을 때 마계는 철저한 서열제였다고 한다. 마왕 아래에 '사천왕(四川王)'이 있었고 그 아래에 '오대마족(五大魔族)'이 있었는데, 이들이 마계의 지배층이었다. 마왕이 봉인된 지금에 와서 모든 고위마족의 계급이 같아지고 마물족이나 하위마족끼리의 계급 싸움만 치열하다고 한다.

"이블레아 카틀로프 님은 대마족 중 한 분이시다 개굴."

구르는 조금 씁쓸한 목소리로 말했다.

"대마족 다섯 분 중 살아 있는 유일한 분이신 걸로 기억한다 개굴. 제1차 마인전쟁 때 대마족 한 분이 소멸했고 제2차 마인전쟁 때 한 분이 소멸, 한 분은 봉인당하셨고 다른 한 분은 마계에 계신다 개굴. 지금으로선 이블레아 카틀로프 님만이 유일하게 살아 있는 대마족이시다 개굴."

나하사는 그렇구나, 하고 끄덕였다. 이럴 때는 어떻게 반응해야 하지. 본래라면 이블레아 카틀로프가 어떤 성향의 마족이냐고 바로 물어봐야 할 것을, 나하사는 구르의 씁쓸한 목소리에 가슴이 아려 왔다. 이럴 때는 어떡해야 하지? 위로를 해야 하는 걸까? 어쩐지 생소한 기분이었다.

"구르야."

"오오."

나하사와 동시에 네라가 입을 열었다.

"촉이 오는군요. 대단한 미모일 듯한 촉이 옵니다."

네라의 난데없는 미모 발언에 씁쓸한 분위기가 붕 떠버렸다.

"확실히 대단한 미모셨지."

삼안 마족이 말했다. 그는 걸음을 멈추었다. 앞에는 덩굴 장식의 나무문이 있었다.

"지금은 많이 변하셨지만 말이야."

끼익, 문이 열렸다.

타다닥 타오르는 벽난로. 어두운 갈색의 벽지. 조악한 나무 탁자 위로 촛불이 희미하게 떨리고 있다.

벽난로 앞의 흔들의자가 천천히 끼익 소리를 내며 흔들렸다.

"이블레아 님."

삼안 마족이 부복했다. 나하사는 마족이 같은 동족에게 이렇게 고개를 숙이는 건 처음 보았다.

"무슨… 일이냐……."

아주 듣기 싫은 쇳소리였다. 발음도 뭉개져 제대로 알아들을 수 없었다. 나하사는 미간을 찌푸렸다가 얼른 다시 폈다.

"손님이 왔습니다. 한 번 보시죠."

삼안 마족이 일어났다. 흔들의자로 향한 그는 직접 흔들의자를 나하사 쪽으로 돌렸다.

"……!"

아주 아름다운 외모의 마족이었다.

회색 피부는 마치 강물이 잘 닦아 놓은 매끄러운 조약돌처럼 빛이 난다. 살아 있는 것 같은 풍성한 백금발이 의자 위까지 구불구불 물결치며 내려와 있고, 무엇도 담겨 있지 않은 푸른 눈과 조그만 코, 분홍빛의 입술은 굉장한 미모의 여성체임을 알게 해 주었다. 표정이 없는 얼굴은 마치 장인이 평생을 걸쳐 빚어 낸 밀랍인형 같았다.

그러나……. 나하사는 고개를 돌렸다.

앙상한 신체. 아니, 몸뚱이. 몸을 덮고 있는 갈색 천은 옷이 아니라 인형을 감싼 헝겊으로밖에 보이지 않았다. 누추한 헝겊이 팔락거리며 움직일 때마다 비어 있는 팔뚝 아래와 허벅지 아래가 고스란히 드러났다. 양팔과 양다리가 없는 앙상한 몸뚱이는 흔들의자에 기대어 앉아 있다기보다는 놓여 있는 것처럼 보였다.

"드래곤 산맥의 마족이 왔습니다. 저 두건을 쓴 자입니다."

삼안 마족은 흔들의자를 움직여 앞으로 끌고 왔다.

"드래곤 산맥의…… 마족……."

밀랍인형 같은 마족의 입에서는 소름 끼치는 쇳소리가 났다. 나하사와 네라는 어깨를 움츠렸는데, 구르와 진은 아무렇지도 않은 듯했다.

"나다."

진이 앞으로 나서며 두건을 벗었다. 결 좋은 흑발이 파도치며 허리께까지 내려왔다.

"그곳도…… 아니었군……."

차가운 얼굴에 처음으로 다른 표정이 생겨났다. 이블레아 카틀로프는 괴롭게 탄식했다.

무엇이 아니었다는 건지는, 주어가 없어도 알 수 있을 것 같았다.

"오랜 시간…… 갇혀 있느라……."

팔다리가 없는 마족이 크읍, 하고 입을 다물었다. 입가로 가늘게 검은 피가 새어 나왔다. 삼안 마족이 목제 탁자 위에 놓여 있던 휴지로 이블레아 카틀로프의 입가를 닦아 주었다. 익숙해 보였다.

"고생…했겠군……. 푹 쉬시오……."

"어떻게 된 거지?"

진은 대답 대신 무심하게 물었다.

"그 추악한 모습은. 인간들의 짓인가?"

"진!"

나하사가 당황하여 진의 이름을 불렀다.

"긍지 있는 대마족 중의 하나가 저런 비참한 꼴이라니. 지금의 마족들에게 무척 실망이군."

아름다운 미남자의 입에서 가시 박힌 말이 흘러나왔다.

"그만해라!"

삼안 마족이 소리쳤다.

"봉인에 갇혀 있었던 그대가 뭘 안다고…… 우리가 어떻게 살아왔는지 조금도 모르면서……!"

삼안 마족이 힘주어 주먹을 쥐었다. 나하사는 황급히 사과했다.

"죄송합니다. 진, 너도 빨리 사과해."

"하지 않겠다."

진은 매몰차게 말했다.

"저런 게 고위마족이라니 부끄럽군."

"너 진짜……."

"시커먼스의 말이 맞다 개굴."

그때 구르가 나직이 말했다.

"하지만 시커먼스는 그런 말을 할 자격이 없다 개굴."

"……."

"뿔이 뽑히고 팔다리가 잘려도 살아 있어야 하는 게 지금의 우리들이다 개굴. 시커먼스가 알던 아름답게 죽음을 맞는 마족은 과거의 일이다 개굴."

나하사는 구르의 말이 무척 애처로워 품 안의 개구리를 쓰다듬었다.

방 안이 숙연해졌다. 이블레아 카틀로프는 말이 없었다. 진은 수긍하지 못한 듯 아름다운 미간에 주름을 만들었다.

"시대가 어떻게 변하더라도 마족의 긍지는 지켜야 한다. 지금의 저 꼴을 봐라. 마치 넋 나간 부랑자 꼴이 아닌가!"

대마족 하나를 순식간에 넋부랑자로 만들어 버렸다. 그러고도 진은 내가 뭘 잘못했어? 란 눈빛으로 혼자 당당했다. 이블레아는 여전히 눈을 감은 채 미동도 없어서 나하사는 저 마족이 진의 말을 어느 정도 수긍하고 있다는 것을 깨달았다.

"생명은 소중한 겁니다. 지금 살아 있는 것보다 중요한 건 없습니다."

네라가 진과 대치했다.

"마족도 그것을 알아야 합니다. 함부로 죽어서는 안 된다는 것을."

"저렇게 비참하게 살 바에야 아름다운 죽음을 택하는 게 낫다."

"비참하지 않습니다……!"

네라는 제법 단호하게 소리쳤다.

"비참한 생명 같은 것은 없습니다. 모든 살아 있는 것은 위대합니다. 아무리 힘든 상황에서도 살아 있는 것이 훨씬 아름다운 것입니다."

그러나 네라의 말은 진에게는 전혀 들리지 않는 것 같았다. 아름다운 미남자는 차갑게 비웃으며 팔다리가 없는 마족을 보았다.

"스스로는 제대로 움직이지도 못하고, 인간들이 득실득실한 밖을 피해 골방에 처박혀 있는 저 꼴이 아름답다고?"

"그렇게 말하지 마십시오!"

"내 눈에는 무척 추악하게 보이는군. 저런 건 내 동족으로 취급하고 싶지 않아."

"둘 다 그만해."

결국 나하사가 둘의 대치에 끼어들었다.

"네라, 마족에게는 마족만의 문화가 있는 거야. 다른 종족의 철학을 강요하지 마."

"하지만……!"

네라는 뭐라 말하려다 입술을 깨물었다.

나하사는 이윽고 진에게도 말했다.

"너도 마찬가지야. 자기 가치에 대해 판단 내릴 수 있는 건 자기 자신뿐이야. 저 마족을 본 지 얼마 되지 않은 네가, 이천 년이란 시간 속의 서사를 모르는 네가 저 마족의 가치에 대해 논할 자격 같은 건 없어."

"……."

구르와 삼안 마족이 놀란 얼굴로 소년을 보았다. 네라도 살짝 놀란 얼굴이었다. 다만 진은 고운 눈썹을 찌푸렸다. 할 말이 있는 것처럼 입술을 달싹였으나 결국 아무 말도 하지 않았다.

"인간이 나를……."

침묵 속에서 이블레아 카틀로프가 입을 열었다. 쇳소리 그득한 소리는 이제 더 이상 괴롭게 들리지 않았다. 부드러운 눈꺼풀이 들리고 어두운 눈동자가 푸르게 빛났다.

"위로하고 있는…… 것이오?"

"아……!"

나하사가 탄식했다. 자신은 여기서 아무 말도 하지 않았어야 했다. 자신이야말로 이블레아 카틀로프에 대해 말할 자격이 없었다.

인간이니까.

이블레아 카틀로프를 저렇게 만든, 인간이니까.

"미안해요. 난 그러려던 게 아니라……."

"나하야, 사과하지 마라 개굴."

나하사가 지체 없이 고개를 숙이자 구르가 바로 말했다. 이 녀석은 또 왜 이러나 싶어서 나하사는 당황했다.

"나하는 잘못한 게 없다 개굴. 나하는 마왕님을 부활시키려고 하잖나 개굴."

구르의 말에 나하사는 더욱더 고개를 숙였다. 마왕을 부활시키려는 건 마족을 위해서가 아니다. 마족이 어떤 삶을 살고 있는지는 생각도 하지 않았다. 그냥 나 자신을 위해서일 뿐이다. 모든 짐을 내려놓고 싶은 자신만을 위해서.

"마왕님의 부활이라고?"

삼안 마족이 눈을 크게 떴다.

이블레아 카틀로프도 놀라기는 마찬가지인 것 같았다. 나하사는 이왕 이렇게 된 김에 바로 본론으로 들어가기로 했다.

"계족, 팜이 소개해 줘서 왔어요. 여기 오면 마왕의 봉인과 관련된 것을 알 수 있을 거라고."

"진심……이오……?"

이블레아는 다시 쿨럭, 기침했다. 삼안 마족이 얼른 검은 피를 닦아 주었다.

"마왕님의…… 부활…이란 게……."

"진심입니다."

나하사는 이블레아를 똑바로 바라보았다. 높은 고위마족의 경우에는 인간의 마음을 조종하거나 읽을 수 있다고 했다. 나하사는 자신이 진심임을 읽게 하려고 일부러 이블레아의 푸른 눈을 직시했다.

"……."

이블레아가 허리를 틀었다. 팔뚝 아래 비어 있는 부분의 천이 바람 덕에 팔락거렸다.

"정보가 있으면 알려 줘라 개굴. 우리를 믿어라 개굴."

구르가 말했다. 진도 거들었다.

"마왕이 부활하면 너는 바로 죽어라."

아니 저건 거드는 게 아니야. 갈수록 진의 말이 신랄해지고 있다. 나하사가 이마를 짚었다. 저런 말을 듣고 가만히 있을 리 없는 분홍괴생명체가 얼른 입을 열었다.

"마왕이 부활하면 마족들은 살기 좋은 시대가 될 텐데 왜 그런 말을 하는 겁니까. 누구도 죽어서는 안 됩니다!"

"저런 꼴을 마왕에게 보이라고? 스스로 죽을 마음이 없다면 내가 죽여 주지."

"그런 말 마십시오. 누군가의 목숨을 빼앗는 일은 신들조차도 권한이 없습니다."

"그 논리는 고상한 척하는 신의 논리에 불과하다. 마족인 내가 그 말에 따를 이유는 없군."

하면서 진이 정말 손을 허공에 들었다. 손바닥 위에 둥근 검은 마기가 떠오르는 것을 보고 나하사가 작게 말했다.

"스탑stop."

"……!"

"……!"

진과 더불어 네라도 그대로 멈췄다. 강제로.

"미안합니다. 대신 사과할게요."

진작 이럴 걸…….

"드래곤 산… 마족의…… 말이, 맞소……."

이블레아 카틀로프는 화를 내지 않았다. 그녀는 전적으로 진의 말을 수긍하는 듯했다.

"마왕님이… 부활하면…… 크윽……."

그녀는 더 이상 말하는 게 괴로운 것 같았다. 말끝을 줄였으나 알 수 있었다. 죽음을 택하리라는 것을.

구르는 진처럼 죽으라고 종용하지는 않았으나 네라처럼 말리지도 않았다.

"그건 마왕님 부활 후에 생각해라 개굴. 일단은 모아 둔 정보가 있으면 알려 줘라 개굴."

"그게 정말인가? 마왕님의…… 부활이란 게."

삼안 마족은 너무나 의외의 말을 들어 도리어 떨떠름해 보이는 얼굴이었다.

"왜 이리 못 믿나 개굴. 그게 아니면 왜 봉인을 깨고 다니겠나 개굴!"

"그런가…… 봉인을 해제하는 이유가."

삼안 마족은 도통 실감이 나지 않는 듯했다.

"이곳보다는 북국으로 가는 게 좋을 듯하군."

북국. 팜도 북국에 은거지가 있다고 말했었다. 은거지가 없더라도 언젠가는 가야 할 곳이긴 했다. 절대보호봉인소가 있으니까.

"여기에는 다른 정보는 없나 개굴?"

구르의 질문에 삼안 마족의 눈 세 개가 제각기 다른 방향을 보았다. 답하기가 싫은 듯 보였다.

"내가 있어서……."

쇠 긁는 소리와 함께 이블레아가 입을 열었다.

"인간들이……."

"아…… 네, 알았어요. 북국으로 가겠습니다."

나하사는 얼른 이블레아의 말을 가로막았다. 유일하게 살아 있는 대마족이 있는 곳이라 인간들이 정기적으로 감시하는 모양이었다. 스스로 그 말을 꺼내기가 괴로울 것이다.

하오아이까지 왔는데 마왕에 관한 정보를 얻지 못한 건 조금 속이 쓰렸다. 화산섬의 주요봉인소나 깨야겠다고 생각하며 나하사는 진과 네라에게 건 스탑stop을 풀었다.

"정말 악독하군요. 마법을 걸다니!"

"인사나 해. 나갈 거야."

"안녕히 계십시오. 희망을 잃지 말고 사십시오."

나갈 거란 나하사의 말에 네라가 바로 인사했다. 마족에게 희망이라니. 나하사는 고개를 설레설레 저었다.

"화산섬……."

이블레아가 검은 피를 다시금 토하며 말했다.

"화산섬이요?"

마침 화산섬에 갈 생각이었던 나하사가 귀를 쫑긋 세웠다.

"그를…… 만나시오……."

"그?"

화산섬은 생명이 살 수 없는 곳이다. 뜨거운 화산재로 이루어진 섬, 지진이 일상이고 불덩이가 쉬지 않고 쏟아져 내리는 곳.

"화산섬에 마족이 있어요?"

이블레아 카틀로프가 힘겹게 고개를 끄덕였다. 구불구불 물결치는 머리카락이 움직임에 따라 흔들렸다.

"이천 년 전…… 마왕님 그 직속 수하셨던…… 대공작……."

"……!"

"…의 수하셨던…… 제2공작……."

"……."

"…을 모시던 제3공작……의 바로 아래 계급이시던……."

"……."

"제4공작…… 시아타민 님……."

나하사는 뒷말을 기다렸다. 이제 정말 끝? 시아타민의 아래였던 누군가가 또 나오는 게 아니라?

"그분을…… 만나시오……."

이제 정말 끝인가 보다.

"알겠습니다. 제4공작 시아타민이란 거죠."

"마계 사천왕(四川王) 중 한 분이시다 개굴."

"헉, 진짜?"

이블레아 카틀로프가 말할 때는 뭔가 마왕 직속 수하의 수하의 수하의 수하라는 말에 별거 아닌 것처럼 보였는데 구르의 부연 설명에 깜짝 놀랐다.

사천왕 중 하나가 화산섬에 살고 있었단 말인가!

"시아타민…… 들은 기억이 있군."

봉인 전 기억이 없다던 진이 중얼거렸다. 베일에 싸인 기억 속에도 남아 있을 정도의 마족인 걸까? 사천왕이라니 대단할 것이다. 나하사는 가슴이 두근두근했다. 드래곤 산맥의 절대보호봉인을 풀 때처럼 설레었다.

"어서 가자. 안녕히 계세요!"

바로 인사하고 뒤돌아섰다.

"나는…… 잘 모르겠소……."

괴로움 가득한 이블레아 카틀로프의 말이 아니었다면 그대로 문을 열고 나갔을 것이다. 나하사는 다시 팔다리가 없는 마족을 보았다. 밀랍인형 같은 차갑고 아름다운 얼굴. 잔물결처럼 퍼져 나가는 비통.

"마왕님 부활이…… 좋은 일인지……."

"……."

"돌아간 그곳이…… 정말 우리가 기억하고 있는……."

이블레아 카틀로프는 치밀어 오르는 피를 삼켰다.

"이천 년 전의 마계일지⋯⋯."

"⋯⋯."

그녀는 더 할 말이 없다는 듯 눈을 감았다. 몹시 피로해 보였다.

나하사는 꾸벅 고개를 숙이고 방을 나왔다. 복도는 꽤나 서늘했다. 나하사는 잠시 가만히 서 있었다. 아무 생각도 하고 싶지 않았다. 마왕이 부활하면 세상이 멸망한다는 전설도, 부활한 후의 혼란스러울 세상도, 다시 문이 열린 마계에 대한 것도 아무것도 생각하고 싶지 않았다. 어차피 나하사가 선택할 수 있는 것은 하나였다. 나하사는 마왕을 부활시켜야만 했다. 은인이 남긴 마지막 말이기에. 처음으로 따뜻한 밥을 먹게 해 준 이의 유일한 소원이기에.

"많이 약해지셨어."

삼안 마족이 문을 닫고 나오며 말했다.

"친우를 모두 잃으시고 혼자 남았으니까."

"마왕의 부활을 원하지 않는 겁니까?"

나하사가 물었다. 삼안 마족은 고개를 저었다.

"그건 절대 아니야. 누구보다 고향을 밟고 싶은 마음이 크실 테니까."

삼안 마족은 닫힌 문을 보며 말했다.

"다만 혼란스러우신 거야. 그렇잖아, 사실. 마왕님도 안 계시고 사천왕 두 분과 대마족 한 분만이 계신 마계가 어떤 꼴일지는…… 뻔하잖아."

삼안 마족이 복도를 걸었다. 나하사도 따라 걸으며 이 주점에 들어왔을 때 보았던 풍경을 떠올렸다. 동족들만 모여 있는데도 음침하고 어두운 공기, 회의적이던 마족의 얼굴…… 지쳐 보였던 그들.

"아직 의견 통일이 되지 않았나 개굴?"

"그래."

삼안 마족이 어깨를 으쓱했다.

"태어난 마족들은 인간과의 조화 따위나 추구하고 있으니까 말 다했지 뭐."

우리대륙의 마족에는 두 부류가 있었다.

남겨진 마족과 태어난 마족.

남겨진 마족은 이천 년 전 마왕이 봉인되기 전에 우리대륙에 왔다가 말 그대로 남겨져 버린 오랜 마족이고, 태어난 마족은 마계와의 문이 닫힌 후에 우리대륙에 새로 생겨난 마족들이다. 남겨진 마족들 사이에서 태어나기도 하고 마물이 성장하여 생겨나기도 한 마족들로, 이들은 마계를 한 번도 겪어 본 적이 없기 때문에 돌아가고 싶지도 않아 한다. 이 태어난 마족들도 다시 두 부류로 나눌 수 있다. 인간에게 적대적인 부류와 인간에게 호의적인 부류.

제1차, 제2차 마인전쟁 대패라는 치욕적인 역사를 배우면서 대부분의 태어난 마족들이 인간에게 적대감을 가졌으나, 시간이 지날수록 인간들과 화해해야 한다고 생각하는 태어난 마족이 늘어나고 있었다.

"인간의 개가 되어 버린 놈들이군. 그런 것들은 마왕이 부활하면 가장 먼저 소멸시켜야 한다."

진이 건조하게 말했다. 삼안 마족은 이블레아에게 심한 말을 한 이 드래곤 산맥의 마족이 마음에 들지는 않았지만, 지금 이 발언에는 고개를 끄덕였다.

"그런데 해제범 일당 중에 긴스와 가쉬무가 있지 않았나?"

"……!"

나하사가 눈을 크게 떴다.

긴스, 가쉬무…… 사막섬에서 부딪쳤던 마족들이다. 키메라 마족과 붉은 머리의 서큐버스.

나하사는 자신도 모르게 구르를 안은 손에 힘을 주었다. 이 개구리가 서큐버스의 길고 날카로운 손톱에 꿰뚫렸던 그 광경이 뇌리를 스쳐 지나갔다. 빼앗긴 황혼의 눈물도 기억을 잠식했다. 주요봉인소 중 하나를 해제하지도 못한 채 그렇게 빼앗겨서는 안 되는 거였는데.

"그놈들은 남겨진 마족의 수치야. 그 녀석들도 마왕님을 부활시키려 한다고?"

"그 마족들은 모르는 놈들이에요."

나하사는 기분 나쁨을 숨기지 않았다.

"사막섬에서 우연히 마주쳤던 것뿐이에요. 그런 놈들 모릅니다."

일부러 냉정하게 말하자 삼안 마족이 안도했다.

"해제범과 같은 편이 아니라니 다행이군. 그 녀석들은 태어난 마족 편에 붙어서 인간과 타협하려 하고 있어. 언젠가 우리 쪽에서 처단할 거야."

"죽이는 건가 개굴?"

구르가 놀라며 물었다.

"아직은 죽일 수 없지."

삼안 마족은 마왕의 부활 전에, 동족이 동족을 죽이는 일은 없을 거라고 말했다. 그러나 마왕이 부활한 후에는 가차 없이 처벌한다는 것이었다. 마족을 이렇게 비참하게 살게 한 인간의 편에 붙은 반역자의 처벌.

"결국 하루 빨리 마왕님이 부활하셔야 한다는 거군 개굴."

"그렇지……."

삼안 마족은 씁쓸하게 말했다.

"우린 그쪽한테 기대를 건 적도 있었는데……."

그는 진을 보고 있었다. 마왕이 봉인된 곳으로 추측되는 곳 중 손꼽히는 곳이 바로 절대보호봉인소 여섯 군데. 그중에서도 드래곤 산맥의 절대보호봉인소는 여러모로 그 추측 근거가 많았다. 여름이 되면 적극적인 마족들이 모여서 드래곤 산맥의 신전으로 침입하곤 했다. 물론 봉인 마법진이 너무 막강하여 매번 실패했다. 몇몇은 일부러 여름이 지나고도 봉인소에서 지내며 드래곤 로드가 깨어나면 마법진의 해제를 요청하다가 소멸당하기도 했다. 드래곤 로드는 마족을 싫어하지 않지만, 그렇다고 좋아하지도 않았다.

진은 삼안 마족의 시선을 무시했고, 그 후로는 아무도 말이 없었다.

복도를 다 걸었다. 주점으로 통하는 문 앞에서 삼안 마족이 걸음을 멈추었다.

"다른 마족들에게는 말하지 마."

"뭘 말이죠?"

삼안 마족은 잠깐 고민했으나 곧 입을 열었다.

"마왕님이 봉인되시고 이천 년이 흘렀어."

모두가 아는 새삼스러운 말이었다. 나하사는 가만히 마족의 이야기를 들었다.

"이천 년……. 고작해야 백 년을 사는 인간들은 상상도 할 수 없겠지만… 이천 년이야. 무려, 이천 년을 고향에 가지 못하고 살았어."

"……."

"이제야 겨우 우리의 처지에 익숙해졌어. 그러니까 헛된 희망 품게 하지 마."

진의 눈썹이 꿈틀했다.

"희망이라고?"

비웃는 말투였다. 삼안 마족은 쓰게 웃었다.

"마족인 내가 그런 단어 꺼내는 게 마음에 안 들겠지. 하지만 이블레아 님만 약해지신 게 아니야. 우리 모두 조금씩 약해졌어. 생각해 봐. 이천 년이 흘렀다고……."

"핑계 대지 마라, 이 나약한….."

"알았어요!"

나하사가 진을 째려보고는 재빨리 대답했다.

"말 꺼내지 않겠습니다. 마왕 부활 같은 말은……."

제발 그 입 좀 다물고 있으라고 진을 노려보면서 말하자, 미남 마족은 고맙게도 고개만 홱 돌리는 것으로 끝내 주었다.

화산섬은 오백 년이나 활동 중인 거대한 활화산 그 자체였다. 당연히 화산섬으로 다가갈 수 있는 배는 많지 않았다. 원인의 전력과 우리대륙의 마력을 이용하여 만든 선박만이 화산섬에 정박할 수 있었다. 그 배의 출항은 일 년에 계절 별로 네 번이고, 이미 가을 배는 출항한 후였다. 나하사는 화산섬에 정박하지 않고 하오아이 부근의 마법진 경계까지만 향하는 관광용 배표를 구하기로 했다.

"그 후에는 어떻게 가나 개굴?"

"걱정하지 마. 플라잉flying 하면 되니까."

나하사는 배표 세 장 신청서를 적어 놓고 차례를 기다리며 의자에 앉았다. 네라도 얼른 의자에 손수건을 깔아 진을 앉게 하곤 자신도 그 옆에 앉았다.

"그 섬과 거리가 그렇게 멀리 떨어져 있지 않나 보군요."

"응, 육안으로도 보이니까 충분히 갈 수 있어."

"하지만 셋에게 동시에 마법을 걸면 힘들지 않습니까?"

"······."

나하사는 대답이 없었다. 그 모습에 수상함을 느낀 네라가 벌떡 일어섰다.

"설마 절 놓고 가려고 한 겁니까!"

아니, 진도 놓고 가려고 했는데.

나하사는 구태여 덧붙여 설명해 주진 않았다.

"정말 매너가 없군요!"

네라가 흥분하며 말했다.

"인간이 왜 그 모양입니까? 진 님의 머리카락 끝 부분의 윤기만큼이라도 조금 닮아 보려 노력해 보십시오."

아니, 대체 사람 머리카락의 윤기를 어떻게 닮으라는 거야?

"나하한테 소리치지 마라 개굴! 오히려 저 시커먼스가 나하의 걸을 때 자세를 닮아야 한다 개굴!"

걸음걸이를 대체 어떡하면 닮을 수 있는 거지?

곧 말싸움을 시작하는 네라와 구르다. 커다란 개구리를 안고 있는 데다가 개굴거리는 끝말이 들리기까지 하니 사람들 시선이 점점 모이기 시작했다. 나하사는 슬쩍 구르의 입을 막았다.

"나중에 방 잡으면 그때 가서 마저 싸워."

"읍 읍읍읍 읍읍!"

구르가 억울한 눈빛으로 뭔가 말했다. 왜 자기한테만 그러냐는 것 같았다.

"네라, 진이 심심해하잖아. 말동무 좀 해 줘."

"앗, 그렇습니까? 진 님! 끝말잇기 어떻습니까?"

나하사는 이제 네라까지 조련하고 있었다.

얼마 안 있어 나하사의 차례가 왔다. 구르만 안아 들고 창구에 갔다.

"표 세 장 주세요."

"아, 극단 분이세요? 화산섬 관광하시는 건가요?"

창구 직원이 상냥하게 웃으며 말을 건넸다.

"네, 뭐. 하하하."

"신청서와 신분증, 극단 증명서도 함께 부탁드릴게요."

틸라 영지에서 받은 신분증을 꺼내 들고 있던 나하사가 움직임을 멈추었다. 극단 증명서?

나하사 눈에 깃든 의문을 본 창구 직원이 친절하게 설명했다.

"소냐르에 있는 해제범이 하오아이로 올 확률이 높다고 해서요. 해제범 극단은 반드시 증명서를 발급받아야 해요."

나하사는 극단이 아니라고 말하려다가 그만두었다. 이럴 줄 알았으면 구르에게 토끼 마법을 걸어 둘걸. 방심한 대가가 크다.

"증명서가 없으면 어떤 배표도 비행선표도 끊을 수 없으니 귀찮으셔도 발급받아 보세요. 하오아이성으로 가시면 돼요."

창구 직원은 여전히 상냥했다.

"배는 몇 시에 있어요?"

"내일 아침에 출발하니까 어서 가서 발급받으시고 밤에 다시 오셔서 표 구입하세요."

"네, 감사합니다⋯⋯."

나하사는 우울해져서 창구에서 벗어났다.

"그럼 오늘 못 가는 건가 개굴?"

구르가 조용히 속삭였다.

"응, 어차피 내일 출발한다고 하니까⋯⋯."

대기석에는 분홍 갈래머리 소녀와 두건 쓴 남자가 앉아 있었는데, 대화는 않고 나란히 멍때리고 있었다. 저대로 놓고 가고 싶은 마음이 굴뚝같았지만, 진을 그냥 풀어 주기에는 아직 위험했다. 나하사는 소리쳐 둘을 부르고 매표소를 빠져나왔다.

하오아이성에 가려면 또다시 마차를 타야 한다. 나하사는 한숨을 쉬었다. 어서 화산섬에 가고 싶은데 얄짤 없이 내일까지 기다려야 한다. 실망스러운 한편, 설레는 마음은 가시지 않았다. 그 사천왕이란 유치한 호칭의 마족을 조금이라도 빨리 보고 싶었다.

마왕의 부활이 머지않은 기분이 든다.

하오아이성은 하오아이의 중심부와는 좀 떨어진 곳에 있다. 대륙평화협회의 관리본부가 있고 하오아이 원주민의 왕족이 사는 곳이다.

나하사가 성에 도착했을 때는 늦은 오후였다. 신청서를 작성하자 성 로비에 임시로 마련한 천막으로 안내받았다.

천막 앞에 줄 서 있는 극단의 수는 많지 않았다. 나하사 바로 앞의 극단은 마법사 로브의 사내, 붉은 머리 여인, 뿔 탈을 쓴 사내와 말 꼬리의 커다란 개구리 키메라로 이루어져 있었다.

"차라리 인형이나 만들걸. 괜히 리얼리티 추구한다고 키메라를 데려왔어."

"뭐야? 필요하다고 쫓아다닐 땐 언제고!"

마법사 로브의 사내와 개구리 키메라가 큰소리로 다투었다.

그러고 보니 줄 서 있는 극단은 모두 살아 있는 개구리, 혹은 두꺼비를 데리고 있었다. 아무래도 개구리 탈이나 인형으로 대체하고 있는 극단은 바로 증명서를 줘서 돌려보낸 모양이었다.

"저기, 기다리는데 오래 걸리나요?"

나하사가 뿔 탈을 쓴 사내에게 물었다.

"음? 아니 별로 안 걸려. 십 분 정도 걸릴 거야. 그런데……."

사내가 나하사 일행을 눈으로 훑었다. 특히 커다란 개구리를 주의 깊게 보았다.

"퀄리티가 높군! 극단 이름이 뭐야?"

사내의 질문에 네라가 냉큼 답했다.

"마부추 극단입니다."

나하사는 기겁했다. ……설마 그 마부추가 그 마부추는 아니겠지?

"처음 듣는군. 신생 극단?"

"네, 맞습니다."

"아주 좋은 개구리를 구했군."

뿔 탈을 쓴 사내는 구르를 입맛을 다시면서 보았다.

"왜 날 그런 눈으로 보나 개굴? 나하가 고추 볼 때 눈하고 비슷하다 개굴."

커다란 개구리가 질겁하며 하는 말에 사내는 감탄했다.

"키메라인가?"

"네, 뭐······."

"누가 키메라라는 건가 개굴! 나는 위대한 마······ 읍읍!"

나하사가 구르의 입을 막고 하하 웃었다. 그러는 동안 천막에서 한 무리의 극단이 나왔다. 손에 저마다 증명서를 들고 있었는데 왠지 넋이 나간 얼굴이었다.

"나머지 분들은 다 함께 들어오세요."

대륙평화협회 명찰을 단 여성이 손나발을 만들어 불렀다. 나하사 일행을 포함해 총 다섯 팀의 극단이 졸졸졸 천막 안으로 들어갔다. 성안에 임시로 꾸며진 천막 안에는 하오아이성의 경비병들과 대륙평화협회 명찰을 단 사람들, 갑옷을 입은 기사들이 있었다.

"헉! 뭐야, 저 기사들은?"

"으······ 무섭잖아."

생각보다 진지하고 심각한 분위기에 극단 사람들은 위축됐다. 특히 은색 갑옷을 입고 투구를 쓴 덩치 큰 기사들의 위압감에 증명서 같은 걸 왜 떼느냐고 항의하려던 이들은 합죽이가 되었다.

맨 앞 극단서부터 대륙평화협회 사람들과 면담을 했다. 간단한 신상 정보 확인과 언제 만들어진 극단이냐, 무슨 이유로 왔느냐, 얼마나 머무를 것이냐 등을 물어보고 있었다.

"나하야, 저 새 좀 봐라 개굴."

구르가 조그맣게 속삭였다. 마침 나하사도 그 새를 보고 있었다.

기사들의 갑옷 어깨 부분에 그려진 푸른 새.

나뭇잎을 물고 있는 조그만 새의 모습은 익숙한 것이었다. 오늘 콧수염 토마스가 전해 주고 간 쪽지에도 이 새가 그려져 있었다.

"저분."

그때 네라가 기사 중 하나를 대놓고 손가락질했다.

"촉이 옵니다."

"야, 빨리 손가락 내려."

나하사가 기겁하며 네라의 손가락을 잡아 내렸다.

"어딜 만집니까? 저는 솜털 하나까지 진 님의 것입니다."

"네, 죄송하게 됐네요. 삿대질 다시는 안 한다고 하면 놔줄게."

"조건을 붙이다니, 그렇게까지 제 손가락이 만지고 싶습니까?"

네라는 인자한 표정을 지으며 진을 보았다.

"이렇게까지 하는데 제 손가락 정도는 허락해 주는 게 어떻습니까, 진 님?"

"손가락이라. 이왕이면 토막 내서 소금에 절이고 싶군."

"제 신체를 소유하고 싶으신 거로군요."

딴생각하던 진이 손가락이란 말에 생각나는 대로 답한 걸 가지고, 네라는 특기인 심하게 낙천적인 망상을 했다. 네라의 관심이 기사단 중 촉이 온다는 그 기사에게서 벗어났기 때문에 나하사는 안심하고 손가락을 놓았다.

"나하야, 우릴 본다 개굴."

"어?"

구르의 나직한 말에 나하사가 고개를 들었다. 푸른 새 문양의 기사 중 한 명이 이쪽을 보고 있었다. 투구를 쓰고 있었으나 시선이 느껴졌다. 그 기사는 옆구리에는 검집, 그리고 허리 뒤쪽에는 궁대를 매달고 있었다. 그는 성 경비병을 보면서 뭐라 지시하는 것 같았다.

"거기 극단 분들, 앞으로 나오십시오."

성 경비병이 정확히 나하사 일행을 가리키며 말했다. 대륙평화협회 사람들과 다른 극단 사람들의 시선이 모두 나하사 일행에게로 향했다. 나하사는 이럴 때마다 애용하는 욕을 속으로 외첫다. X됐다.

일부러 당황한 모습을 안 들키기 위해 당당하게 걸어갔다. 지시한 기사 말고 대평협 사람이 물었다.

"어려 보이는군. 나이가 어떻게 되시오?"

"열여덟 살입니다. 이애는 열다섯이고요."

"두건 쓴 분은?"

"스물이요."

"형제인가?"

"아뇨, 형제는 아니고 그냥 오다가 만난 사이예요."

대평협 사람은 나하사 품 안의 구르를 보았다.

"키메라?"

"나는 키메라가 아니다 개굴!"

헉.

나하사가 구르의 입을 틀어막았다.

"키메라 맞아요. 돌연변이 쪽이라서 키메라라고 불리는 걸 싫어해요."

"그렇군."

대평협 사람은 기사를 돌아보며 아주 조그맣게 귓속말했다.

"붉은 머리와 키메라 마족을 흉내 낸 단원이 없는 건 좀 수상하지만…… 다른 점은 별다를 게 없는데요?"

나하사에게도 다 들렸다. 소년이 속으로 안도의 숨을 내쉬는데, 나하사 일행을 가리켰던 기사가 한발 앞으로 나왔다.

키도 크고 갑옷을 입고 있어서인지 어깨도 넓은 그가 앞에 서자, 나하사는 안 그래도 작은 자신이 더 작아지는 것 같았다. 기사는 천천히 투구를 벗었다.

짙은 남색 머리. 눈빛은 무척 깊고 일자로 다문 입은 무척 진중하다.

나하사는 이 무거워 보이는 남자를 어디선가 본 것 같은 기분에 고개를 갸웃했다.

"역시! 나의 촉은 틀리지 않습니다. 매우 잘생겼군요!"

옆에서 네라가 눈치 없이 촐싹거렸다.

"성함이 무엇입니까?"

"이분은."

하고 대평협 사람이 턱을 들며 말했다.

"마인 아시오의 단장님이시며 백양의 용사 중 한 분이신 지바이 다윈 님이시다."

헉……

여기저기서 숨을 들이마시는 소리가 났다. 물론 나하사도 마찬가지였다.

왜 몰랐을까! 나뭇잎을 문 푸른 새는 마인 아시오의 심벌인데!

으아아아악, 왜 저쪽 사람들이랑은 허구한 날 마주치는 거야!

"모, 몰라봐서 죄송합니다."

나하사가 허겁지겁 고개를 숙였다. 지바이 다윈은 말이 없었다. 그는 짙은 남색 눈으로 나하사와 개구리를 바라만 보았다.

그 무거운 시선에 나하사는 안절부절못했다.

들켰나? 들킨 건가?

지바이 다윈이 천천히 입술을 열었다.

"귀걸이."

"……!"

나하사는 얼굴이 파랗게 질렸지만, 금방 수습했다. 이미 수배지에 파란 귀걸이가 그려져 있어서 다른 극단 단원들도 모두 귀걸이를 하고 있었다. 이렇게 놀랄 필요가 없다.

"하하, 네. 최대한 비슷한 것으로 구해 봤습니다."

"……."

"……하하하, 이래 보여도 이거 싸구려거든요. 은박지에 파란색 물감 칠한 것뿐이거든요."

"……."

지바이 다윈은 나직하게 그의 기사들에게 하명했다.

"잡아라."

기사들은 이유를 묻지도 않고 바로 명에 따랐다. 움직이는 위압감 넘치는 은색 갑옷의 사내를 보며 나하사도 망설이지 않았다. 마법 주문을 외우려는 찰나였다.

"잠깐만!"

엄청난 목소리였다.

"꺅! 뭐야?"

"포, 폭발?"

포탄 소리라고 착각할 정도로 엄청 큰 목소리였다. 여기저기서 웅성거렸다.

"멈춰, 지바이! 저들은 내가 아는 녀석들이야!"

잠깐이라는 말에도 지바이의 명만 듣는 기사들이 멈추지 않자 그 목소리는 지바이 다윈을 향했다. 목소리의 주인을 알아본 지바이가 손을 척, 들어 수하들을 멈추게 했다.

"고마워, 지바이…… 헥……헥."

목소리의 주인이 헐레벌떡 달려와 지바이와 나하사 일행 사이에 꼈다.

허리를 굽히고 무릎에 손을 얹은 채 숨을 내쉬고 있는 그는 갈색 머리, 코 밑에 짧은 콧수염을 기른 피곤한 인상의 남자였다.

"토마스?"

나하사가 콧수염의 이름을 중얼거렸다. 왜 이자가 여기에?

지바이 다윈은 토마스가 숨 고르는 것을 묵묵히 기다려 주었다. 토마스는 이마의 땀을 닦으며 말했다.

"이 녀석들은 내가 아는 놈들이야. 신생 극단인데 연기가 아주 탁월하다고."

"……"

"그렇지, 나하사? 너희는 극단 아니냐. 이름이 뭐였지?"

토마스가 밝게 물었다. 나하사가 떨떠름하게 답했다.

"마부추예요……"

"그래, 맞아 마부…… 뭐냐 그게? 무슨 뜻이냐?"

아는 사이라면서 처음 듣는 반응을 하면 어떡해?

저래서 지바이 다윈이 속을까? 하고 그를 보았다. 그는 토마스의 뒤에서 위압감을 풍기며 물끄러미 자신을 보고 있었다.

"……."

당연하게도 깊은 남색 눈에는 아직도 의심의 빛이 가득했다.

"안 되겠군. 나하사. 너희 극단의 실력을 보여 줘라."

"네?"

"어서 어서! 지바이 저 녀석을 납득시켜 봐."

토마스가 다짜고짜 나하사의 팔을 잡고 천막 한가운데로 이끌었다. 개구리를 안은 해제범 역의 소년에게 시선이 쏠렸다. 대륙평화협회 사람들은 팔짱을 끼며 이쪽을 보았다. 어서 연극을 펼쳐 보라는 뜻 같다.

으아…… 어쩌라는 거야. 연극의 연 자도 본 적이 없는 나하사가 가운데서 꽁꽁 얼었다. 연극이 뭔가요? 먹는 건가요?

"정말 웃기는군요. 왜 당신이 가운데에 있습니까? 주인공은 진 님과 저란 말입니다!"

하며 네라가 소리를 지르지 않았다면 사람들의 의심은 더욱 커졌을 것이다.

"진 님. 자, 어서 가운데로……."

네라가 진의 팔을 잡자 진이 신경질적으로 팔을 쳐냈다.

"감히 누구의 신체를 만지려 하는가. 벌레 주제에."

진은 자기가 알아서 성큼성큼 가운데로 왔다. 네라도 분홍치

마를 팔랑거리며 진을 따랐다.

"수배지도 안 나온 놈들이 뭘 나대나 개굴!"

"헉, 구르."

미쳤어? 나하사의 눈이 튀어나올 것처럼 커졌다. 구르는 소년
의 품 안에서 풀쩍 뛰어내렸다.

"주인공은 어디까지나 나, 개굴족의 왕 구르르무와 나하다 개
굴!"

"웃기는군요. 환상소설 주인공 부문 제1조 1항 모르십니까?
주인공은 무조건 잘생겨야 합니다."

"네라는 뭘 모른다 개굴. 시커먼스는 환상소설 조연 부문 제3
조 2항의 음지에서 주인공을 도와주는 미남 조연에 더 알맞다
개굴!"

"흥, 그렇게 따지면 당신은 환상소설 조연 부문 제11조 8항 주
인공의 손에 길러지는 귀여운 동물, 그러나 사실 그 정체는 거
대한 마물에 가깝지 않습니까!"

"윽…… 그, 그런 네라는 환상소설 조연 부문 제56조 25항
주인공 곁의 잘생긴 미남 조연에게 반해서 따라다니다가 결국
에는 주인공에게 반하는 새침부끄 히로인이 아닌가 개굴!"

네라의 얼굴이 충격으로 굳었다.

"어떻게 그런 심한 말을 할 수가 있습니까. 지금 저와 해보자
는 겁니까, 구르르무?"

나하사는 네라가 저렇게 싸늘한 눈을 하는 건 처음 보았다. 심

지어는 구르의 진명을 부른다.

"원하는 바다 개굴. 전부터 한 수 보여 주고 싶었다 개굴."

구르도 진지하게 목소리를 깔았다. 분홍 원피스를 입은 갈래 머리 소녀와 커다란 개구리 키메라가 대치 상황을 만들었다.

옆에서 진이 나지막하게 물었다.

"그래서 주인공은 누구인 거지?"

"……"

나하사는 이마를 짚었다. 나 주인공 안 할래. 때려치워…….

그때였다. 갑자기 대륙평화협회 한 사람이 손뼉을 쳤다. 짝짝짝, 그리고 그 박수 소리는 점점 퍼져 나갔다.

"대단해!"

"이게 진짜 즉흥 연기란 말이야!?"

대륙평화협회와 성의 경비병들, 유랑 극단 단원들까지 모두 감탄 어린 눈길로 박수갈채를 보내고 있었다. 대평협 사람 중 하나가 말했다.

"과감하게 수배지에 없는 해제범을 등장시킴으로써 호기심을 유발하고, 단 몇 마디로 인물의 성격을 설명하는 세심한 설정에 감탄했습니다. 제 점수는요."

100점. 점수판을 들고 있다.

"특히 깊은 내면 연기는 소름 끼칠 정도군요. 개구리가 윽! 신음할 때 발등을 오므리는 모습과 여자분의 차갑고 싸늘한 눈빛은 저도 모르게 진심으로 받아들였습니다. 감동적인 연기입니다. 제 점수는요."

역시 100점.

극단 단원이 말하고 여기저기서 감동 받았다는 환호성이 나왔다. 마인 아시오 기사단 중 한 명은 투구를 벗고는 손등으로 거칠게 눈을 부비며 감동 어린 짠한 피드백을 해 주었다.

지바이 다윈은 가만히 말해 왔다.

"훌륭한 음유시인이 되어라."

남자가 듬직한 등을 보이며 돌아서고, 토마스는 붉어진 눈가를 감추며 엄지를 척 치켜든다.

말을 잃은 나하사 주위로 사람들이 몰려들었다.

"사인 좀!"

"제게 사인 좀 해 주세요!"

네라와 구르는 영문도 모른 채 종이와 펜을 내미니 좋아라 낙서를 했고 진은 과감히 흥, 콧방귀와 함께 팔짱을 낌으로써 팬들을 무시했다.

"하하하……."

나하사는 어쨌든 의심은 벗어난 거겠지 싶어서 성의 없이 막 만든 사인을 휘갈겨 주었다.

"마부추라고 써 주셔야죠!"

라는 말에 나하사는 사인 밑에 몇 자를 써 놓았다. 희대의 악필이라 알아볼 수가 없는 오묘한 글자의 마부추가 탄생했다. 문자라기보다는 문양 같은 모양이었다.

"나중에 비싸게 팔아야지, 히히히."

사인을 받은 사람이 룰루랄라 기뻐했다.

그리고 실제로 그 사인이 나중에 100도레를 호가하기는 했다. 아주 나중의 일이지만.

그대로 확인증을 받고 천막을 나가려고 했으나, 피곤한 인상의 콧수염이 잡는 바람에 도망치지 못했다. 토마스는 인연 운운하며 만찬을 대접하겠다고 했다. 어차피 배는 내일 출발이고 마침 저녁 시간이었던 터라 나하사는 고개를 끄덕였다. 그러나 곧 후회해야만 했다.

그 저녁 만찬에 지바이 다윈도 함께라고는 말 안 했잖아.

"지바이, 여전히 알 종류는 안 먹냐?"

"……."

"아니, 아직도 그래? 특이하단 말이야, 너도. 아니, 너뿐 아니라 니네 용사단은 다들 식성이 특이해. 아, 그러고 보면 해ㅈ……질 녘에 만났던 네 녀석도 식성이 특이했지?"

토마스가 얼어 있는 나하사에게 물었다. 나하사는 만났을 때가 해질 녘이었나, 하면서 고개를 끄덕였다. 안 그래도 소년은 밥에다가 특제 고추장 소스를 처바르고 있었다.

"그래, 나하사야. 여긴 웬일이냐?"

마족의 은거지에 좀 들르려고요.

"연극…하려고요. 그쪽은요?"

"우리 아들내미 공연이 있어서 왔지."

"아, 네……."

나하사는 무성의하게 답하며 고추장에 다 비빈 밥을 한 숟갈 떠먹었다. 아, 역시 맛있어. 나하사 주위의 얼어붙은 공기가 맛있는 밥으로 상쇄되어 포근하게 변했다.

"보통 그 나이 또래 아이라면 아들이 혹시 음유시인이냐고 물어볼 텐데 말이야……."

토마스가 씁쓸하게 웃으며 혼자 중얼거렸다.

"나도 그걸 써야겠어."

두건 쓴 남자가 나하사의 고추장 소스를 가리켰다.

"또 다 못 먹고 버릴 거잖아. 난 음식 남기는 거 제일 싫어."

"이번에는 안 남긴다."

"웃기지 마. 또깔라비, 또깔라비 하면서 남기겠지. 그럼 내 거한 번 먹어 봐."

나하사가 자신이 비빈 이 빨간 밥을 잘 먹을 수 있으면 고추장을 주겠다고 말했다. 진은 어이없는 눈으로 소년을 보았다.

"지금 나보고 네놈의 침이 섞인 밥알을 먹으라고……?"

"……."

신경 끄고 밥이나 빨리 먹고 자리를 뜨고 싶은 나하사가 아무말 없이 고추장을 건넸다.

"진 님, 제가 비벼 드리겠습니다."

호기롭게 나선 네라가 밥 위에 고추장을 쏟아 버렸다. 진의 얼굴이 새파랗게 질렸다.

"헛, 진 님. 죄송합니다. 새 밥을 달라고 하겠습니다."

"……이 정도는 먹을 수 있다."

"안 됩니다! 진 님의 위가 다 녹아 버릴 겁니다."

네라의 간곡한 만류에도 진은 기어코 한 숟가락 떠먹어 버렸
다. 당연히 또깔라비타아아아 하면서 새 밥과 물을 찾았다. 그
옆에서 나하사와 구르는 도란도란 각자 밥과 우유를 먹었다.

"본래 개구리는 벌레 같은 거 먹지 않아?"

우유 마시는 개구리가 신기하기 짝이 없는 토마스가 물었다.
그러자 그 개구리가 발끈했다.

"나를 그런 하급 동물과 비교하지 마라 개굴. 나는 위대한
개… 읍!"

"개구리 키메라는 우유가 주식이라서요, 하하하."

"읍 읍읍 읍!"

토마스는 역시 우유로 저 개구리 마족을 조련하는 게 분명하
다는 결론을 멋대로 내렸다.

"구르야, 손 풀어 주면 아무 말도 안 하고 우유만 먹을 거지,
그렇지?"

나하사가 생글생글 웃으며 말했다. 입이 막힌 개구리는 커다
란 눈만 깜빡거렸다.

"내가 나하 때문에 못 산다 개굴."

소년이 손을 풀자 개구리는 의기소침하게 중얼거리며 다시 우

유를 핥았다.

"개구리야, 대륙공용어는 언제 배운 거냐?"

토마스는 저녁 만찬이라고 거하게 차려 놓고는 수저도 들지 않은 채 나하사 일행들에게 관심만 보였다.

"이 정도야 상식이다 개굴."

"그래도 개구리가 사람 말을 하는 건 처음 봐서 신기하네. 왜 전에 만났을 땐 말을 안 한 거냐?"

토마스가 이미 이유를 다 알면서 짓궂게 물었다.

"그 후에 배웠거든요."

나하사가 천연덕스럽게 답했다. 토마스는 흐음, 하며 턱을 쓸 었다.

"참, 그런데 해제범 말이야."

"쿨럭, 쿨럭, 켁!"

나하사는 기침을 하며 급히 물을 마시느라 토마스가 음흉하게 미소 짓는 것을 보지 못했다.

"난 이바노브 아시오의 봉인소를 깰 줄 알았는데, 내내 조용 하더니 얼마 전 대일의 주요봉인소를 깼다네. 소식 들었지?"

"네, 그럼요. 크흠, 유명하잖아요."

갈라진 목소리로 답하던 나하사는 순간 이상한 점을 떠올렸 다. 왜 해제범이 이바노브 아시오의 봉인소를 깰 거라 생각한 거지? 게다가…… 나하사는 지바이 다윈을 힐긋 보았다. 묵묵히 식사를 하고 있는 위압감 넘치는 남자.

백양의 용사단인 저 사람도 날개 협곡에서의 일을 모르는 걸까?

만약 그런 거라면 적발의 무속검사는 어째서 나를, 아니 우리를 만난 걸 숨겨 주는 걸까.

"대일에 노와 더 그레이트가 있었다는데 전혀 몰랐다더라고."

노와……

나하사의 얼굴이 어두워졌다. 그 아름다운 현자는 다른 방법을 찾을 수도 있었을 것이다. 어쩌면 그의 말을 따라 피의 약을 찾아 준 것은 큰 실수였는지도 모른다.

토마스는 이번에는 지바이 다윈을 보았다.

"그 녀석 꽤나 억울해하겠어. 자존심 빼면 시체인 놈인데."

"……"

"해제범 얼굴 본 사람 없대? 대일 신전의 경비병 중에 말이야."

"……"

지바이 다윈은 정말 답답할 정도로 말이 없었다. 토마스는 그런 지바이가 익숙한지 못마땅한 기색은 보이지 않았다.

토마스가 드디어 포크를 들어 파스타 면을 둘둘 말았다. 그러면서도 입은 쉬지 않았다. 눈 밑은 저렇게 검고 피곤해 보이는데 대단하다고 나하사는 감탄했다.

"분발 좀 해야겠어. 계속 해제범을 놓치기만 하잖아."

토마스가 천진난만하게 말했다. 나하사는 속으로 외쳤다. 왜 자극하고 그래요, 이간질 좀 하지 마세요!

그런데 나하사의 걱정과는 달리 지바이 다윈은 전혀 반응하지 않았다.

"그러고 보니 말이야."

토마스는 파스타를 말아 쏘옥 삼켰다.

"해바라기 님도 해제범을 보았었다고?"

"……"

그러자 지바이 다윈에게서 처음으로 반응이 나왔다. 고작 숟가락질을 멈칫하는 것뿐이었지만.

"일반인들은 잘 모르지만 나는 알고 있지. 아카시아 그 신관님, 해제범이 해제범인 걸 나중에야 알았다며."

"……어떻게?"

지바이 다윈의 목소리는 무척 남성적이었다. 그런데 어떻게라니, 뭘? 뭐가 어떻다는 거지?

앞뒤를 다 자른 말이라 나하사는 어리둥절한 눈으로 지바이를 보았는데 토마스는 아아, 하며 고개를 끄덕였다.

"어떻게 알았냐는 거군. 우리 아들이 말해 줬어. 우리 애가 얼마 전에 그쪽 용사단 씬 노르하고 아는 사이가 됐걸랑."

씬 노르……? 처음 듣는 이름이었지만 노르라는 성에서 추측할 수 있었다. 힐본세의 와이힐에서 만났던 하늘색 머리 불량아의 얼굴이 머릿속에 떠올랐다. 미야 러브를 좋아했던 소년.

"우연히 마주친 모양인데 그 후로도 연락 하나 보더라고."

"……그래서?"

"그래서 그 까불까불한 씬 노르가 깨방정 떤 거지 뭐. 참 입이 가볍더구만. 걱정이 많겠어, 그쪽 용사단도."

그러니까 그 해바라기니 아카시아니 하는 게 크림 신전의 유일한 여신관 사루비아 얘기였구나.

한마디로 사루비아가 나하사와 마주쳤다는 것을 씬 노르가 토마스의 아들에게 말했고, 그 아들이 토마스에게 얘기해 줬다는 것이다.

"맨드라미 님, 지금은 어디시래?"

"…대일로."

"아! 대일 영지에서 만나기로 한 모양이구나. 소냐르의 추수 감사절 축제가 열기를 띠겠군."

주요봉인소 중 하나가 깨졌다는 재앙도, 그 재앙으로 인해 용사단이 모이면 무조건 축복이 되어 버린다.

"생일도 소냐르에서 치르는 거네. 선물은 구했어?"

"음……."

지바이 다원이 작게 고개를 끄덕였다. 나하사는 짙은 남색 눈이 살짝 접히는 것을 보았다.

"웃으니까 배로 잘생겨 보이는군요."

그래도 진 님에겐 못 미치지만, 하며 네라가 말했다. 나하사도 동감이었다. 물론 '그래도'의 전까지만 말이다.

저 과묵한 남자가, 해제범에 대한 얘기에도 시종일관 무관심하던 남자가 사루비아의 얘기가 나오자 작게 미소까지 짓는 게 신기했다.

"이번 선물은 뭐 어떤 거 할 거야? 카네이션 님은 예쁜 거에도 비싼 거에도 관심 없어서 매년 고생하잖아."

"희귀종 해방."

"헉!"

토마스가 눈을 크게 떴다.

"희귀종공원의 희귀종 하나를 해방시켜 주기로 한 거야!?"

"셋."

"세 종류나!?"

와……. 토마스 따라서 나하사도 입을 뻐끔거렸다. 과연 용사단은 생일 선물도 스케일이 다르구나.

"대단하다, 역시. 작년에는 크림 신전을 하나 더 세워서 기함하게 하더니. 재작년에는 구급선을 선물했었지, 아마."

토마스는 감탄하며 씨익 웃었다.

"남자의 순애보란 역시."

나하사는 멍하니 지바이 다원을 보았다. 짓궂은 토마스의 말에도 지바이는 눈 하나 깜빡이지 않았다. 아직 이성에 대한 연모의 감정을 겪은 적 없고, 당연히 연애와도 멀리 살던 나하사에게는 지바이 다원이 무척 신기했다.

"좋아하겠지. ……사루비아."

그가 나직이 말했다. 사루비아라는 이름을 입에 담는 지바이 다윈의 눈은 너무나 따뜻하고 애틋했다.

토마스는 열렬히 고개를 끄덕였다.

"그 신관님은 보석보다는 희귀종에 훨씬 관심이 많으니까 말이야. 아, 그런데 그 사루비아라는 진짜 이름. 왜 신관님 앞에서는 안 부르는 거야?"

나하사는 깜짝 놀랐다. 저 콧수염 아저씨, 사루비아의 이름을 알고 있었는데도 해바라기니 맨드라미니 한 거야?

"나중에."

"매일 나중에라면서 한 번도 이름을 부른 적 없잖아."

지바이 다윈이 천천히 의자를 밀며 일어섰다. 보통의 기사보다도 훨씬 커다란 체구의 그가 일어서자, 작은 나하사에게는 거의 아찔해 보이기까지 했다. 키가 작고 여려 보이는 게 늘 속상했던 나하사는 저도 모르게 계속 그를 멍하니 보게 되었다.

"나중에. ……고백할 때."

"……."

"……."

마인 아시오의 기사단장 지바이 다윈은 잔잔히 미소를 지으며 말하고 식사 자리를 떠났다.

나하사는 비빔밥 먹는 것도 잊고 다윈의 빈자리를 보면서 눈을 깜빡였다. 키도 크고 어깨도 넓고 과묵하고……. 진짜 딱 기사 냄새가 나는 사람이다. 나하사는 괜히 자기의 어린 팔뚝을 한 번 만져 보고서는 시무룩해졌다.

"고백할 때 이름을 부르겠다니. 저 녀석도 참 순수해."

토마스가 흐흐흐, 웃으며 말했다. 나하사는 저도 모르게 그를 변호했다.

"왜요? 낭만적이잖아요. 괜찮은데요. 저도 그렇게……."

"으엉?!"

"네?!"

"개굴?!"

토마스, 네라, 구르가 차례대로 경악 어린 감탄사를 내질렀다.

"그래, 나하사 군도 여자 친구가 있었겠군. 어떻게 고백을 했어?"

"왜 제게 말을 안 했습니까! 누굽니까, 그 여자?"

"작은 고추가 맵다더니, 나하도 할 건 다 하는구나 개굴!"

모든 질문이 어이가 없었지만, 특히 마치 어린 아들에게 이성 친구가 생겼다는 소식을 들었을 때의 아버지 같은 반응을 하는 구르가 가장 한심했다.

"우유나 마셔."

구르의 접시에 우유를 더 따라 주었다. 네라의 눈은 왠지 이글이글 불타고 있었고 토마스도 마찬가지였다. 콧수염 아저씨의 시선에는 호기심이 가득했다.

"언제 어디서 어떻게 고백했어? 얼마나 사귀었어? 어떤 사람이야? 응?"

나도 그렇게 고백하고 싶다는 말이었는데 이렇게 몰고 가니 인제 와서 번복할 수도 없고. 나하사는 그냥 대충 대답했다.

"얼마 전에 만났고요…… 그냥 은색 머리칼에 물빛 눈동자의 예쁜 사람이에요……"

머릿속에 떠오르는 얼굴을 그대로 말했다.

"은색 머리라니! 정말이지 사람 볼 줄 모르는군요."

네라의 목소리에는 왠지 날이 서 있었다.

"나도 은색 머리칼에 물빛 눈동자를 가진 분 안다 개굴. 연자리 님이 아닌가 개굴?"

"……"

구르의 말에 나하사는 눈을 깜박였다. 그러고 보니 인어족 여왕이 그런 생김새였던 것 같기도 하고.

"우리 아들도 나하사 군처럼 여자 친구도 만들고 그래야 하는데, 관심이 없는 것 같아 큰 걱정이야."

한탄하던 토마스가 갑자기 주위를 둘러본 후 목소리를 낮췄다.

"만약에 '여자' 한테 관심이 없는 거면 어떡해?"

"……"

"그래도 아버지로서 응원해 줘야 하는 거냐? 응?"

나하사는 아무 답도 하지 않았는데 토마스는 혼자 무슨 생각을 하는 건지 얼굴이 파래졌다 하얘졌다 했다. 그러다가는 대뜸 소리쳤다.

"설마 너도 그 물빛 눈동자가 여자가 아닌 건 아니겠지!?"

"엄청 아름다운 여성분이십니다."

나하사는 즉답했다.

"호, 그렇군. 이제 곧 우리 아들 올 건데 여자 예찬 좀 해 줘."

내가 댁 아들을 왜 만나? 게다가 여자 예찬이라니 변태도 아니고…….

나하사는 어차피 밥도 다 먹었고 이제 슬슬 자리를 뜰까 했다.

"진, 네라. 다 먹었어?"

"전 이미 예전에 다 먹었습니다, 이 여자 좋아하는 남자야."

네라가 답했다. 진은 밥그릇에 파묻고 있던 얼굴을 들었다. 입술이 새빨간 진이 말했다.

"또깔라비타."

"……."

또 고추장을 비볐구나. 진 전용으로 조금 덜 매운 고추장 소스를 만들어야 하나.

"그럼 이만 가 볼게요. 밥 잘 먹었습니다."

"어? 왜! 이렇게 만난 것도 인연인데 좀 더 얘기나 나누지."

나하사가 일어나자 진과 네라도 우르르 같이 일어났다. 나하사는 개구리 입가에 묻은 우유를 티슈로 차근차근 닦아 주고는 품에 안았다. 토마스는 나하사의 뒤를 졸졸 따라왔다.

"우리 아들 네 또래야. 이제 공연 마치고 올 건데 인사나 좀 해 봐."

"공연?"

반응한 것은 네라였다.

"혹시 아이돌 음유시인입니까?"

"응, 맞아. 아주 유명하다고. 팬이 전국에 있단 말이야. 가끔 선물로 다이아몬드도 받아."

토마스가 순식간에 아들 자랑하는 팔불출이 되었다.

사람 얼굴에 한해서는 매의 눈보다 날카로운 네라가 예리하게 눈을 빛냈다.

"시크릿 보이입니까?"

헐⋯⋯. 뒤도 안 돌아보고 걷던 나하사가 딱 멈춰 섰다.

"오, 아가씨. 대단한데. 물론 걔가 내 판박이긴 하지만 우리 애는 얼굴도 가리고 있잖아. 어떻게 안 거야?"

"미남의 얼굴은 개구리 가죽이 감싸고 있어도 어떻게든 티가 나는 법입니다."

네라는 뭐가 그리 자랑스러운지 아주 위풍당당했다. 나하사는 자신보다 조금 작은 네라의 뒷덜미를 잡고 끌어냈다.

"진짜 가 봐야겠습니다. 안녕히 계세요."

"그러지 말고 우리 애랑 얘기 좀 하지, 응?"

나하사는 빠른 걸음으로 걸었다. 어느새 식당 문 앞에 다다랐다. 이제 밤인데도 투명한 유리창 밖에는 무수히 많은 사람이 거리를 지나고 있었다. 문 앞까지 쫓아 나온 토마스는 아쉬운 듯했지만 더 잡지는 않았다.

"우리 아들이 혹시 소수의 성적 취향을 가졌을지도 모른다는 거, 비밀이야."

"네, 그럼요."

사실 까먹고 있었다.

"밥 잘 먹었어요. 진, 네라. 인사해."

물 주전자를 통째로 들고 나온 진은 당연하다는 듯이 초그만 마법사 소년의 말을 상큼하게 무시했지만, 잘생긴 사람에게는 예의가 바른 네라는 허리를 구십 도로 숙이며 인사했다.

"나도 잘 먹었다 개굴. 틸라에서 먹은 것보다는 맛없는 우유였지만 개굴."

구르는 안 하면 좋았을 말까지 함께 했다. 이제 됐다, 하고 돌아서는데 토마스가 어깨를 잡아 왔다.

"나하사."

돌아보자 피곤해 보이는 얼굴의 사내는 진지한 눈을 하고 자신을 보고 있었다.

"네 또래의 아들을 둔 아버지로서 얘기하는 건데."

"……."

"네겐 친구가 필요해."

나하사가 말이 없자 토마스는 얼른 덧붙였다.

"네겐 또래 친구가 필요하다, 나하사."

그리고 침묵이 흘렀다. 소년 마법사는 눈을 낮게 깔았다.

"전 그런 거 필요 없어요."

그리고 덧붙여 뭐라 말하려다가 이 사람한테 그런 말까지 할 것도 없다고 생각해서 그냥 고개를 숙여 인사했다. 나하사는 네라와 진, 구르를 데리고 그대로 뒤돌았다. 특이한 멤버들은 곧 인파 속으로 사라졌다. 토마스는 계속 그들을 보며 서 있었는데 분홍 갈래머리 소녀 네라 말고는 아무도 뒤돌아봐 주지 않았다.

"틸라에 갔었나……."

나지막하게 중얼거린 토마스는 축배를 들어야지, 하며 식당 안으로 들어갔다. 해제범의 행적을 알아냈으니 오늘은 25년산 발렌타인을 따야겠다. 그리고 이 새로운 정보를 갱신하기 위해 품에서 수정구슬을 꺼내던 그는 멈칫했다. 그는 가만히 방금 전 소년의 말을 떠올렸다.

전, 그런 거 필요 없어요…….

그건 열여덟 살 소년의 입에서 나오기에는 너무나 외롭고 고독한 말이었다.

『나하사』 4권에서 계속

다크스타

김현우 판타지 장편소설
FANTASYSTORY & ADVENTURE

DS

『레드 데스티니』, 『골든 메이지』의 작가!
김현우 판타지 장편소설
『다크 스타』

천오백 년 전 영마대전은 재현될 조짐을 보이니……
전대미문의 폭군이 출현할 것이라.

dream
books
드림북스

스페로 스페라

건아성 판타지 장편소설
FANTASYSTORY & ADVENTURE

Spero
Spera

『은거기인』, 『군림마도』, 『무명서생』의 작가!
건아성 판타지 장편소설

꼭 돌아가리라! 나를 기다릴 황제의 곁으로……

『스페로 스페라』

황제의 호위무사에서 적의 포로,
노예 다음엔 나이트,
그러나 나는 여전히 황제의 호위무사다!

dream
books
드림북스

바람의 라트
Holy War
양승훈 판타지 장편소설
FANTASYSTORY & ADVENTURE
악마여, 내 영혼을 탐하고 갈취하라.
그리고 이 세상을 응징할 힘을 다오!
양승훈 판타지 장편소설
『바람의 라트』
부패한 평화가 끝나고 성전의 시대가 온다!
영혼과 맞바꾼 힘으로 세상을 부수리라!
dream books
드림북스

Shapiro

샤피로

쥬논 판타지 장편소설

FANTASY STORY & ADVENTURE

『규토대제』,『흡혈왕 바하문트』의 베스트 작가

쥬논 판타지 장편소설

불사의 비밀을 좇는 샤피로의
처절한 싸움이 시작된다!

잃어버린 기억을 찾아, 자신의 광기어린 복수를 이루기 위해!
매일 밤 사내는 흑고양이의 심장을 가진 샤피로가 되어
죽음과 환상의 경계를 넘나든다.

dream books
드림북스